Honoré de Balzacs Roman »Die Frau von dreißig Jahren« handelt vom Schicksal der Julie d'Aiglemont, die eine Ehe mit einem oberflächlichen Offizier eingeht. Rasch folgt die Ernüchterung, und Julie wählt die einzige zu ihrer Zeit mögliche Form des Überlebens: sie führt eine Scheinehe. Nebenher laufen eine Reihe von Beziehungen platonischer, aber auch leidenschaftlicher Art. In diesem Roman, den Balzac aus mehreren Geschichten, die zwischen 1831 und 1834 in verschiedenen Zeitschriften erschienen, zusammenschweißte, sind alle Elemente der damals zur Verfügung stehenden Erzählkunst verwendet: der gefühlvolle sentimentale Liebesroman, die Schauergeschichte sowie auch Teile, die dem Trivialroman nahekommen. Trotzdem erfreute und erfreut sich dieses Werk großer Beliebtheit. Wie Ernst Robert Curtius einmal sagte, wird es nicht durch einen logischen Zusammenhalt verbunden, sondern durch einen vitalen. Die Frau von dreißig Jahren, die, nach Balzac, auf dem poetischen Gipfel des Frauenlebens steht, ist: »noch schön durch die eben entschwindende Jugend, und ihre Leidenschaft erstarkt durch die Ahnung einer sie erschreckenden Zukunft«.

insel taschenbuch 460

Balzac

Die Frau von dreißig Jahren

HONORÉ DE BALZAC

DIE FRAU VON DREISSIG JAHREN

INSEL

Aus dem Französischen übertragen
von Dr. Werner Blochwitz

insel taschenbuch 460
Erste Auflage 1980
Nutzung der deutschen Übersetzung
mit freundlicher Genehmigung des Verlages
Philipp Reclam jun., Leipzig, DDR
Als Vorlage diente die vierte Auflage von 1964
Vertrieb durch den Suhrkamp Taschenbuch Verlag
Umschlag nach Entwürfen von Willy Fleckhaus
Satz: LibroSatz, Kriftel
Druck: Nomos Verlagsgesellschaft, Baden-Baden
Printed in Germany

6 7 8 9 10 – 94 93 92 91

DIE FRAU VON DREISSIG JAHREN

I
ERSTER IRRTUM

ANFANG APRIL 1813 ZOG EIN SONNTAGMORGEN herauf, der den Parisern einen jener schönen Tage verhieß, an dem sie zum ersten Male im Jahr ihre Straßen ohne Schmutz und ihren Himmel ohne Wolken sehen. Kurz vor Mittag bog ein mit zwei temperamentvollen Pferden bespanntes Kabriolett, aus der Rue Castiglione kommend, in die Rue de Rivoli ein und hielt hinter einer Reihe von Equipagen an, die an dem unlängst neuerrichteten Gitter mitten auf der Terrasse des Feuillants standen. Diesen leichten Wagen fuhr ein augenscheinlich bekümmerter, kränklicher Mann; sein ergrauendes Haar bedeckte notdürftig den gelben Schädel und ließ ihn vor der Zeit gealtert erscheinen. Er warf die Zügel seinem Lakaien zu, der dem Wagen zu Pferde folgte, und stieg aus, um einem jungen Mädchen herabzuhelfen, dessen liebliche Schönheit die Aufmerksamkeit der müßigen Spaziergänger auf der Terrasse erregte. Noch oben auf dem Wagen stehend, ließ sich die Kleine willig um die Taille fassen und legte die Arme um den Hals ihres Begleiters, der sie, ohne daß er dabei den Besatz ihres grünen Ripskleides zerdrückt hätte, auf den Bürgersteig herabhob. Ein Liebhaber hätte nicht so viel Sorgfalt zeigen können. Der Unbekannte mußte der Vater des

Mädchens sein, das, ohne ihm zu danken, vertraulich seinen Arm nahm und ihn kurzerhand in den Garten fortzog. Der alte Vater bemerkte die verwunderten Blicke einiger junger Leute, und für einen Augenblick verflog die Trauer, die auf seinem Gesicht eingegraben war. Obwohl er schon seit langem in das Alter gekommen war, in dem die Männer mit dem trügerischen Behagen, das die Eitelkeit gibt, vorliebnehmen müssen, lächelte er.

»Man hält dich für meine Frau«, sagte er der Kleinen ins Ohr. Dabei richtete er sich höher auf und schritt mit einer Langsamkeit dahin, die sie zur Verzweiflung brachte.

Er schien seiner Tochter zuliebe kokett zu sein und berauschte sich wohl mehr als sie an den verstohlenen Blicken Neugieriger, die ihren in Schnürstiefelchen aus flohbraunem Wollsatin steckenden kleinen Füßen galten, ihrer reizenden Taille, die sich unter einem eng anliegenden Kleid vorteilhaft abzeichnete, und dem blühenden Hals, den ein Stickereikragen nur ungenügend verdeckte. Bisweilen hob sich beim Gehen das Kleid des jungen Mädchens, und man konnte oberhalb der Stiefelchen, durch die durchbrochenen Seidenstrümpfe hindurch, die Rundung des wohlgeformten Beines erblicken. So überholte manch einer der Spaziergänger das Paar, um das junge, von einigen braunen Haarlöckchen umspielte Gesicht zu bewundern oder auch nur nochmals anzuschauen, dieses Gesicht, dessen weißer und rosiger Ton ebensosehr durch den Widerschein des rosafarbenen Atlasfutters eines eleganten Hutes wie durch die aus allen Zügen der hübschen Kleinen leuchtende sehnsüchtige Ungeduld gesteigert wurden. Eine heimliche Schalkhaftigkeit blitzte aus ihren mandelförmig geschnittenen, schönen schwarzen Augen, die, von sanft geschwungenen Brauen überwölbt und von langen Wimpern eingefaßt, in feuchtem Glanze schimmerten. Lebensfreude und Jugend verschwendeten ihre Reize auf diesem frischen Gesicht und auf einem Körper, der trotz des nach damaliger Mode unter der Brust getragenen Gürtels noch anmutig zart war. Ohne auf die huldigenden Blicke zu achten, sah das junge Mädchen mit einer gewissen Unruhe nach dem Tuilerienschloß, dem offensichtlichen Ziel ihres ungestümen Spazierganges. Es war ein Viertel vor zwölf. Trotz der frühen Stunde kamen schon mehrere Frauen, die sich alle in vollem Staat hatten zeigen wollen, vom Schlosse zurück, nicht ohne sich verstimmt umzuwenden, als bedauerten sie, zu einem ersehnten Schauspiel zu spät gekommen zu sein. Einige Worte, die der Verdrießlichkeit dieser enttäuschten Schönen entschlüpft und von der hübschen Unbekannten flüchtig aufgefangen worden waren, hatten diese merkwürdig beunruhigt. Der Greis erspähte mit einem eher neugierigen als spöttischen Blick die Zeichen von Ungeduld und Angst, die auf dem reizenden Gesicht seiner Begleiterin flackerten; er mochte sie wohl allzu aufmerksam beobachten, um nicht irgendeinen väterlichen Hintergedanken zu hegen.

Dieser Sonntag war der dreizehnte des Jahres 1813. Zwei Tage später brach Napoleon zu jenem verhängnisvollen Feldzug auf, in dem er nacheinander Bessières und Duroc verlieren, die denkwürdigen Schlachten bei Lützen und Bautzen gewinnen, sich von Österreich, Sachsen, Bayern, Bernadotte verraten sehen und die fürchterliche Schlacht bei Leipzig durchstehen sollte.

Die vom Kaiser abgehaltene großartige Parade sollte die letzte von all denen sein, die so lange die Bewunderung von Parisern wie von Fremden erregt hatten. Zum letzten Male sollte die alte Garde die kunstvollen Bewegungen vollführen, deren Pracht und Präzision mitunter den Riesen selber in Erstaunen setzten, den Riesen, der damals zu seinem Zweikampf mit Europa rüstete. Es war ein Gefühl der Trauer, das jetzt eine glänzende, schaulustige Menschenmenge zu den Tuilerien führte. Jeder schien die Zukunft zu erraten, jeder ahnte wohl, daß mehr als einmal die Phantasie das Bild dieses Schauspiels nachformen würde, wenn die heldenhaften Zeiten Frankreichs – so wie es nun heute der Fall ist – schon in das fast sagenhafte Dunkel der Geschichte versunken wären.

»Komm, laß uns schneller gehen, Vater!« drängte das junge Mädchen mit leisem Mutwillen und zog den Greis weiter. »Ich höre schon die Trommeln.«

»Die Truppen marschieren in die Tuilerien ein«, erwiderte er.

» – oder marschieren schon vorbei; alle kommen sie schon zurück!« beharrte sie mit kindlichem Unwillen, was bei dem Greis ein Lächeln hervorrief.

»Die Parade beginnt erst um halb eins«, besänftigte der Vater, der mit seiner stürmischen Tochter kaum noch Schritt zu halten vermochte.

Wenn man sah, wie sie den rechten Arm schwenkte, hätte man meinen können, sie brauche das zum rascheren Laufen. Ihre wohlbehandschuhte kleine Hand, die voller Ungeduld ein Taschentuch zerdrückte, glich dem die Wellen zerteilenden Ruder eines Bootes. Bisweilen lächelte der Greis; doch dann wieder verdüsterten flüchtige Schatten der Bekümmernis sein verhärmtes Gesicht. Seine Liebe zu dem schönen Geschöpf ließ ihn ebensosehr die Gegenwart genießen wie die Zukunft fürchten. Er schien sich zu sagen: ›Sie ist heute glücklich, wird sie es immer sein?‹ Denn die Alten neigen nur allzusehr dazu, die Zukunft der jungen Leute mit der Aussteuer ihrer eigenen Sorgen zu belasten. Als Vater und Tochter den Säulengang des Eckflügels erreichten, von dessen Spitze die Trikolore wehte und durch den die Spaziergänger, die zwischen Tuileriengarten und Place du Carrousel hin und her gehen, hindurch müssen, riefen ihnen die Posten in gewichtigem Tone zu: »Kein Durchgang mehr!«

Die Kleine stellte sich auf die Zehenspitzen und konnte undeutlich eine Menge geputzter Frauen sehen, welche die beiden Seiten des alten marmornen Torbogens, durch den der Kaiser kommen sollte, belagerten.

»Da siehst du, Vater, wir sind zu spät von zu Hause weggegangen.«

Ihr bekümmert schmollendes Mündchen plauderte aus, daß sie unbedingt bei dieser Heerschau hatte dabeisein wollen.

»Dann gehen wir also wieder, Julie; du willst doch nicht zerdrückt werden.«

»Nein, Vater, wir wollen bleiben. Von hier aus kann ich wenigstens noch den Kaiser sehen. Wenn er auf dem Feldzug umkäme, hätte ich ihn nie zu Gesicht bekommen.«

Der Vater erschrak, als er die egoistischen Worte seiner Tochter hörte; Tränen waren in ihrer Stimme. Er sah sie von der Seite an und glaubte zu ahnen, daß die Tränen unter ihren gesenkten Lidern weniger vom Verdruß als von einem ersten Herzenskummer herrührten, dessen Geheimnis für einen alten Vater leicht zu erraten ist. Auf einmal wurde Julie rot, sie stieß einen Ruf aus, den weder die Posten noch der Greis zu deuten wußten. Bei diesem Schrei wandte sich ein Offizier, der vom Hofe her der Treppe zueilte, rasch um, trat bis zu dem Torbogen im Garten vor, erkannte das für einen Augenblick von den hohen Bärenfellmützen der Grenadiere verdeckte junge Mädchen und nahm augenblicklich für sie und ihren Vater die eben von ihm selber erteilte Weisung zurück. Sodann, ohne sich um das Murren der festlichen Volksmenge, die den Torbogen belagert hielt, zu kümmern, zog er das entzückte Kind sanft zu sich heran.

»Jetzt verstehe ich ihre Aufregung und ihre Ungeduld, da du Dienst hast«, meinte der Greis halb im Ernst, halb im Scherz.

»Wenn sie einen guten Platz haben wollen, dürfen wir nicht länger plaudern. Der Kaiser wartet nicht gern; ich habe vom Marschall Befehl, ihm Meldung zu machen.«

Bei seinen letzten Worten hatte er schon mit rechter Vertraulichkeit Julies Arm gefaßt und zog sie rasch nach dem Carrousel hin mit sich fort. Staunend bemerkte Julie eine riesige Menschenmenge, die sich auf dem kleinen Raum zwischen den grauen Schloßmauern und den die Ecksteine verbindenden Absperrketten, welche ihrerseits große sandige Vierecke auf dem Hofe der Tuilerien absteckten, zusammendrängte. Die Postenkette, die dem Kaiser und seinem Generalstab den Weg frei halten sollte, mußte alle Kraft aufwenden, um nicht von dieser gärenden, wie ein Bienenschwarm summenden Menge überrannt zu werden.

»Es wird also sehr schön werden?« fragte Julie lächelnd.

»Vorsicht!« rief der Offizier, faßte Julie um die Taille und hob sie mit ebensoviel Kraft wie Gewandtheit in die Höhe, um sie neben einer Säule wieder abzusetzen.

Ohne diese jähe Entführung wäre seine neugierige Verwandte von der Kruppe eines Schimmels arg gequetscht worden. Dieses Pferd, das einen grünsamtenen, goldgestickten Sattel trug, hielt Napoleons Mameluck am Zügel, unmittelbar am Tor, zehn Schritt hinter den übrigen Pferden, die in Erwartung der Großoffiziere, des kaiserlichen Gefolges, dort standen. Der junge Mann wies Vater und Tochter rechts am ersten Eckstein, vor der Menge, einen Platz zu und empfahl sie mit einem Kopfnicken der Obhut zweier alter Grenadiere, zwischen denen sie standen. Als der Offizier zum Schlosse zurückkam, hatte ein Schimmer von Glück und Freude von seinem Gesicht den plötzlichen Schrecken verjagt, den das brüske Zurückweichen des Pferdes darauf gemalt hatte. Julie hatte ihm geheimnisvoll die Hand gedrückt, sei es, um ihm für den kleinen Dienst, den er ihr eben erwiesen hatte, zu danken, sei es, um ihm zu sagen ›So sehe ich Sie denn endlich wieder!‹ Sie hatte sogar leicht den Kopf geneigt, in Erwiderung der ehrerbietigen Verbeugung, die der Offizier, ehe er eiligst verschwand, ihr wie auch ihrem Vater machte. Der Greis, der die beiden jungen Leute anscheinend absichtlich beieinander gelassen hatte, verharrte, dicht hinter seiner Tochter stehend, in ernstem Schweigen; gleichwohl beobachtete er sie heimlich und gedachte in ihr eine trügerische Sicherheit zu erwecken, indem er so tat, als sei er völlig im Banne des herrlichen Schauspiels auf dem Carrousel. Als Julie schließlich ihren Vater wieder ansah – so wie ein Schüler, der ein schlechtes Gewissen hat, seinen Lehrer ansieht –, schenkte ihr der Greis sogar ein Lächeln von heiterer Gewogenheit; seinem scharfen Auge jedoch, das dem Offizier bis zum Torbogen folgte, war nichts von dieser kurzen Szene entgangen.

»Welch herrliches Bild!« sagte Julie leise und drückte die Hand des Vaters.

Der großartige, malerische Anblick, den das Carrousel in diesem Augenblick bot, entlockte diesen Ausruf Tausenden von Zuschauern, deren Gesichter von Bewunderung gleichsam entgeistert waren. Eine weitere Menschensäule, ebenso dicht gedrängt wie die, in der sich der Greis und seine Tochter befanden, nahm gegenüber dem Schloß den gepflasterten schmalen Raum vor dem Gitter am Carrousel ein. Diese Menge hob mit der Buntheit ihrer Frauentoiletten das riesige Rechteck, das die Tuilerien und jenes unlängst neu angebrachte Gitter am Carrousel bilden, noch plastischer heraus. Die Regimenter der alten Garde, über die Musterung gehalten werden sollte, füllten den weiten Platz; zehn Glieder tiefe, imposante farbige Reihen warteten dort im Angesicht des Schlosses. Jenseits der Absperrung, im Carrousel, standen in weiteren Marschblöcken mehrere Infanterie- und Kavallerieregimenter in Bereitschaft, um unter dem Triumphbogen vorbeizumarschieren, der die Mitte des Gitters ziert und auf dessen Spitze man zu jener Zeit die wundervollen venezianischen Pferde sehen konnte. Die Regimentskapellen, die sich unter den Galerien des Louvre aufgestellt hatten, waren durch die diensttuenden polnischen Ulanen verdeckt. Ein großer Teil des sandigen Vierecks lag da wie eine leere, für den Aufmarsch dieser schweigenden Korps wohlvorbereitete Arena. Zehntausend Bajonette, die in militärisch vollendeter Symmetrie aufgestellt waren, fingen in ihren blitzenden dreizackigen Spitzen die Strahlen der Sonne auf. Eine leichte Brise bewegte die Federbüsche der Soldaten hin und her und ließ sie wogen wie die Bäume eines Waldes, die sich unter einem heftigen Winde beugen. Diese alten Regimenter, schweigsam und glänzend in der Mannigfaltigkeit der Uniformen, Aufschläge, Waffen und Achselschnüre, boten tausend Farbkontraste. Das riesenhafte Gemälde, Miniaturbild eines Schlachtfeldes vor dem Kampf, mit all seinen Zufälligkeiten und Absonderlichkeiten, wurde stimmungsvoll eingerahmt von den hohen, würdevollen Gebäuden, deren Unbeweglichkeit auf Offiziere und Soldaten überzugehen schien. Unwillkürlich verglich der Zuschauer die Mauern der Menschen mit den Mauern aus Stein. Die Frühlingssonne, die verschwenderisch ihr Licht auf die Mauern warf, gleichgültig, ob sie soeben frisch erbaut oder hundert Jahre alt waren, ließ durch die Fülle ihrer Strahlen jene zahllosen sonnverbrannten Gesichter aufleuchten, die von vergangenen Gefahren erzählten und in gefaßtem Schweigen die kommenden erwarteten. Die Regimentsobersten ritten allein vor der Front dieser tapferen Männer auf und ab. Weiterhin konnten die Schaulustigen vor den in Silber, Azurblau, Purpurrot und Gold schimmernden Kolonnen die dreifarbigen Fähnchen an den Lanzen von sechs unermüdlichen polnischen Reitern erkennen. Gleich Hunden, die eine Herde über ein Feld treiben, galoppierten sie unentwegt zwischen Truppen und Zuschauern umher, um aufzupassen, daß letztere den ihnen am kaiserlichen Gitter zugebilligten Platz nicht überschritten. Wenn dieses Hin und Her nicht gewesen wäre, hätte man meinen können, man befände sich in Dornröschens verwunschenem Schloß. Der sanfte Frühlingswind, der über die langhaarigen Bärenfellmützen der Grenadiere hinstrich, bezeugte die Regungslosigkeit der Soldaten, ihre Schweigsamkeit wurde von dem Raunen der Menge noch stärker hervorgehoben. Nur manchmal klang ein Schellenbaum auf, oder ein leichter Schlag wurde versehentlich gegen eine große Trommel geführt und vom kaiserlichen Schlosse zurückgeworfen; das war dann wie fernes Donnerrollen, welches ein Gewitter anzeigt. Eine unbeschreibliche Begeisterung brandete in der erwartungsvollen Menge. Frankreich schickte sich an, Napoleon Lebewohl zu sagen, am Vorabend eines Feldzuges, dessen Gefahren selbst der einfachste Bürger voraussah. Dieses Mal ging es für das französische Kaiserreich um Sein oder Nichtsein. Dieser Gedanke schien Zuschauer wie Soldaten zu erregen, die, gleichermaßen schweigsam, sich auf dem Raum zusammendrängten, wo Napoleons Adler und Genie schwebten. Diese Soldaten, Frankreichs Hoffnung, diese Soldaten, Frankreichs letzter Blutstropfen, steigerten noch die unruhvolle Neugier der Schaulustigen. Die Mehrzahl der Anwesenden und der Soldaten, sie sagten einander ein vielleicht ewiges Lebewohl; aber alle Herzen, selbst die dem Kaiser feindselig gesinnten, schickten ihre glühenden Wünsche für den Ruhm des Vaterlandes zum Himmel. Alle Männer, wenn sie des Kampfes zwischen Europa und Frankreich auch noch so müde waren, hatten ihren Haß abgelegt, als sie unterm Triumphbogen hindurchschritten; sie begriffen, daß am Tage der Gefahr Napoleon ganz Frankreich war. Die Schloßuhr schlug halb eins. In diesem Augenblick verstummte das Schwirren der Menge, die Stille wurde so tief, daß man den Laut eines kleinen Kindes hätte hören können. Da vernahmen der Greis und seine Tochter, die nur mit den Augen zu leben schienen, Sporenklirren und Degenrasseln; schallend ließ es der Säulengang des Schlosses widerhallen.

Plötzlich erschien ein kleiner, ziemlich fetter Mann in grünem Rock, weißer Hose und Reitstiefeln, auf dem Kopf einen Dreimaster, der ebenso wunderbar war wie er selbst; das breite rote Band der Ehrenlegion wippte auf seiner Brust, ein kleiner Degen hing an seiner Seite. Der Mann war von jedem Punkt des weiten Rundes aus zu sehen, und alle Augen erblickten ihn gleichzeitig. Sofort schlugen die Trommler den Präsentiermarsch, die beiden Musikkapellen begannen mit einem Satz, dessen kriegerisches Thema von allen Instrumenten, von der zartesten Flöte bis zur großen Trommel, aufgenommen wurde. Bei diesem Schlachtruf erschauerten alle Herzen, salutierten die Fahnen, präsentierten die Soldaten das Gewehr mit einem einzigen schlagartigen Griff, der die Gewehre vom ersten bis zum letzten Glied auf dem Carrousel hochriß. Kommandoworte pflanzten sich wie ein Echo von Glied zu Glied fort. »Es lebe der Kaiser!« schrie die begeisterte Menge immer wieder. Kurz, alles bebte, alles regte sich, alles gärte. Napoleon war zu Pferd gestiegen. Das hatte Leben in die stummen Menschenmassen gebracht, das hatte den Instrumenten Stimme gegeben, die Feldzeichen und Fahnen zum Schwingen gebracht, auf alle Gesichter Erregung gelockt. Selbst die hohen Mauern des alten Schlosses schienen zu rufen: Es lebe der Kaiser! Das war nichts Menschliches, das war ein Zauber, ein Abbild der göttlichen Macht, oder vielmehr ein vergängliches Ebenbild dieser so vergänglichen Herrschaft. Der Mann, der von so viel Liebe, Begeisterung, Ergebenheit und Wünschen umhüllt war, der Mann, für den die Sonne die Wolken vom Himmel gejagt hatte, er blieb unbeweglich auf seinem Pferd, drei Schritt vor der kleinen, in Gold schimmernden Schar seiner Begleitung, zur Linken den Großmarschall, zur Rechten den diensttuenden Marschall. Inmitten des Aufruhrs der Gefühle, dessen Ursache er war, schien sich kein Zug seines Gesichts zu bewegen.

»Ja, wahrhaftig! Mitten im Feuer bei Wagram, mitten unter den Toten an der Moskwa, nie läßt er sich aus der Ruhe bringen; ja, so ist er!«

Diese Antwort auf zahllose Fragen gab der Grenadier, der neben dem jungen Mädchen stand. Für Augenblicke war Julie ganz in den Bann dieses Gesichts gezogen, dessen Unerschütterlichkeit ein so starkes Machtbewußtsein ausdrückte. Der Kaiser bemerkte Fräulein von Chatillonest, und sich zu Duroc hinüberbeugend, flüsterte er ihm ein paar Worte zu, über die der Großmarschall lächeln mußte. Die militärischen Übungen nahmen ihren Anfang. Wenn das junge Mädchen bis jetzt ihre staunenden Blicke zwischen dem empfindungslosen Gesicht Napoleons und den blauen, grünen und roten Reihen der Truppensäulen hatte hin und her gehen lassen, so schenkte sie nunmehr, im Angesicht der schnellen, exakten Marschbewegung der alten Soldaten, ihre Aufmerksamkeit fast ausschließlich einem jungen Offizier, der zu Pferde zwischen den marschierenden Kolonnen auf und ab jagte und in rastlosem Eifer immer wieder zu der Gruppe zurückkehrte, an deren Spitze der einfache Napoleon glänzte. Dieser Offizier ritt einen prachtvollen Rappen und hob sich aus der buntschillernden Menge durch die schöne himmelblaue Uniform der kaiserlichen Ordonnanzoffiziere heraus. Die Tressen am Rock, der Federbusch auf dem schmalen, hohen Tschako glitzerten und funkelten so lebhaft, daß die Zuschauer den Reiter mit einem Irrlicht vergleichen mußten, mit einer unsichtbaren Seele, die vom Kaiser Befehl erhalten hatte, den Bataillonen Leben und Bewegung einzuhauchen – diesen Bataillonen, deren wogende Gewehre Funken sprühten, wenn sie, auf ein bloßes Zeichen seiner Augen, sich teilten, sich wieder vereinigten, sich wie die Wellen eines Strudels im Kreise drehten oder an ihm vorüberzogen wie die langen, steilen, hohen Wogen, die der erzürnte Ozean gegen seine Ufer wälzt.

Als die Parade zu Ende war, kam der Ordonnanzoffizier mit verhängtem Zügel herangeritten und hielt vor dem Kaiser, in Erwartung seiner Befehle. In diesem Augenblick – er war zwanzig Schritt von Julie entfernt, vor der kaiserlichen Gruppe – glich seine Haltung ungefähr derjenigen, die Gérard auf seinem Bild »Die Schlacht von Austerlitz« dem General Rapp gegeben hat. Dem jungen Mädchen war es nun vergönnt, ihren Geliebten in seinem ganzen militärischen Glanz zu bewundern. Oberst Viktor d'Aiglemont, kaum dreißig Jahre alt, war groß, schlank und gut gewachsen; seine körperlichen Vorzüge konnten nicht vorteilhafter zur Geltung kommen, als wenn er seine Kraft gebrauchte, um ein Pferd zu zügeln, dessen feiner, geschmeidiger Rücken sich dann willig unter ihm zu beugen schien. Sein braunes, männliches Gesicht hatte jenen unerklärlichen Reiz, den eine vollendete Regelmäßigkeit der Züge junger Gesichtern verleiht. Seine Stirn war breit und hoch. Seine feurigen Augen, die von dichten Brauen überschattet und von langen Wimpern eingefaßt wurden, lagen wie zwei weiße Ovale zwischen zwei schwarzen Linien. Seine Nase hatte die edle Krümmung des Adlerschnabels. Das Purpurrot seiner Lippen wurde noch gesteigert durch den unvermeidlichen schwarzen, gezwirbelten Schnurrbart. Seine breiten Wangen von kräftiger, gesunder Farbe wiesen jene braunen und gelben Töne auf, die von außergewöhnlicher Kraft zeugten. Sein Gesicht, eins von denen, welche die Tapferkeit mit ihrem Griffel gezeichnet hat, stellte den Typ dar, den heutzutage der Künstler sucht, wenn er einen Helden des kaiserlichen Frankreichs darstellen will. Das Pferd, von Schweiß triefend, den Kopf in höchster Ungeduld schüttelnd, die Vorderbeine gespreizt und auf eine Linie gestellt, wedelte mit dem langen, buschigen Schwanze; seine Ergebenheit bot ein sichtbares Abbild derjenigen, welche sein Herr für den Kaiser empfand. Als nun Julie sah, wie ihr Geliebter alles daransetzte, um Napoleons Blicke auf sich zu ziehen, war sie für Augenblicke eifersüchtig; zumal wenn sie bedachte, daß er sie selber noch nicht angesehen hatte. Da auf einmal, ein kurzes Wort des Herrschers, Viktor gibt dem Pferde die Sporen und sprengt im Galopp davon. Aber der auf dem Sand vorspringende Schatten eines Ecksteins erschreckt das Tier, es scheut, weicht zurück, bäumt sich, und zwar so jäh, daß dem Reiter Gefahr droht. Julie stößt einen Schrei aus, sie erblaßt. Jedermann blickt neugierig nach ihr hin, sie selber sieht niemanden; ihre Augen sind auf dieses allzu wilde Pferd gerichtet, das der Offizier nun bändigt, währenddem er forteilt, um Napoleons Befehle weiterzugeben. Diese verwirrenden Vorgänge hatten Julies Aufmerksamkeit so sehr gefesselt, daß sie sich unbewußt an den Arm ihres Vaters geklammert hatte, dem sie somit, ohne es zu wollen, durch den mehr oder weniger heftigen Druck ihrer Finger ihr Inneres offenbarte. Als Viktor nahe daran war, vom Pferde abgeworfen zu werden, hatte sie sich noch fester an ihren Vater gehängt, als wäre sie selbst in Gefahr gewesen, herunterzustürzen. Mit düsterer, schmerzlicher Unruhe hatte der Greis das vorher freudig erregte Antlitz seiner Tochter betrachtet, und Regungen des Mitleids und der Eifersucht, ja, selbst der stillen Klage waren in alle Fältchen seines Gesichts geglitten. Als aber der ungewohnte Glanz in Julies Augen, der eben ausgestoßene Schrei und das krampfhafte Zucken ihrer Finger ihm vollends eine geheime Liebe enthüllt hatten, da mußte er wohl ohne Zweifel eine trübe Zukunft vorausgeahnt haben, denn sein Gesicht hatte dabei einen finsteren Ausdruck gezeigt. Es war, als sei in jenem Augenblick Julies Seele in die des Offiziers übergegangen. Eine Vorstellung, noch grausamer als alle die anderen, die den Greis bislang erschreckt hatten, krampfte die Züge seines verhärmten Gesichts zusammen, als er sah, wie d'Aiglemont im Vorbeireiten einen Blick des Einverständnisses mit Julie tauschte, die feuchte Augen und übermäßig glühende Wangen hatte. Und er führte seine Tochter plötzlich weg, in den Garten der Tuilerien.

»Aber Vater«, wandte sie ein, »auf der Place du Carrousel stehen noch Regimenter, die exerzieren wollen.«

»Aber nein, Kind, es ziehen alle Truppen vorbei.«

»Ich glaube, du irrst dich, Vater. Herr d'Aiglemont hatte Order, sie vorrücken zu lassen . . .«

»Gleichwohl, mein Kind, ich habe Schmerzen und will nicht mehr bleiben.«

Es fiel Julie nicht schwer, ihrem Vater Glauben zu schenken, da sie sah, wie väterliche Sorgen seinem Gesicht einen Ausdruck kraftloser Niedergeschlagenheit verliehen.

»Sind die Schmerzen stark?« fragte sie teilnahmslos, so sehr war sie in Gedanken versunken.

»Ist nicht jeder Tag für mich ein Geschenk?« fragte der Greis zurück.

»Du quälst mich schon wieder, indem du von deinem Tode redest. Ich war so fröhlich! Willst du wohl deine häßlichen, schwarzen Gedanken fortscheuchen!«

»Ach«, seufzte der Vater, »verwöhntes Kind! Die besten Herzen sind bisweilen sehr grausam. Wir weihen euch unser Leben, wir denken nur an euch, wir haben nur euer Wohlbefinden im Auge, wir opfern euren Launen unsere eigenen Neigungen, wir vergöttern euch, wir geben sogar unser Blut für euch hin – ist das denn alles nichts? Ach! Und ihr, ihr nehmt das alles unbekümmert hin. Um ewig euer Lächeln und eure gönnerhafte Liebe zu erhalten, müßte man die Allmacht Gottes besitzen. Dann kommt schließlich ein anderer, ein Liebhaber, ein Gatte, und sie entreißen uns euer Herz.«

Erstaunt sah Julie ihren Vater an, der schritt langsam dahin und heftete einen glanzlosen Blick auf sie.

»Ihr verbergt euch sogar vor uns«, sagte er weiter, »vielleicht sogar vor euch selber . . .«

»Was sagst du da, Vater?«

»Ich meine, Julie, daß ihr Geheimnisse vor mir habt. – Du liebst«, fuhr der Greis rasch fort, als er merkte, daß seine Tochter errötete. »Ich hoffte, daß du deinem alten

Vater bis zu seinem Tode treu sein würdest, ich hoffte, daß ich dich glücklich und strahlend bei mir behalten, dich so, wie du noch unlängst warst, vergöttern könnte. Als ich noch nichts von deinem Geheimnis wußte, hätte ich an eine für dich sorgenfreie Zukunft glauben mögen; jetzt aber kann ich mir von deinem Leben nichts Gutes mehr versprechen, jetzt, da ich weiß, daß du noch mehr den Oberst als den Vetter liebst. Daran kann ich nicht mehr zweifeln.«

»Warum sollte ich ihn nicht lieben dürfen?« rief sie mit aufbegehrender Wißbegierde aus.

»Ach, meine Julie, du könntest mich doch nicht verstehen«, seufzte der Vater.

»Doch, sag es mir!« beharrte sie mit einer eigensinnigen Geste.

»Nun gut, mein Kind, so höre! Junge Mädchen erschaffen sich oftmals edle, betörende Bilder, ganz ideale Gestalten, und geben sich wunderlichen Vorstellungen hin über die Menschen, über die Gefühle, über die Welt; dann statten sie in ihrer Unschuld einen menschlichen Charakter mit all den Vollkommenheiten aus, die sie sich erträumt haben, und glauben fest daran. Sie lieben in dem Manne ihrer Wahl jenes Geschöpf ihrer Einbildung; später, wenn es nicht mehr möglich ist, sich aus dem Wahn zu reißen, wandelt sich die trügerische Erscheinung, die sie so veredelt haben, mit einem Wort, ihr früherer Abgott wird zu häßlichen Skelett. Julie, ich sähe es lieber, du wärest in einen Greis verliebt, als daß du den Oberst liebtest. Ach, wenn du nur zehn Jahre deiner Zukunft voraussehen könntest, würdest du meine erfahrenen Worte gerechtfertigt finden. Ich kenne Viktor: Seine Fröhlichkeit ist eine Fröhlichkeit ohne

Geist, eine Fröhlichkeit der Kaserne, er ist unbegabt und verschwenderisch. Er ist einer jener Männer, die der Himmel geschaffen hat, damit sie täglich vier Mahlzeiten einnehmen und verdauen, damit sie schlafen, die erste beste lieben und sich schlagen. Viktor versteht das Leben nicht. Sein gutes Herz – denn er hat ein gutes Herz – wird ihn vielleicht dazu bringen, einem Unglücklichen, einem Kameraden seine Geldbörse zu schenken; aber er ist sorglos, aber er hat nicht jenes Zartgefühl des Herzens, das uns zu Sklaven macht, wenn es gilt, eine Frau glücklich zu machen; aber er ist unwissend, egoistisch ... Es gibt viele Aber.«

»Immerhin, Vater, muß er doch Geist und Fähigkeiten besitzen, da man ihn zum Oberst gemacht hat ...«

»Meine Teure, Viktor wird sein ganzes Leben lang Oberst bleiben. Ich habe noch niemanden kennengelernt, der mir deiner würdig schiene«, versetzte der alte Vater mit verhaltener Begeisterung. Er hielt kurz inne, sah seine Tochter an und fuhr fort: »Aber, meine arme Julie, du bist noch zu jung, zu schwach, zu zart, um die Nöte und Verdrießlichkeiten der Ehe zu ertragen. D'Aiglemont ist von seinen Eltern verwöhnt worden, so wie du es wurdest von deiner Mutter und mir. Wie sollte man da glauben, daß ihr euch beide verstehen könntet – wo jeder von euch seinen Willen hat, der in seinem Egoismus mit dem andern unvereinbar ist? Du wirst entweder Opfer oder Tyrann werden. Das eine wie das andere bringt gleichermaßen viele Qualen in das Leben einer Frau. Aber du bist sanft und zurückhaltend, du wirst dich zunächst beugen. Schließlich hast du –«, in seiner Stimme war Unruhe, »– eine Anmut des Herzens, die man nicht zu schätzen wissen wird, und dann ...« Er vollendete nicht, Tränen erstickten seine Worte. – »Viktor«, begann er nach einer Pause wieder, »Viktor wird die natürliche Unbefangenheit deiner jungen Seele zerstören. Ich kenne die Soldaten, meine Julie; ich habe unter ihnen gelebt. Nur selten kann bei diesen Menschen das Herz über die Gewohnheiten siegen, die durch das Leid, das sie stets um sich sehen, oder durch die Wechselfälle ihres Abenteurerlebens bedingt sind.«

»Du willst dich also über meine Gefühle hinwegsetzen, Vater«, forschte Julie in einem Ton, der auf der Mitte zwischen Ernst und Scherz lag, »willst mich also um deinetwillen und nicht um meinetwillen verheiraten?«

»Dich verheiraten um meinetwillen!« rief der Vater überrascht aus. »Um meinetwillen, mein Kind, wo du doch bald die so freundschaftlich scheltende Stimme nicht mehr vernehmen wirst! Immer wollen die Kinder die Opfer, die ihnen die Eltern darbringen, einer egoistischen Regung zuschreiben. Heirate Viktor, meine Julie! Eines Tages wirst du seine Mittelmäßigkeit bitter beklagen, seine Haltlosigkeit, seinen Egoismus, seinen Mangel an Zartgefühl, seine Unfähigkeit zur Liebe und tausenderlei andere Verdrießlichkeiten, die dir durch ihn entstehen. Dann magst du daran denken, daß hier unter diesen Bäumen die prophetische Stimme deines alten Vaters vergebens Zugang zu deinem Ohr suchte.«

Der Greis schwieg, er hatte seine Tochter dabei ertappt, wie sie mutwillig den Kopf zurückwarf. Beide gingen noch einige Schritte nach dem Gitter zu, an dem ihr Wagen hielt. Während dieses kurzen schweigsamen Ganges beobachtete das junge Mädchen heimlich das Gesicht ihres Vaters, und ihre Verstimmung schwand allmählich. Sie war tief beeindruckt von dem schweren Kummer, der in diese herabgebeugte Stirn eingegraben war.

»Ich verspreche dir, Vater«, sagte sie sanft und leise beunruhigt, »daß ich nicht mehr von Viktor reden werde, bis du deine Voreingenommenheit gegen ihn aufgegeben hast.«

Erstaunt sah der Greis seine Tochter an. Zwei Tränen traten in seine Augen und glitten die welken Wangen hinab. Er konnte Julie inmitten der Menschenmenge nicht umarmen, aber er drückte ihr zärtlich die Hand. Als er wieder in den Wagen stieg, waren alle sorgenvollen Gedanken, die sich hinter seiner Stirn eingenistet hatten, verflogen. Die leichte Wehmut seiner Tochter versetzte ihn weit weniger in Unruhe als die unschuldige Freude, deren Geheimnis Julie bei der Parade entschlüpft war. –

In den ersten Märztagen des Jahres 1814, kaum ein Jahr nach dieser kaiserlichen Parade, fuhr eine Kalesche auf der Landstraße von Amboise nach Tours dahin. In dem Augenblick, da der Wagen aus dem grünen Dom der Nußbäume, unter denen sich die Poststation von La Frillière versteckte, herausrollte, wurde er mit solcher Schnelligkeit fortgezogen, daß er unversehens an der über die Cise gebauten Brücke, dort, wo der Fluß in die Loire mündet, anlangte und daselbst stehenblieb. Ein Geschirrstrang war gerissen infolge der rasenden Eile, zu der ein junger Postillion auf Befehl seines Herrn vier der kräftigsten Postpferde angetrieben hatte. Durch einen Zufall hatten somit die beiden Personen, die sich im Innern der Kalesche befanden, die rechte Muße, beim Erwachen eine der schönsten Landschaften zu betrachten, die die bezaubernden Ufer der Loire dem Auge bieten können. Zur Rechten umfängt der Reisende mit einem einzigen Blick alle Windungen der Cise, die wie eine silberglänzende Schlange durch das zarte Gras der Wiesen züngelt, denen die ersten Frühlingstriebe zu dieser Zeit smaragdene Töne geben. Zur Linken zeigt sich in ihrer ganzen Herrlichkeit die Loire. Zahllose Facetten von Kräuselwellen, aufgerührt von einem kühlen Morgenwinde, fangen das Lichtgefunkel auf, das die Sonne über die weite Wasserfläche dieses hoheitsvollen Stromes sendet. Hier und da auf den unermeßlichen Wassern reihen sich grünende Inseln wie die Edelsteine eines Halsbandes aneinander. Auf der andern Seite des Flusses entfalten, soweit das Auge sehen kann, die schönsten Gefilde der Touraine ihre Herrlichkeiten. In der Ferne trifft der Blick allerorts auf die Hügel des Cher, deren Gipfel in diesem Augenblick leuchtende Konturen auf das zart schimmernde Azurblau des Himmels zeichneten. Im Hintergrund des Bildes, durch das zarte Laubwerk der Inseln hindurchschimmernd, scheint Tours – wie Venedig – aus dem Schoße der Fluten emporzusteigen. Die Glockentürme der alten Kathedrale ragen hoch in die Lüfte; sie verschwammen jetzt in mehreren bizarren weißlichen Wolkengebilden. Jenseits der Brücke, vor der der Wagen gehalten hatte, gewahrt der Reisende vor sich, längs der Loire bis nach Tours hin, eine Felsenkette, die durch eine Laune der Natur hier aufgeworfen zu sein scheint, um mit steilem Ufer den Fluß einzuengen, dessen Wasser unaufhörlich das Gestein aushöhlen – ein Schauspiel, das stets das Staunen der Reisenden erregt. Wie ein verstecktes Nest, gleichsam eingebaut in die Schluchten und Spalten der

Felsen, die von der Cisebrücke in einen scharfen Winkel übergehen, liegt das Dorf Vouvray. Ein Volk von Weinbauern wohnt von hier bis nach Tours in den schrecklichen Schluchten dieser zerklüfteten Höhen. Drei Stockwerke besitzen an mehr als einer Stelle die Häuser, die in die Felshöhlungen gebaut und durch gefährliche, in den gleichen Stein gehauene Treppen miteinander verbunden sind. Oben über das Dach läuft ein Mädchen im roten Unterrock in seinen Garten. Zwischen den Reben und Ranken eines Weinberges steigt der Rauch eines Schornsteins in die Höhe. Pächter arbeiten auf nahezu senkrecht abfallenden Feldern. Gelassen auf einem herabgestürzten Felsblock sitzend, dreht eine alte Frau unter den Blüten eines Mandelbaums ihr Spinnrad, zu ihren Füßen sieht sie die Reisenden vorbeifahren und lächelt über deren Erschrecken. Sie läßt sich durch die Risse im Boden ebensowenig aus der Ruhe bringen wie durch das herabhängende alte Mauerstück, dessen Steinschichten einzig und allein das Wurzelgeflecht eines Efeumantels am Einsturz hindert. Der Hammerschlag der Küfer läßt die in luftige Höhe gebauten Kellergewölbe widerhallen. Letzten Endes ist der Boden überall bebaut und überall fruchtbar, selbst wenn die Natur dem menschlichen Fleiß das Erdreich verweigert. So ist längs der Loire nichts dem blühenden Panorama zu vergleichen, das die Touraine jetzt dem Auge des Reisenden bietet. Der Anblick dieses dreifachen Bildes, dessen Fülle kaum angedeutet ist, schenkt der Seele eins jener Schauspiele, die sie für immer festhält; und wenn ein Dichter sich ihm einmal hingegeben hat, kommen seine Träume wieder und wieder und gestalten ihm die romantischen Eindrücke in wunderbarer Weise aufs neue.

Im gleichen Augenblick, als der Wagen die Cisebrücke erreichte, tauchten zwischen den Inseln der Loire mehrere weiße Segel auf und verliehen der harmonischen Landschaft eine noch größere Harmonie. Die wohlriechenden Weiden längs des Flusses mischten ihren würzigen Duft in den gelinden Hauch des feuchten Windes. Die Vögel ließen ihre jubelnden Lieder hören; der einförmige Gesang eines Ziegenhirten fügte eine gewisse Schwermut dazu, während die Rufe der Flußschiffer von ferner Unruhe zeugten. Weiche Dunstschleier, zwischen den in die weite Landschaft hingestreuten Bäumen launenhaft festgehalten, gaben dem Bild einen erhöhten Reiz. Das war die Touraine in ihrer ganzen Herrlichkeit, der Frühling in seiner ganzen Pracht. Dieser Teil Frankreichs, der einzige, den die fremden Heere nicht beunruhigen sollten, war zu jener Stunde der einzige, der unangetastet blieb, und man hätte meinen können, er trotze der Invasion.

Sobald die Kalesche nicht mehr fuhr, schob sich ein Kopf mit einer Feldmütze heraus; kurz darauf öffnete ein ungeduldiger Soldat selber den Wagenschlag und sprang auf die Straße, als wolle er sogleich den Postillion ausschelten. Die Geschicklichkeit jedoch, mit der der Mann aus der Touraine den zerrissenen Strang wieder in Ordnung brachte, beruhigte den Obersten Graf d'Aiglemont, er trat zum Wagenschlag zurück, reckte seine Arme, wie um die steifen Muskeln zu lockern; dann gähnte er, sah in die Landschaft und legte seine Hand auf den Arm einer jungen Frau, die mit viel Sorgfalt in einen Pelzmantel eingepackt war.

»He! Julie!« sagte er mit heiserer Stimme. »Wach doch auf und sieh dir die Landschaft an! Sie ist großartig.«

Julie steckte den Kopf aus der Kalesche. Als Kopfbedeckung diente ihr eine Mütze aus Marderpelz; der weite Pelzmantel, in den sie gehüllt war, verbarg ihre Gestalt so sehr, daß man nur gerade ihr Gesicht sehen konnte. Julie d'Aiglemont glich schon nicht mehr jenem jungen Mädchen, das vor kurzem noch voller Freude und Seligkeit zur Parade in die Tuilerien geeilt war. Ihrem Gesicht, das freilich noch immer zart war, fehlten die rosigen Farben, die ihm ehemals einen so blühenden Glanz verliehen hatten. Das Schwarz einiger durch die Feuchtigkeit der Nacht aufgelöster Haarlöckchen hob das stumpfe Weiß ihres Gesichts, dessen sonstige Frische wie erstarrt war, noch stärker hervor. Nur ihre Augen glänzten in einem unnatürlichen Feuer; doch unterhalb der Lider, auf den müden Wangen, lagen bläuliche Schatten. Teilnahmslos musterte Julie die Gefilde des Cher, die Loire mit ihren Inseln, Tours und die lange Felsenkette von Vouvray; darauf, ohne das entzückende Cisetal betrachten zu wollen, lehnte sie sich sofort wieder in das Wageninnere zurück und meinte mit einer Stimme, die im Freien äußerst kraftlos klang: »Ja, es ist alles herrlich.« Wie man sieht, hatte sie, zu ihrem Unglück, den Sieg über ihren Vater davongetragen.

»Julie, möchtest du nicht hier leben?«

»Ach! Hier oder anderswo«, sagte sie leichthin.

»Hast du Kummer?« fragte Oberst d'Aiglemont.

»Keineswegs«, erwiderte die junge Frau mit plötzlicher Munterkeit. Sie lächelte ihrem Gatten zu und meinte nur noch: »Ich möchte schlafen.«

Plötzlich erklang der galoppierende Hufschlag eines Pferdes. Viktor d'Aiglemont ließ die Hand seiner Frau los und sah zurück nach der Biegung, die die Straße an dieser Stelle macht. Sobald der Oberst Julie nicht mehr ansah, schwand der Ausdruck der Heiterkeit, den sie ihrem blassen Gesicht aufgezwungen hatte; es war, als wäre ein innerer Schein erloschen. Da sie weder den Wunsch verspürte, die Landschaft nochmals zu betrachten, noch wissen wollte, wer der Reiter sei, der in so rasendem Galopp dahergeritten kam, lehnte sie sich wieder in die Ecke des Wagens zurück, ihre Augen, die keinerlei Empfindung verrieten, starr auf die Kruppe der Pferde geheftet. Sie hatte das gleiche stumpfe Aussehen, das ein bretonischer Bauer haben mag, wenn er die Predigt seines Pfarrers hört. Da tauchte aus einem Wäldchen von Pappeln und blühendem Weißdorn ein junger Mann auf einem prachtvollen Pferde auf.

»Es ist ein Engländer«, sagte der Oberst.

»O Gott, wahrhaftig, Herr General«, versetzte der Postillion. »Er ist einer von den Burschen, die, wie man sagt, Frankreich fressen wollen.«

Der Unbekannte war einer jener Reisenden, die sich in dem Augenblick auf dem Festlande befunden hatten, da Napoleon, als Gegenmaßnahme für die Verletzung des Völkerrechts, die das Kabinett von Saint-James sich mit dem Bruch des Vertrages von Amiens hatte zuschulden kommen lassen, alle Engländer in Haft nehmen ließ. Diese Gefangenen, so ganz der launenhaften Macht des Kaisers ausgeliefert, blieben nicht alle in den Orten, an denen sie verhaftet worden waren, noch auch in denen, die sie anfangs frei hatten wählen können. Die Mehrzahl derer, die sich zu der Zeit in der Touraine befanden, waren aus allen möglichen Gegenden des Reichs, wo ihr Aufenthalt die Interessen der Festlandspolitik zu gefährden schien, hierhergebracht worden. Ein solches Opfer bürokratischer Gewalt war auch der junge Gefangene, der zu dieser Stunde seine morgendliche Langeweile spazierenführte. Vor zwei Jahren hatte ihn eine Verordnung des Ministeriums für auswärtige Angelegenheiten aus der Gegend von Montpellier verwiesen; dort hatte ihn damals, als er gerade Heilung von einem Lungenleiden suchte, jener Friedensbruch überrascht. Sobald der junge Mann in der Person des Grafen d'Aiglemont einen Soldaten erkannte, wandte er, um dessen Blick auszuweichen, das Gesicht ziemlich plötzlich den Wiesen an der Cise zu.

»Alle diese Engländer sind anmaßend, als gehörte ihnen die ganze Welt«, murrte der Oberst. »Zum Glück wird Soult es ihnen sicher heimzahlen.«

Als der Gefangene an der Kalesche vorüberritt, sah er hinein. So flüchtig der Blick war, er gestattete ihm dennoch, den Ausdruck von Schwermut zu bewundern, der dem gedankenvollen Antlitz der Gräfin einen unbestimmten Reiz verlieh. Viele Männer werden durch den bloßen Anblick des Leidens bei einer Frau tief erschüttert: Für sie ist der Schmerz wie eine Verheißung von Treue oder Liebe. Julie, ganz in die Betrachtung eines Kissens in ihrem Wagen versunken, beachtete weder Pferd noch Reiter. Der Strang war sicher und rasch instand gesetzt. Der Graf stieg wieder in den Wagen. Der Postillion machte alle Anstrengungen, die verlorene Zeit wieder aufzuholen. Schnell brachte er die beiden Reisenden auf den Chausseedamm, der begrenzt wird von den überhängenden Felsen, auf denen die Weine von Vouvray reifen, aus denen so viele hübsche Häuschen hervorspringen und in der Ferne die Ruinen der allberühmten Abtei von Marmoutiers, der einsamen Zuflucht des heiligen Martin, hervorlugen.

»Was zum Teufel will denn dieser dürre Mylord von uns?« rief der Oberst unwirsch, als er sich umwandte und feststellen mußte, daß der Reiter, der ihnen von der Cisebrücke an folgte, der junge Engländer war.

Da der Unbekannte in keiner Weise gegen die Regeln der Schicklichkeit verstieß, indem er auf der Uferstraße spazierenritt, lehnte sich der Oberst wieder in die Ecke des Wagens zurück, nicht ohne vorher einen drohenden Blick auf den Engländer zu werfen. Gleichwohl konnte er, bei all seiner unwillkürlichen Feindschaft, nicht umhin, die Schönheit des Pferdes und die edle Haltung des Reiters zu bemerken. Der junge Mann hatte eins jener britischen Gesichter, deren Teint so fein, deren Haut so weich und weiß ist, daß man bisweilen glauben möchte, ein solches Gesicht gehöre zum zarten Körper eines jungen Mädchens. Der Mann war blond, hager, groß. Seine Kleidung war von jener Erlesenheit und Sorgfalt, wie sie die elegante Welt des prüden Englands auszeichnet. Man hätte wohl auch gemeint, daß er eher aus Schamhaftigkeit als aus einem Wonnegefühl heraus beim Anblick der Gräfin errötete. Ein einziges Mal hob Julie zu dem Fremden die Augen auf; doch sie tat es nur so leichthin, weil ihr Gatte wünschte, daß sie die Beine eines reinrassigen Pferdes bewundern solle. In diesem Augenblick trafen ihre Augen die des scheuen Engländers. Von nun an folgte der Edelmann, anstatt neben der Kalesche einherzureiten, einige Schritte hinter dem Wagen. Die Gräfin beachtete den Unbekannten kaum noch. Sie bemerkte keine der Vollkommenheiten von Mensch und Tier, auf die sie aufmerksam gemacht worden war, und sank in die Polster des Wagens zurück, nachdem sie wie zum Zeichen der Zustimmung sacht die Augenbrauen zusammengezogen hatte. Der Oberst schlief wieder ein, und die beiden Ehegatten gelangten nach Tours, ohne ein einziges Wort gewechselt zu haben und ohne daß die entzückenden Bilder der wechselvollen Landschaft, die sie durchfuhren, auch nur ein einziges Mal Julies Aufmerksamkeit gefesselt hätten. Dann und wann betrachtete Frau d'Aiglemont ihren Gatten, während er so schlummerte. Beim letzten Blick, den sie ihm zuwarf, erhielt der Wagen einen plötzlichen Stoß, und ein Medaillon, das die junge Frau an einer Trauerkette um den Hals trug, fiel auf ihren Schoß: Das Bild ihres Vaters stand plötzlich vor ihr. Bei diesem Anblick schossen Tränen, bislang zurückgehalten, in ihre Augen. Vielleicht sah der Engländer die feuchtglänzenden Spuren, die diese Tränen für kurze Zeit auf den bleichen Wangen der Gräfin zurückließen, ehe die Luft sie trocknete.

Oberst d'Aiglemont war vom Kaiser beauftragt, dem Marschall Soult, der Frankreich gegen die im Bearn eingefallenen Engländer verteidigen sollte, Order zu bringen. Er benutzte seine Mission dazu, um seine Frau den Gefahren, die damals Paris drohten, zu entziehen, und brachte sie nach Tours zu einer alten Verwandten. Bald rollte der Wagen über das Pflaster von Tours, über die Brücke, in die Grande Rue und hielt vor der alten Villa, die die ehemalige Marquise von Listomère-Landon bewohnte.

Die Marquise von Listomère-Landon war eine jener schönen alten Damen mit blasser Gesichtsfarbe, weißem Haar, einem feinen Lächeln, mit Reifrock und einem aus der Mode gekommenen Kopfputz. Als Siebzigerinnen das Zeitalter Ludwigs XV. verkörpernd, sind diese Frauen fast immer voller Zärtlichkeit, als liebten sie noch immer, weniger fromm als gottesfürchtig, und doch weniger gottesfürchtig, als es den Anschein hat; immer strömen sie einen Duft von Puder à la maréchale aus, erzählen gut, plaudern besser und lachen eher über eine Erinnerung als über einen Scherz. Die Gegenwart mißfällt ihnen. Als eine alte Kammerfrau kam und der Marquise – sie sollte bald wieder ihren Titel führen – den Besuch eines Neffen meldete, den sie seit Beginn des Spanischen Krieges nicht gesehen hatte, nahm sie rasch ihre Brille ab, klappte ihr Lieblingsbuch, die »Galerie des alten Hofes«, zu und ging mit einer gewissen Behendigkeit auf die Freitreppe hinaus, die die beiden Eheleute schon heraufstiegen.

Tante und Nichte musterten sich kurz.

»Guten Tag, liebe Tante!« rief der Oberst, packte die alte Dame und umarmte sie jäh. »Ich führe Ihrer Obhut eine junge Frau zu. Ich vertraue Ihnen meinen Schatz an. Meine Julie ist weder kokett noch eifersüchtig; sie ist sanft wie ein Engel ... Sie wird hier hoffentlich nicht schlimmer werden«, unterbrach er sich.

»Taugenichts!« erwiderte die Marquise und warf ihm einen spöttischen Blick zu.

Mit liebenswürdiger Anmut ging sie, als erste der beiden Frauen, auf Julie zu, um sie zu umarmen; die blieb in Gedanken stehen und schien eher verlegen als neugierig.

»Wollen wir also Bekanntschaft machen miteinander, meine Liebe?« fragte die Gräfin. »Fürchten Sie sich nicht allzusehr vor mir, bei jungen Leuten bemühe ich mich stets, nicht alt zu sein!«

Nach provinzieller Sitte hatte die Marquise, ehe sie in den Salon gingen, bereits das Frühstück für ihre beiden Gäste bestellt; der Graf jedoch brachte die Beredsamkeit seiner Tante zum Stillstand, indem er ihr ernsthaft versicherte, er habe für sie nur so viel Zeit, wie die Post zum Pferdewechsel benötige. Die drei Verwandten begaben sich deshalb sofort in den Salon, und der Oberst nahm sich kaum die Zeit, seiner Großtante über die politischen und militärischen Geschehnisse zu berichten, die ihn nötigten, bei ihr eine sichere Zuflucht für seine junge Frau zu suchen. Währenddessen betrachtete die Tante abwechselnd ihren Neffen, der unaufhörlich redete, und ihre Nichte, deren Blässe und Traurigkeit ihr von der bevorstehenden erzwungenen Trennung herzurühren schienen. Sie sagte wohl bei sich: ›Ja, ja, die jungen Leute lieben sich.‹

In diesem Augenblick erscholl ein Peitschenknallen auf dem stillen alten Hofe, auf dem die Grasbüschel durchs Pflaster stießen. Abermals umarmte Viktor die Marquise und stürzte aus dem Hause.

»Leb wohl, mein Lieb!« sagte er und umarmte seine Frau, die ihm bis zum Wagen gefolgt war.

»Ach, Viktor! Laß mich noch weiter mit dir fahren!« bat sie mit einschmeichelnder Stimme. »Ich möchte dich nicht verlassen . . .«

»Wo denkst du hin?«

»Nun, dann leb wohl, wenn du es so willst«, entgegnete Julie.

Der Wagen fuhr ab.

»Sie lieben also meinen armen Viktor sehr?« fragte die Marquise ihre Nichte und heftete auf sie einen jener prüfenden, wissenden Blicke, wie sie ältere Frauen gerne den jüngeren schenken.

»Ach, gnädige Frau«, gab Julie zurück, »muß man denn nicht einen Mann lieben, wenn man ihn heiratet?«

In diesen letzten Worten schwang so viel natürliche Unbefangenheit, daß sich dahinter sowohl ein makelloses Gemüt als auch ein tiefes Geheimnis verbergen konnte. Einer Frau, die die Freundin von Duclos und vom Marschall Richelieu gewesen war, mochte es wohl recht schwerfallen, das Geheimnis dieser jungen Ehe nicht ergründen zu wollen. Tante und Nichte sahen in diesem Augenblick vom Einfahrttor aus der davoneilenden Kalesche nach. In den Augen der Gräfin stand nicht die Liebe, wie die Marquise sie begriff. Die gute alte Dame war Provenzalin: ihre Liebe war voller Glut gewesen.

»Sie haben sich also von meinem Tunichtgut von Neffen einfach überrumpeln lassen?« fragte sie ihre Nichte.

Die Gräfin zuckte unwillkürlich zusammen, denn Ton und Blick dieser erfahrenen Kokette schienen ihr eine Kenntnis von Viktors Charakter zu verraten, die tiefer sein mochte als ihre eigene. Beunruhigt hüllte sich denn Frau d'Aiglemont in jene ungeschickte Verstellung, zu der kindlich unbefangene und leidende Gemüter anfangs stets Zuflucht nehmen. Frau von Listomère gab sich mit Julies Antworten zufrieden. Aber bei sich dachte sie voller Freude, daß ihre Einsamkeit von irgendeinem Liebesgeheimnis erheitert werden würde; denn ihre Nichte schien einen Liebeshandel zu unterhalten, den weiterzuführen ihr doch rechtes Vergnügen bereiten könnte. Als Frau d'Aiglemont in einem großen Salon, den mit Goldleisten gefaßte Wandteppiche bekleideten, vor einem kräftigen Feuer saß, durch einen chinesischen Wandschirm gegen die ›fensterlichen‹ Nordwinde geschützt, konnte ihre Trübsal freilich kaum verfliegen. Unter so alter Deckentäfelung, zwischen hundertjährigen Möbeln, kam schwer eine heitere Stimmung auf. Trotzdem empfand die junge Pariserin eine gewisse Freude, in diese tiefe Einsamkeit, in die feierliche Stille der Provinz zu kommen. Kaum, daß sie mit der Tante, der sie als jungverheiratete Frau erst vor kurzem einen Brief geschrieben, ein paar Worte gewechselt hatte, wurde sie wieder schweigsam, als lausche sie einer Opernmusik. Erst nach einem zweistündigen Schweigen, das eines Trappisten würdig gewesen wäre, dachte sie daran, daß sie der Tante bislang nur kühle Antworten gegeben hatte, und sie wurde sich ihrer Unhöflichkeit bewußt. Mit jenem feinen, taktvollen Instinkt, der die Leute der alten Zeit auszeichnet, hatte die alte Dame auf die Laune ihrer Nichte Rücksicht genommen. Sie saß jetzt da und strickte. Zwar hatte sie sich einige Male entfernt, um nach einem gewissen ›grünen‹ Zimmer zu sehen, wo die Gräfin schlafen sollte, und wo die Bedienten das Gepäck abgestellt hatten, dann aber nahm sie wieder ihren Platz in dem hohen Lehnsessel ein und beobachtete heimlich die junge Frau. Julie, beschämt darüber, daß sie sich wieder ihren unwiderstehlichen Grübeleien überlassen hatte, bemühte sich, nach Entschuldigungen zu suchen, indem sie darüber scherzte.

»Meine liebe Kleine, unsereiner kennt den Schmerz der Witwen«, bemerkte die Tante.

Man hätte vierzig Jahre alt sein müssen, um die Ironie zu verstehen, die um die Lippen der alten Dame spielte. Am nächsten Tage fühlte sich die Gräfin besser, sie plauderte. Jetzt gab Frau von Listomère die Hoffnung nicht mehr auf, die junge Frau, die sie anfangs für ein ungeselliges, fades Wesen gehalten hatte, aufmuntern zu können. Sie sprach zu ihr von den Vergnügungen des Landes, den Bällen und Häusern, die sie besuchen könnten. Alle Fragen der Marquise an diesem Tage waren nur Fallen; aus alter Gewohnheit von Hofe her konnte sie es sich nicht versagen, sie ihrer Nichte zu stellen, um deren wahren Charakter zu ergründen. Julie widerstand allem Drängen, dem sie in den nächsten Tagen ausgesetzt war, nämlich draußen Zerstreuung zu suchen. Schließlich mußte die alte Dame – obwohl sie ihre reizende Nichte gern und voller Stolz ausgeführt hätte – darauf verzichten, sie in Gesellschaft zu bringen. Die Gräfin hatte für ihre Zurückgezogenheit und ihren Trübsinn einen Vorwand in dem Schmerz gefunden, den ihr der Tod ihres Vaters, um den sie noch Trauer trug, verursachte. Nach einer Woche bewunderte die ehrwürdige Dame Julies engelgleiche Sanftmut, ihren sittsamen Anstand, ihr nachsichtiges Wesen und interessierte sich seitdem außerordentlich für die geheimnisvolle Schwermut, die an ihrem jungen Herzen nagte. Die Gräfin war eine jener Frauen, die zur Liebenswürdigkeit geboren sind und das Glück mit sich zu bringen scheinen. Ihre Gesellschaft wurde Frau von Listomère so angenehm und so teuer, daß sie ganz närrisch wurde nach ihr und sich nicht von ihr trennen wollte. Ein Monat genügte, um zwischen ihnen eine ewige Freundschaft zu sichern. Die alte Dame gewahrte nicht ohne Überraschung die Veränderungen, die auf dem Gesicht von Frau d'Aiglemont vor sich gingen: Das Rot, das ihre Haut durchglüht hatte, erlosch unmerklich, und das Gesicht bekam einen matten, blassen Ton. In dem Maße, wie ihr ursprünglicher Fieberglanz sich verlor, schwand auch ihre Traurigkeit. Bisweilen vermochte die Tante ihre junge Verwandte zu einem Ausbruch von Heiterkeit oder einem ausgelassenen Lachen hinzureißen, doch kurz danach scheuchte ein zudringlicher Gedanke das alles wieder fort. Die Marquise erriet, daß weder das Andenken an den Vater noch Viktors Abwesenheit die Ursache der tiefen Melancholie waren, die auf das Dasein ihrer Nichte einen Schleier warf; dann wieder hegte sie so viele arge Vermutungen, daß es ihr Mühe machte, zur wirklichen Ursache des Übels vorzudringen – denn wir finden die Wahrheit vielleicht nur durch Zufall. Eines Tages endlich beglückte Julie ihre erstaunte Tante damit, daß sie ihre Ehe völlig vergaß, treuherzig und ausgelassen war wie ein unbesonnenes Mädchen und ein der ersten Mädchenjahre würdiges Vergnügen an Kindereien an den Tag legte, kurz, daß sie jene feine und auch in die Tiefe gehende Wesensart zeigte, wie sie den jungen Mädchen in Frankreich eigen ist. Nun beschloß Frau von Listomère, den Geheimnissen dieser Seele, deren absonderliche Eigenart in einer undurchdringlichen Verstellung lag, auf den Grund zu gehen. Der Abend brach herein, die beiden Frauen saßen an einem Fenster, das auf die Straße ging; Julie war wieder in Gedanken versunken, ein Reiter kam vorüber.

»Das ist eins von Ihren Opfern«, bemerkte die alte Dame.

Frau d'Aiglemont warf ihrer Tante einen verwunderten, unruhigen Blick zu.

»Es ist ein junger Engländer, ein Edelmann, der ehrenwerte Arthur Ormond, ältester Sohn des Lord Grenville. Seine Geschichte ist interessant. Er kam im Jahre achtzehnhundertzwei nach Montpellier, in der Hoffnung, daß ihn das Klima des Landes, in das ihn die Ärzte geschickt hatten, von einem Lungenleiden, dem er zu erliegen drohte, heilen würde. Wie alle seine Landsleute wurde auch er bei Ausbruch des Krieges von Napoleon gefangengenommen, denn dieses Ungeheuer muß nun einmal Krieg führen. Um sich zu zerstreuen, machte sich der junge Engländer daran, seine Krankheit, die man für tödlich hielt, zu studieren. Mit der Zeit fand er Gefallen an der Anatomie, an der Medizin; er begeisterte sich für derlei Wissenschaften, was bei einem Manne von Rang ganz außergewöhnlich ist – obwohl auch der Regent sich mit Chemie befaßte! Mit einem Wort, Herr Arthur machte erstaunliche Fortschritte, selbst in den Augen der Professoren von Montpellier; das Studium tröstete ihn über seine Gefangenschaft hinweg, und dabei heilte er sich vollkommen aus. Man behauptet, er habe zwei Jahre lang nicht gesprochen, wenig geatmet, in einem Stalle gelegen, die Milch einer Schweizer Kuh getrunken und von Kresse gelebt. Seit er in Tours ist, hat er niemanden besucht, er ist stolz wie ein Pfau. Aber Sie haben sicherlich einen tiefen Eindruck auf ihn gemacht; denn höchstwahrscheinlich kommt er nicht meinetwegen zweimal am Tage an unserem Fenster vorbei, seitdem Sie hier sind . . . Allem Anschein nach liebt er Sie.«

Diese letzten Worte weckten die Gräfin wie mit einem Zauberstab. Ihre Gebärde und ihr Lächeln überraschten die Marquise. Julie war weit davon entfernt, jene triebhafte Befriedigung zu zeigen, die selbst die sittenstrengste Frau fühlt, wenn sie merkt, daß sie einen Mann unglücklich macht: Ihr Blick wurde trüb und kalt. Ihr Gesicht verriet ein Gefühl des Widerwillens, das an Abscheu grenzte. Das war nicht die Ächtung, die eine liebende Frau zugunsten eines einzigen Wesens der ganzen Welt entgegenschleudert, denn dann verstünde sie zu lachen und zu scherzen. Nein, Julie glich in diesem Augenblick einem Menschen, den das allzu intensive Vergegenwärtigen einer vergangenen Gefahr noch den dabei erlittenen Schmerz empfinden läßt. Die Tante, durchaus überzeugt davon, daß ihre Nichte ihren Neffen nicht liebte, war bestürzt, als sie entdeckte, daß Julie niemanden liebte. Sie fürchtete, in Julie ein enttäuschtes Herz erkennen zu müssen, eine junge Frau, der die Erfahrung eines Tages, einer Nacht vielleicht genügt hatte, um Viktors Bedeutungslosigkeit einzuschätzen.

›Wenn sie ihn kennt, ist alles klar‹, dachte sie bei sich, ›bald wird mein Neffe die Unzuträglichkeiten der Ehe zu spüren bekommen.‹

Die Marquise nahm sich jetzt vor, Julie zu den monarchistischen Grundsätzen des Jahrhunderts von Ludwig XV. zu bekehren; doch einige Stunden später erkannte oder vielmehr erriet sie die in der Gesellschaft ziemlich alltäglichen Umstände, denen die Gräfin ihre Schwermut verdankte. Julie, die mit einem Male nachdenklich geworden war, ging früher als sonst auf ihr Zimmer. Als die Zofe sie entkleidet und allein gelassen hatte, streckte sie sich vor dem Kamin auf einem gelbsamtenen Ruhesofa aus, einem altertümlichen Möbelstück, das für Betrübte wie für Glückliche gleichermaßen geschaffen zu sein schien; sie weinte, sie seufzte, sie sann nach; dann zog sie ein Tischchen heran, nahm Papier und begann zu schreiben. Die Stunden flogen rasch dahin. Die vertraulichen Mitteilungen, die Julie in diesem Briefe machte, schienen sie viel Überwindung zu kosten, jeder Satz stürzte sie in lange Träumereien. Plötzlich brach sie in

Tränen aus und hielt inne. In diesem Augenblick schlugen die Uhren die zweite Stunde. Der Kopf, schwer wie der einer Sterbenden, sank ihr auf die Brust; als sie ihn wieder hob, sah sie ihre Tante, die plötzlich aufgetaucht war, wie eine aus den Wandteppichen hervorgetretene Erscheinung.

»Was ist mit Ihnen, meine Kleine?« fragte die Tante. »Warum so spät noch auf, und vor allem, warum die einsamen Tränen, in Ihrem Alter?«

Sie setzte sich kurzerhand zu ihrer Nichte und heftete ihre Augen auf den begonnenen Brief.

»Sie schreiben Ihrem Manne!«

»Weiß ich denn, wo er ist?« gab die Gräfin zurück.

Die Tante nahm die Bogen und las. Sie hatte ihre Brille mitgebracht, aus Vorbedacht. Das unschuldige Geschöpf ließ sich den Brief wegnehmen, ohne den geringsten Einwand zu erheben. Was solcherart ihren ganzen Willen lähmte, war weder Mangel an Würde noch das Bewußtsein einer geheimen Schuld; nein, ihre Tante war einfach da in einem jener entscheidungs- und gefahrvollen Augenblicke, wo die Seele ohne Kraft ist, wo alles belanglos ist, das Gute wie das Böse, die Schweigsamkeit ebenso wie die Aufgeschlossenheit. Wie ein sittsames junges Mädchen, das ihren Geliebten mit Verachtung strafte, am Abend jedoch sich so traurig und verlassen fühlt, daß sie ihn herbeisehnt im Verlangen nach einem Herzen, dem sie ihren Schmerz anvertrauen kann – so ließ Julie wortlos das Siegel verletzen, welches das Taktgefühl einem offenen Briefe aufdrückt, und hing, während die Marquise las, ihren Gedanken nach.

»Meine liebe Louisa, warum so viele Male die Erfüllung des unvorsichtigsten Versprechens fordern, das je zwei unwissende junge Mädchen einander geben können? Du fragst Dich oft – wie Du mir schreibst –, warum ich Dir seit einem halben Jahr auf Deine Fragen nicht geantwortet habe. Wenn du mein Schweigen nicht verstanden hast, heute wirst Du vielleicht die Ursache davon erahnen, wenn Du die Geheimnisse erfährst, die ich Dir verraten will. Ich hätte sie wohl für immer auf dem tiefsten Grunde meiner Seele verschlossen, wenn Du mir nicht Deine bevorstehende Heirat anzeigtest. Du willst Dich verheiraten, Louisa, dieser Gedanke macht mich schaudern. Du Arme, heirate! In wenigen Monaten wird Dich ein herzergreifender Jammer anfassen, wenn Du daran denkst, wie wir noch vor kurzem waren, weißt Du, in Ecouen, als wir eines Abends, unter den höchsten Eichen des Berges sitzend, in das herrliche Tal, das zu unseren Füßen lag, hinabschauten und die Strahlen der versinkenden Sonne bewunderten, deren abendlicher Schein uns einhüllte. Wir hockten auf einem Felsblock und gerieten in eine Verzückung, auf die die süßeste Melancholie folgte. Du fandest als erste von uns beiden heraus, daß diese ferne Sonne zu uns von der Zukunft sprach. Wie waren wir damals neugierig und ausgelassen! Denkst Du noch an alle unsere Torheiten? Wir küßten uns wie zwei Liebende, so sagten wir. Wir schworen uns, daß diejenige von uns beiden, die zuerst heiraten würde, der anderen getreulich von den Geheimnissen der Ehe erzählen sollte, von jenen Wonnen, die uns unser kindliches Gemüt in so köstlichen Farben malte. An diesen Abend, meine Louisa, wirst Du mit Verzweiflung denken. Damals warst Du jung, schön, sorglos, wenn nicht gar glücklich; ein Gatte wird Dich binnen kurzem zu dem machen, was ich bereits bin;

häßlich, leidend, alt. Soll ich Dir noch sagen, wie stolz, eitel und glücklich ich war, den Obersten Viktor d'Aiglemont zu heiraten? Ach, es wäre Wahnsinn! Und – wie sollte ich es Dir erzählen? Ich kann mich kaum noch auf mich selber besinnen. In wenigen Augenblicken wurde meine Kindheit gleichsam ein Traum. Mein Verhalten während des festlichen Tages, der einem Bund, dessen Bedeutung mir verborgen war, die Weihe gab, war nicht frei von Tadel. Mehr als einmal versuchte mein Vater, meiner Fröhlichkeit Einhalt zu tun, denn ich war so vergnügt, daß man es für unschicklich hielt, und in meinen Reden fand man kleine Bosheiten, gerade weil sie ohne Bosheit waren. Tausend Kindereien machte ich, mit dem Brautschleier, mit dem Kleid, mit den Blumen. Am Abend, als ich allein im Zimmer war, in das man mich mit viel Trara geführt hatte, sann ich auf irgendeinen Streich, um Viktor zu necken. Während ich auf ihn wartete, hatte ich Herzklopfen, wie ich es früher an den Festtagen des 31. Dezember verspürte, wenn ich, ohne erwischt zu werden, in den Salon schlich, wo die Geschenke aufgebaut waren. Als mein Mann eintrat und mich suchte, konnte ich unter den Musselinschleiern, die mich umhüllten, ein ersticktes Lachen nicht zurückhalten; das war der letzte Nachhall jener köstlichen Fröhlichkeiten, die unsere Kindheitsspiele beseelte . . .«

Als die alte Dame den Brief, der nach solchem Beginn recht trostlose Enthüllungen bringen mußte, zu Ende gelesen hatte, legte sie langsam ihre Brille auf den Tisch, sodann den Brief, und ihre Nichte traf ein Blick aus zwei grünen Augen, deren klare Flamme noch nicht vom Alter geschwächt war.

»Meine Liebe«, sagte sie, »so kann eine verheiratete

Frau einem jungen Mädchen nicht schreiben, ohne dabei gegen die Schicklichkeit zu verstoßen ...«

»Das eben dachte ich auch«, unterbrach Julie ihre Tante, »ich schämte mich vor mir selber, während Sie lasen ...«

»Wenn einem bei Tisch eine Speise nicht schmeckt, darf man sie niemandem verleiden, mein Kind«, fuhr die alte Dame gutmütig fort, »besonders da, seit Evas Zeiten bis zu uns, die Ehe eine so vortreffliche Sache schien ... Sie haben keine Mutter mehr?«

Die Gräfin zuckte zusammen; dann hob sie sacht den Kopf: »Mehr als einmal schon habe ich im letzten Jahre den Verlust meiner Mutter beklagt; aber mein Fehler war, daß ich nicht auf den Einwand meines Vaters hörte, er wollte Viktor nicht zum Schwiegersohn.«

Sie sah ihre Tante an, und eine tiefe Freude trocknete ihre Tränen, als sie die Güte wahrnahm, die dieses ehrwürdige Gesicht erwärmte. Sie streckte der Marquise, die danach zu verlangen schien, ihre kleine Hand hin, und in dem Augenblick, da sie einander die Hände drückten, herrschte zwischen den beiden Frauen völliges Verstehen.

»Armes, verwaistes Kind!« sagte die Marquise.

Das war wie ein letzter Lichtstrahl für Julie. Wieder glaubte sie die prophetische Stimme ihres Vaters zu vernehmen.

»Sie haben heiße Hände! Sind die immer so?« fragte die alte Frau.

»Das Fieber ist erst seit etwa acht Tagen verschwunden«, erwiderte Julie.

»Sie hatten Fieber und sagten es mir nicht!«

»Das habe ich seit einem Jahr«, gestand Julie mit einer gewissen ängstlichen Scheu.

»Nun, mein kleiner Engel«, sagte die Tante, »die Ehe ist also bis jetzt nur ein dauernder Schmerz für Sie gewesen?«

Die junge Frau wagte nicht zu antworten; sie nickte nur bejahend mit dem Kopfe, und das offenbarte ihr ganzes Leid.

»Sie sind also unglücklich?«

»Keineswegs, liebe Tante. Viktor liebt mich abgöttisch, auch ich habe ihn sehr lieb, er ist so gut!«

»Ja, Sie haben ihn lieb; aber Sie fliehen vor ihm, nicht wahr?«

»Ja ... bisweilen ... er sucht mich zu oft.«

»Sind Sie in der Einsamkeit nicht oftmals von der Angst gepeinigt, er könnte kommen und Sie überraschen?«

»Ach ja, liebe Tante. Dennoch liebe ich ihn sehr, ganz sicher.«

»Klagen Sie sich im geheimen nicht selbst an, daß Sie es nicht verstehen oder nicht vermögen, seine Liebeswonnen zu teilen? Denken Sie nicht manchmal, daß die eheliche Liebe schwerer zu ertragen sei als eine strafbare Leidenschaft?«

»O ja, so ist es«, sagte Julie und weinte. »Sie erraten doch alles, wo für mich alles wie ein Rätsel ist. Meine Sinne sind taub, ich habe keine Gedanken, mit einem Wort, ich lebe kaum. Meine Seele wird von einer unbestimmbaren Furcht gequält, die meine Gefühle erstarren läßt und mich in dauernde Betäubung wirft. Ich habe keine Stimme, um zu klagen, keine Worte, um meine Not aus mir herauszuschreien. Ich leide, und ich schäme mich zu leiden, wenn ich Viktor glücklich sehe über das, was mich zugrunde richtet.«

»Das sind alles Kindereien, Albernheiten«, rief die Tante, deren verhärmtes Gesicht auf einmal ein heiteres Lächeln verklärte, der Widerschein ihrer Jugendfreuden.

»Auch Sie lachen darüber!« sagte die junge Frau verzweifelt.

»So war ich auch«, fuhr die Marquise lebhaft fort. »Jetzt, da Viktor Sie allein gelassen hat, sind Sie jetzt nicht wieder ein sorgloses junges Mädchen geworden, das zwar keine Freuden, aber auch kein Leid kennt?«

Julie, arg verdutzt, machte große Augen.

»Also, meine Kleine, Sie lieben Viktor, nicht wahr? Aber Sie möchten eher seine Schwester denn seine Frau sein, und überhaupt, die Ehe behagt Ihnen gar nicht.«

»Gewiß, ganz so ist es, liebe Tante. Aber weshalb das Lächeln?«

»Ja, Sie haben ganz recht, liebes Kind. In alledem ist nichts Heiteres zu sehen. Wenn ich Sie nicht in meine Obhut nähme, wenn meine langjährige Erfahrung nicht die ganz harmlose Ursache Ihres Schmerzes zu erkennen vermöchte, dann würde die Zukunft für Sie manches Unglück in ihrem Schoße bereithalten. Mein Neffe hat sein Glück nicht verdient, der Dummkopf. Unter der Regierung unseres allgeliebten Ludwig des Fünfzehnten hätte eine junge Frau, die sich in der gleichen Lage befunden hätte wie Sie, alsbald ihren Mann dafür bestraft, daß er sich wie ein unbehauener Klotz benimmt. So ein Egoist! Die Soldaten dieses kaiserlichen Tyrannen sind alle garstige Dummköpfe. Sie verwechseln Ungeschliffenheit mit galanter Höflichkeit; sie kennen die Frauen ebensowenig, wie sie zu lieben verstehen; sie sind der Meinung, daß, wenn sie am nächsten Tage in den Tod ziehen, sie uns am Tage vorher keine Achtung und keine Aufmerksamkeiten zu erweisen brauchten. Früher verstand man ebensowohl zu lieben wie zu sterben, je nachdem die Umstände es erforderten. Das werde ich in Ordnung bringen, liebe Nichte. Ich werde eurem übrigens ganz verständlichen Zwist ein Ende setzen, er könnte euch schließlich noch dazu bringen, euch zu hassen, eine Scheidung herbeizuwünschen – wenn Sie überhaupt nicht schon sterben sollten, ehe Sie daran verzweifeln würden.«

Julie hörte ihrer Tante zu, erstaunt und betroffen, Worte zu vernehmen, deren Klugheit von ihr mehr geahnt als begriffen wurde; sie war äußerst erschrocken darüber, daß sie aus dem Munde ihrer sehr erfahrenen Verwandten – wenn auch in gemäßigterer Form – das gleiche Urteil hörte, das ihr Vater über Viktor gefällt hatte. Möglicherweise zeigte ihr ein deutliches Vorgefühl ihre Zukunft, und sie spürte ohne Zweifel die Last der Leiden, die sie zu Boden werfen mußte, denn sie brach in Tränen aus. Sie stürzte sich in die Arme der alten Frau und bat sie: »Seien Sie meine Mutter!« Die Tante weinte nicht: Die Revolution hat den Frauen der alten Monarchie nicht viele Tränen im Auge zurückgelassen. Die Liebe und später die Schreckensherrschaft haben sie damals gegen die schlimmsten Wechselfälle gefeit, so daß sie, inmitten der Wechselfälle des Lebens, eine kalte Würde bewahren, ein aufrichtiges, aber nie sich aufdrängendes Wohlwollen, das sie niemals gegen die gesellschaftliche Sitte verstoßen läßt, einen Adel der Haltung, den die heutigen Sitten sehr zu Unrecht in Mißkredit gebracht haben. Die alte Dame nahm die junge Frau in die Arme, küßte sie auf die Stirn mit einer

Zartheit und Anmut, die oft mehr in der Lebensart und in den Gewohnheiten jener Frauen liegen, als daß sie aus ihrem Herzen kommen. Sie liebkoste ihre Nichte mit sanften Worten, verhieß ihr ein glückliche Zukunft, wiegte sie mit Liebesversprechungen ein und half ihr beim Schlafengehen, als wenn sie ihre eigene Tochter gewesen wäre, eine zärtlich geliebte Tochter, deren Hoffnungen und Kümmernisse ihre eigenen wurden; sie sah in ihrer Nichte ihre eigene Jugend, sie fand in ihr die eigene Unerfahrenheit und Lieblichkeit wieder. Glücklich, eine Freundin getroffen zu haben, eine Mutter, der sie hinfort alles anvertrauen könnte, schlief die Gräfin ein. Am nächsten Morgen, gerade als Tante und Nichte sich umarmten, mit echter Herzlichkeit und in jenem schönen Einvernehmen, das von wachsender Zuneigung, von vollkommenerem Zusammenklang zweier Seelen Zeugnis ablegt, vernahmen sie den Hufschlag eines Pferdes, wandten gleichzeitig den Kopf und sahen den jungen Engländer wie üblich langsam vorüberreiten. Er schien die Lebensweise der beiden vereinsamten Frauen sorgfältig studiert zu haben; niemals versäumte er, sich während ihres Frühstücks oder ihres Mittagessens einzustellen. Sein Pferd ging langsamer, ohne daß es daran gemahnt werden mußte; und während Arthur vor den beiden Fenstern des Speisezimmers vorbeiritt, warf er einen schwermütigen Blick hinein, dem die Gräfin keine Beachtung schenkte oder mit Geringschätzung begegnete. Die Marquise hingegen, gewöhnt an die dürftigen Absonderlichkeiten, die zur Belebung des kleinstädtischen Lebens mit den bedeutungslosesten Dingen verknüpft werden und deren sich selbst treffliche Geister nur mit Mühe erwehren können, die Marquise hatte ihr Vergnügen an der scheuen, ernsthaften Liebe, die der Engländer so schweigsam bezeigte. Für sie waren diese regelmäßig wiederkehrenden Blicke schier zur Gewohnheit geworden, und jeden Tag machte sie mit neuen Scherzworten auf Arthurs Vorüberreiten aufmerksam. Die beiden Frauen hatten sich eben zu Tisch gesetzt, als sie den Inselbewohner erblickten. Julies und Arthurs Blicke trafen sich diesmal mit einer solchen gefühlsmäßigen Bestimmheit, daß die junge Frau errötete. Im gleichen Augenblick gab der Engländer dem Pferd die Sporen und sprengte davon.

»Aber«, sagte Julie zu ihrer Tante, »was ist da zu tun? Für Leute, die diesen Engländer hier vorbeireiten sehen, muß es unbedingt so scheinen, als ob ich . . .«

»Gewiß«, unterbrach sie die Tante.

»Ja nun, könnte ich ihm denn nicht zu verstehen geben, daß er nicht mehr so öffentlich hier vorbeikommen soll?«

»Hieße das nicht ihm bedeuten, daß er gefährlich ist? Im übrigen, können Sie einen Menschen daran hindern, dort spazierenzureiten, wo er will? Morgen werden wir nicht mehr in diesem Zimmer speisen; wenn uns der junge Edelmann hier nicht mehr sieht, wird er aufhören, Sie durch das Fenster zu lieben. So, mein liebes Kind, verhält sich eine Frau, die sich in der Gesellschaft zu benehmen weiß.«

Aber Julies Unglück sollte vollkommen werden. Kaum waren die beiden Frauen von Tische aufgestanden, als plötzlich Viktors Kammerdiener anlangte. In gestrecktem Galopp war er auf Umwegen von Bourges hergekommen und überbrachte der Gräfin einen Brief ihres Gatten. Viktor, der den Kaiser verlassen hatte, zeigte seiner Frau den Sturz des Kaiserreichs und den Fall von Paris an und berichtete von der Begeisterung, die den Bourbonen überall in Frankreich entgegenschlug. Da er jedoch nicht wußte, wie er nach Tours vordringen solle, bat er sie, unverzüglich nach Orléans zu kommen, wo er, mit Pässen versehen, sie zu treffen hoffte. Jener Kammerdiener, ein alter Soldat, sollte Julie von Tours bis nach Orléans begleiten, eine Strecke, die Viktor noch passierbar glaubte.

»Gnädige Frau, Sie haben keinen Augenblick zu verlieren«, sagte der Kammerdiener, »die Preußen, die Österreicher und die Engländer sind im Begriff, sich in Blois oder in Orléans zu vereinigen.«

In wenigen Stunden war die junge Frau gerüstet und fuhr in einem alten Reisewagen ab, den ihr die Tante lieh.

»Warum wollen Sie nicht mit uns nach Paris kommen?« fragte sie und umarmte ihre Tante. »Jetzt, da die Bourbonen wieder an die Macht gelangen, würden Sie Möglichkeiten finden . . .«

»Auch ohne diese unerwartete Rückkehr wäre ich dorthin gekommen, meine Liebe, denn Ihr bedürft meines Rates nur allzusehr, Viktor und Sie. Ich will also alle Vorkehrungen treffen, um Euch nachzureisen.«

In Begleitung ihrer Zofe und des alten Soldaten, der neben der Postkutsche einherjagte und über die Sicherheit seiner Herrin wachte, reiste Julie ab. Als sie in der Nacht kurz vor Blois eine Poststation erreichten, beugte sich Julie, beunruhigt durch das Geräusch eines Wagens, der hinter dem ihren einherfuhr und ihn seit Amboise nicht verlassen hatte, zum Wagenfenster hinaus, um zu sehen, welches ihre Reisegefährten seien. Im

Schein des Mondes konnte sie Arthur wahrnehmen, der drei Schritt von ihr entfernt dastand, die Augen auf den Postwagen geheftet. Ihre Blicke trafen sich. Sofort warf sich die Gräfin in den Wagen zurück, doch mit einem Gefühl der Angst, das ihr Herz stärker klopfen ließ. Wie die meisten wahrhaft unschuldigen und unerfahrenen jungen Frauen sah sie in der einem Manne unfreiwillig eingeflößten Liebe eine Schuld. Sie empfand ein instinktives Entsetzen, das vielleicht von dem Bewußtsein herrührte, gegen einen derart verwegenen Angriff hilflos zu sein. Eine der stärksten Waffen des Mannes ist jene fürchterliche Macht, mit seiner Person eine Frau zu beschäftigen, deren von Natur aus unstete Phantasie durch eine hartnäckige Verfolgung erschreckt oder verletzt wird. Die Gräfin dachte an den Rat ihrer Tante und beschloß, während der ganzen Reise im Innern des Postwagens zu bleiben, ohne auszusteigen. An jeder Poststation jedoch hörte sie den Engländer um die beiden Wagen herumgehen; wieder unterwegs, tönte ihr das aufdringliche Geräusch seines Wagens unaufhörlich in den Ohren. Bald suchte die junge Frau in dem Gedanken Trost, daß Viktor, sobald sie nur bei ihm wäre, sie vor dieser eigenartigen Verfolgung zu schützen wissen würde.

›Aber wenn mich der junge Mann doch nicht liebte?‹

Diese Überlegung war die letzte von allen, die sie gemacht hatte. Bei der Ankunft in Orléans wurde ihr Postwagen von den Preußen angehalten, in den Hof einer Herberge geführt und von Soldaten bewacht. Widerstand war unmöglich. Die Fremden gaben den drei Reisenden durch gebieterische Zeichen zu verstehen, daß sie Order hätten, niemanden aussteigen zu lassen

Weinend blieb die Gräfin etwa zwei Stunden lang als Gefangene inmitten der Soldaten, die rauchten, lachten und sie bisweilen mit frecher Zudringlichkeit betrachteten; doch endlich hörte sie den Hufschlag mehrerer Pferde und sah, wie sich die Soldaten mit einer gewissen Ehrerbietung vom Wagen entfernten. Gleich darauf war der Postwagen von einer Truppe hoher ausländischer Offiziere umringt, an deren Spitze sich ein österreichischer General befand.

»Gnädige Frau«, sagte der General zu ihr, »entschuldigen Sie; es war ein Irrtum, Sie können Ihre Reise ohne Sorge fortsetzen; hier ist ein Paß, der Sie hinfort vor jedweder Belästigung schützen wird . . .«

Zitternd ergriff die Gräfin das Papier und stammelte einige unklare Worte. Neben dem General sah sie in der Uniform eines englischen Offiziers Arthur stehen, dem sie zweifellos ihre plötzliche Befreiung verdankte. Gleichzeitig froh und traurig, wandte der junge Engländer den Kopf weg und wagte Julie nur verstohlen anzuschauen. Mit Hilfe des Passes gelangte Frau d'Aiglemont ohne weiteren Zwischenfall nach Paris. Sie traf dort wieder mit ihrem Gatten zusammen, der, von seinem dem Kaiser geleisteten Treueid entbunden, aufs schmeichelhafteste vom Grafen Artois aufgenommen worden war, welchen sein Bruder Ludwig XVIII. zum Generalstatthalter des Königreichs ernannt hatte. Viktor bekam in der Leibgarde eine hervorragende Stellung im Range eines Generals. Indessen, im Trubel der Feste, die mit der Rückkehr der Bourbonen einhergingen, wurde die arme Julie von einem recht tiefgreifenden Unglück betroffen, das für ihr ganzes Leben von Einfluß sein sollte: Sie verlor die Marquise von Listomère-

Landon. Die alte Dame starb vor Freude und an einer aufs Herz schlagenden Gicht, als sie in Tours den Herzog von Angoulême wiedersah. Somit war der Mensch, dem das Alter ein Recht gab, Viktor aufzuklären, der einzige, der mit klugen Ratschlägen ein besseres Einvernehmen zwischen Mann und Frau zu schaffen vermochte, somit war dieser Mensch tot. Julie fühlte die ganze Tragweite dieses Verlusts. Sie war nunmehr mit ihrem Manne ganz allein. Aber, jung und schamhaft wie sie war, mußte sie zunächst das Leiden der Klage vorziehen. Gerade ihr makelloser Charakter hinderte sie daran, sich ihren Pflichten entziehen oder die Ursache ihres Kummers ergründen zu wollen; denn ihn zum Verstummen zu bringen, wäre eine allzu heikle Sache gewesen: Julie hätte fürchten müssen, ihre mädchenhafte Schamhaftigkeit zu verletzen.

Ein Wort über die Geschicke des Herrn d'Aiglemont unter der Restauration.

Kann man nicht viele Menschen treffen, deren tiefinnere Nichtigkeit den meisten, die sie kennen, verborgen bleibt? Ein hoher Rang, eine vornehme Abkunft, bedeutende Ämter, ein gewisser Glanz weltmännischer Gewandtheit, eine betonte Zurückhaltung im Benehmen oder der zauberhafte Nimbus des Vermögens sind für sie wie Wächter, die die Kritik nicht bis zum innersten Kern ihres Wesens vordringen lassen. Solche Menschen gleichen den Königen, deren wahre Gestalt, Charakter und Lebensweise niemals recht erkannt oder richtig beurteilt werden können, weil sie aus zu großer Ferne oder zu großer Nähe gesehen werden. Solche Menschen mit angedichteter Verdienstlichkeit fragen immer, anstatt zu reden, verstehen es, die anderen spielen zu lassen, um zu vermeiden, daß sie selber unter ihnen hervortreten müssen; mit glücklichem Geschick ziehen sie dann jeden am Draht seiner Leidenschaften und Interessen und treiben auf diese Weise ihr Spiel mit Menschen, die ihnen in Wahrheit überlegen sind, machen aus ihnen Marionetten und halten sie für armselig, weil sie diese auf ihre eigene Stufe herabgedrückt haben. Sie erleben alsdann den ganz natürlichen Sieg einer jämmerlichen, dabei starren Denkweise über die Beweglichkeit tiefgehenden Denkens. Um solche hohlen Köpfe zu beurteilen und ihre negativen Qualitäten richtig einzuschätzen, muß der Beobachter eher Scharfsinn als Überlegenheit, eher Geduld als Weite des Blicks, eher Klugheit und Fingerspitzengefühl als Erhabenheit und Größe der Gedanken besitzen. Wie geschickt diese Usurpatoren bei ihrem Bestreben, ihre schwachen Seiten zu verteidigen, auch vorgehen mögen, so fällt es ihnen doch recht schwer, ihre Ehefrauen, ihre Mütter, ihre Kinder und den Freund des Hauses zu täuschen; aber diese Menschen wahren ihnen fast immer das Geheimnis in Dingen, die gewissermaßen die gemeinsame Ehre angehen; oft sogar helfen sie ihnen dabei, die Welt zu täuschen. Wenn dank dieser häuslichen Verschwörungen viele Dummköpfe für treffliche Menschen gelten, so gelten andererseits ebenso viele treffliche Menschen für Dummköpfe, so daß die Gesellschaft stets die gleiche Menge scheinbar fähiger Köpfe aufweist. Wenn man sich nun die Rolle vorstellt, die eine Frau von Geist und Gemüt neben einem solchen Ehemann spielen muß, gewahrt man dann nicht von Leid und Aufopferung beladene Lebenswege, auf denen von Liebe und Zartgefühl erfüllte Herzen auf Erden in nichts Erfüllung finden können? Sieht sich eine starke Frau einer solch schrecklichen Lage gegenüber, dann befreit sie sich aus ihr durch ein Verbrechen – wie Katharina II., die trotzdem ›die Große‹ genannt wird. Da jedoch nicht alle Frauen auf einem Throne sitzen, finden sie sich zumeist mit ihrem häuslichen Unglück ab, das, wenn auch verborgen, darum nicht weniger furchtbar ist. Diejenigen, welche für ihre Leiden hier unten sofortigen Trost suchen, tauschen oftmals nur die eine Qual gegen die andere ein, wenn sie ihren Pflichten treu bleiben wollen, oder sie laden Schuld auf sich, wenn sie die Gesetze zugunsten ihrer Freuden verletzen. Alle diese Erwägungen lassen sich auf Julies geheime Geschichte anwenden. Solange Napoleon an der Macht war, erregte Graf d'Aiglemont keinen Neid. Er war Oberst wie so viele andere, ein vortrefflicher Ordonnanzoffizier, der sich zwar gut darauf verstand, einen gefährlichen Auftrag auszuführen, jedoch unfähig war, irgendein wichtiges Kommando zu übernehmen. Er galt für einen der tapferen Männer, denen der Kaiser seine Gunst schenkte, und war, was die Soldaten gemeinhin ›einen braven Burschen‹ nennen. Die Restauration, die ihm den Titel ›Marquis‹ einbrachte, fand ihn nicht undankbar: Er folgte den Bourbonen nach Gent. Dieser Akt der Logik und der Treue strafte die Weissagung Lügen, die ehedem sein Schwiegervater gemacht hatte, als er sagte, sein Schwiegersohn werde sein Leben lang Oberst bleiben. Bei der zweiten Rückkehr, nunmehr zum Generalleutnant ernannt, und abermals Marquis geworden, hatte Herr d'Aiglemont den Ehrgeiz, die Pairswürde zu erlangen, er machte sich die Grundsätze und die Politik des ›Conservateur‹ zu eigen, hüllte sich in eine Verstellung, hinter der nichts steckte, setzte eine gewichtige Miene auf, verlegte sich aufs Fragen, sprach wenig und wurde für einen tiefsinnigen Menschen gehalten. Indem er sich unentwegt hinter weltmännischem Gebaren verschanzte, sich mit Schlagworten wappnete, die festgefügten Redewendungen,die gewöhnlich in Paris geprägt werden, im Gedächtnis behielt und dann weitergab, um so den Dummköpfen den Sinn bedeutender Ideen und Taten in kleiner Münze hinzubreiten, wurde er von der vornehmen Gesellschaft für einen Mann von Geschmack und Wissen gehalten. Man schob ihm, der in seine aristokratischen Ansichten verbohrt war, einen prächtigen Charakter unter. Wurde er zufällig einmal unbekümmert und fröhlich wie früher, so steckten für die anderen in seinen nichtssagenden, albernen Reden diplomatische Anspielungen. ›Oh, er sagt nur, was er sagen will‹, dachten allzu biedere Leute. Seine Vorzüge wie seine Fehler leisteten ihm gleich große Dienste. Seine Tapferkeit brachte ihm einen hohen militärischen Ruf ein, der durch nichts widerlegt wurde, weil er nie einen verantwortlichen Oberbefehl innegehabt hatte. Hinter seiner männlichen, edlen Stirn vermutete man weitschauende Gedanken, und nur für seine Frau waren seine Züge vollendeter Betrug. Als Herr d'Aiglemont jedermann seinen Scheintalenten gerecht werden sah, redete er sich schließlich selber ein, daß er einer der hervorragendsten Männer am Hofe sei; dort nämlich wußte er dank seines Auftretens Eindruck zu machen, dort wurden seine verschiedenen Vorzüge widerspruchslos gutgeheißen.

Zu Hause hingegen war Herr d'Aiglemont voller Zurückhaltung; da fühlte er instinktiv, daß ihm seine Frau trotz ihrer Jugend überlegen war. Aus diesem unfreiwilligen Respekt erwuchs denn der Marquise eine heimliche Macht, die auf sich zu laden sie sich gezwungen sah, trotz aller Anstrengungen, ihre Last abzuwerfen. Als Ratgeberin ihres Mannes lenkte sie seine Handlungen und seine geschäftlichen Angelegenheiten. Diese unnatürliche Einflußnahme bedeutete für sie eine gewisse Erniedrigung und wurde zur Quelle vieler Qualen, die sie jedoch in ihrem Herzen verschloß. Ihr so zartfühlender weiblicher Instinkt sagte ihr zunächst, es sei weitaus angenehmer, einem fähigen Manne zu gehorchen als einen Dummkopf zu lenken, und eine junge Gattin, die als Mann denken und handeln mußte, sei weder Frau noch Mann, sie entsage aller Anmut ihres Geschlechts, indem sie den Leiden des anderen abzuhelfen suchte, und erlange dabei doch keins der Vorrechte, die unser Gesetz den Stärkeren zugestanden hat. Ihr Leben barg einen recht bitteren Hohn. War sie nicht gezwungen, einen hohlen Götzen zu verehren, ihren Beschützer in ihren Schutz zu nehmen, dieses armselige Wesen, das ihr als Entgelt für ihre ständige Opferwilligkeit die selbstsüchtige Liebe der Ehemänner hinwarf, das in ihr nur die Frau sah, das sich nicht dazu herabließ oder – eine gleichermaßen heftige Kränkung – es nicht verstand, sich um ihre Freuden zu bekümmern oder sich über die Quelle ihres Trübsinns und ihres seelischen Verkümmerns Gedanken zu machen? Wie die meisten Ehemänner, die das Joch eines überlegenen Geistes spüren, rettete der Marquis seine Eigenliebe dadurch, daß er von Julies körperlicher Schwäche auf ihre seelische Schwäche schloß, und indem er vom Schicksal Rechenschaft darüber forderte,daß es ihm ein kränkliches junges Mädchen zur Gattin gegeben hatte, gefiel er sich darin, über

Julie Klage zu führen. Mit einem Wort, er betrachtete sich als Opfer, während er Henker war. Unter der Last eines solchen leid- und jammervollen Daseins mußte die Marquise noch dazu ihrem einfältigen Gebieter zulächeln, ein Trauerhaus mit Blumen schmücken und auf einem durch geheime Marter erloschenen Gesicht das Glück zur Schau stellen. Der jungen Marquise verliehen diese Verantwortlichkeit für die Ehre, diese großartige Selbstverleugnung unmerklich eine frauliche Würde, ein Bewußtsein der Tugendhaftigkeit, und dies diente ihr als Schutzwehr gegen die Gefahren der Welt. Versuchen wir weiter, dieses Herz bis in seine Tiefen zu ergründen! Vielleicht ließ das zuinnerst verborgene Leid, mit dem ihre erste, ihre unschuldige Jungmädchenliebe bekränzt war, Julie einen Abscheu fassen gegen die Leidenschaften; vielleicht auch begriffen sie nicht deren verführerischen Zauber, ihre unerlaubten, aber trunken machenden Wonnen, die manche Frauen die Gesetze der Schicklichkeit, die Grundsätze der Tugend, auf denen das Leben der Gesellschaft beruht, vergessen lassen. Als wären sie Träume, entsagte sie den Wonnen, dem zarten Glück, das ihr Frau von Listomère-Landon mit ihrer langjährigen Erfahrung verheißen hatte, und in der Hoffnung, jung zu sterben, wartete sie gelassen auf das Ende ihrer Leiden. Seit ihrer Rückkehr aus der Touraine war ihre Gesundheit von Tag zu Tag schwächer geworden, und die Dauer ihres Lebens schien durch ihr Leiden begrenzt zu werden; ein im übrigen elegant wirkendes Leiden, eine Krankheit, in der sie fast zu schwelgen schien und die in den Augen oberflächlicher Beobachter für die Laune eines Luxusgeschöpfes gelten konnte. Die Ärzte hatten die Marquise dazu verurteilt, auf einem Diwan zu liegen, wo sie inmitten der Blumen um sie herum dahinsiechte und wie diese welkte. Ihre Mattigkeit verbot ihr das Laufen und die freie Luft; sie fuhr nur im geschlossenen Wagen aus. Ständig von all den Wunderdingen umgeben, die unser heutiger Luxus und unser heutiger Gewerbefleiß schufen, glich sie weniger einer Kranken als einer sorglos trägen Königin. Einige Freunde, die in ihr Unglück und in ihre Hinfälligkeit vielleicht verliebt und dabei sicher waren, sie immer zu Hause anzutreffen, und die wahrscheinlich auch mit ihrer baldigen Genesung rechneten, versorgten sie mit Neuigkeiten und unterrichteten sie über all die tausenderlei kleinen Begebenheiten, die so viel Abwechslung in das Pariser Leben bringen. Ihre Melancholie, obwohl schwer und tief, war also die Melancholie des Überflusses. Die Marquise d'Aiglemont glich einer schönen Blume, deren Wurzel von einem schwarzen Käfer angefressen wird. Manchmal ging sie in Gesellschaft, nicht weil sie Gefallen daran fand, sondern nur, um den Anforderungen, welche die von ihrem Gatten erstrebte Stellung mit sich brachte, Genüge zu tun. Ihre Stimme, ihr vollendeter Gesang gestatteten es ihr, Beifallskundgebungen hervorzurufen, die einer jungen Frau fast immer schmeicheln. Aber was nützten ihr Erfolge, die weder ihren Gefühlen noch ihren Hoffnungen etwas zugute taten? Ihr Mann liebte die Musik nicht. Letzten Endes fühlte sie sich fast immer befangen in den Salons, wo ihre Schönheit ihr begehrliche Huldigungen einbrachte. Ihre Lage erregte dort ein gewisses grausames Mitleid und eine betrübliche Neugier. Sie wurde von einer gewöhnlich tödlich verlaufenden Krankheit befallen, die die Frauen sich vertraulich zuflüstern und für die unsere moderne Wissenschaft noch keinen Namen finden konnte. Wie still auch ihr Dasein dahinfloß, die Ursache ihres Leidens blieb niemandem verborgen. Die leisesten Blicke ließen sie, die trotz der Ehe noch immer junges Mädchen war, Scham empfinden. Um nicht erröten zu müssen, erschien sie daher stets lachend, fröhlich; sie heuchelte eine falsche Heiterkeit, erklärte stets, sie fühle sich wohl, oder kam den Fragen nach ihrem Befinden durch sittsame Lügen zuvor. Indessen, im Jahre 1817 trug ein Ereignis wesentlich dazu bei, den bejammernswerten Zustand, in dem sich Julie bis dahin befunden hatte, zu bessern. Sie bekam eine Tochter und wollte sie stillen. Zwei Jahre lang machten ihr die bunten Abwechslungen und die erregenden Freuden der Mutterschaft das Dasein erträglicher. Zwangsläufig hielt sie sich von ihrem Gatten fern. Die Ärzte prophezeiten ihr eine bessere Gesundheit; doch die Marquise schenkte diesen unsicheren Weissagungen keinen Glauben. Wie alle Menschen, für die das Leben keine Annehmlichkeiten mehr bereithält, mochte sie wohl im Tode eine glückliche Lösung erblicken.

Zu Beginn des Jahres 1819 wurde das Leben für sie grausamer denn je. Im gleichen Augenblick, da sie sich des negativen Glücks, das sie hatte erlangen können, freute, blickte sie in schreckliche Abgründe: Ihr Mann hatte sich ihrer allmählich entwöhnt. Diese Abkühlung einer an sich schon lauen und dabei ganz und gar selbstsüchtigen Zuneigung vermochte wohl manches Unglück heraufzuführen, das ihr ausgeprägtes Zartgefühl und ihre Klugheit sie voraussehen ließen. Obwohl sie sicher war, über Viktor eine große Macht zu behalten und seine Achtung für immer erlangt zu haben, bangte ihr doch vor dem Einfluß der Leidenschaften auf einen so nichtigen und so selbstgefällig gedankenlosen Menschen. Oftmals überraschten ihre Freunde sie dabei, wie sie in anhaltendes Nachdenken versunken war; die weniger Scharfsichtigen baten scherzend um ihr Geheimnis – als wenn eine junge Frau nur an Frivolitäten zu denken hätte, als wenn nicht in den Gedanken einer Mutter fast immer eine tiefe Bedeutung verborgen sei. Im übrigen führt uns das Unglück wie das wahre Glück gleicherweise zum Träumen. Bisweilen, wenn Julie mit ihrer Helene spielte, betrachtete sie diese mit düsterem Blick und unterließ es, auf die kindlichen Fragen, die den Müttern so viel Freude bereiten, zu antworten, um dafür von Gegenwart und Zukunft Rechenschaft über ihr Schicksal zu fordern. Wenn ihr die Erinnerung plötzlich die Szene der Parade in den Tuilerien wachrief, füllten sich ihre Augen mit Tränen. Abermals tönten die ahnungsvollen Worte ihres Vaters an ihr Ohr, und ihr Gewissen machte ihr zum Vorwurf, deren Klugheit verkannt zu haben. Von diesem törichten Ungehorsam rührten alle ihre Leiden her; und oftmals wußte sie nicht, welche ihrer Qualen am schwersten zu ertragen sei. Nicht nur daß die lieblichen Schätze ihrer Seele unbeachtet blieben – sie vermochte nicht einmal zu erreichen, von ihrem Gatten auch nur in den alltäglichsten Dingen des Lebens verstanden zu werden. Gerade als die Fähigkeit zu lieben sich in ihr stärker und wirksamer entfaltete, zerrann inmitten der ernsten körperlichen und seelischen Leiden die erlaubte Liebe, die eheliche Liebe. Dann empfand sie für ihren Gatten jenes Mitleid, das an Verachtung grenzt und das mit der Zeit alles Gefühl erstickt. Wenn ihre Gespräche mit einigen Freunden, wenn die Beispiele oder gewisse Liebesabenteuer in der vornehmen Gesellschaft sie nicht davon überzeugt hätten, daß die Liebe unendliche Wonnen brächte, das Weh ihres Herzens hätte sie die tiefen, reinen Freuden ahnen lassen, die gleichgesinnte Seelen verbinden müssen. In dem Bilde, das die Erinnerung ihr von der Vergangenheit zeichnete, trat Arthurs lautere Gestalt mit jedem Tage reiner und schöner hervor, aber stets nur kurze Zeit, denn sie wagte nicht bei dieser Erinnerung zu verweilen. Die schweigsame und scheue Liebe des jungen Engländers war das einzige Ereignis, das seit der Hochzeit in ihrem schwermütigen, vereinsamten Herzen einige wohltuende Spuren zurückgelassen hatte. Vielleicht sammelten sich alle getäuschten Hoffnungen, alle gescheiterten Wünsche, die allmählich Julies Sinn verdüsterten, durch ein natürliches Spiel der Phantasie in diesem Manne, dessen feines Benehmen, Gefühle und Wesen ihr zutiefst verwandt zu sein schienen. Aber diese Vorstellung glich immer noch einem plötzlichen Einfall, einem Wahngebilde. Aus einem solchen unwirklichen Traum, der jedesmal mit Seufzern endete, erwachte Julie um so unglücklicher, und sie fühlte den Schmerz nur um so heftiger, der, solange sie ihn unter dem Flügel einer erträumten Glückseligkeit eingeschläfert hatte, verborgen gewesen war. Zuweilen grenzte ihre Klage an Tollheit und Verwegenheit, sie wollte Freuden um jeden Preis; aber noch öfter überließ sie sich einer stumpfen Betäubung, hörte, ohne zu verstehen, oder faßte so dämmerhafte, so unbestimmte Gedanken, daß sie keine Worte gefunden hätte, um sie wiederzugeben. Obwohl sie sich in ihren allerinnersten Wünschen und durch das Scheitern der Lebensweise, die sie sich ehedem als junges Mädchen vorgegaukelt hatte, zutiefst verletzt fühlte, war sie gezwungen, ihre Tränen zu unterdrücken. Wem sollte sie ihren Jammer anvertrauen? Wer konnte sie verstehen? Dann wieder erfüllte sie jener höchste Zartsinn der Frau, jene reizende Schamhaftigkeit des Gefühls, die gebietet, einen nutzlosen Klageruf zum Schweigen zu bringen und keinen Vorteil daraus zu ziehen, daß der Triumph gleichermaßen Sieger und Besiegten beschämen muß. Julie bemühte sich, Herrn d'Aiglemont mit ihren eigenen Gaben, mit ihren eigenen Tugenden auszustatten, und rühmte sich, das Glück zu genießen, das ihr versagt war. Vergebens bot sie ihre ganze weibliche Klugheit auf, um auf ihren Mann schonende Rücksicht zu nehmen – sie wurde gerade von ihm mißachtet und gab seinem Despotismus nur neue Nahrung. Zuweilen war sie trunken von Unglück, völlig gedankenlos, zügellos; aber glücklicherweise brachte sie wahre Frömmigkeit immer wieder zu einer letzten Hoffnung zurück: Sie flüchtete in das zukünftige Leben – ein wunderbarer Glaube, der sie von neuem ihre qualvolle Aufgabe auf ihre Schultern nehmen ließ. Diese furchtbaren Kämpfe, diese inneren Erschütterungen erfuhren keine Würdigung, die ewige Schwermut blieb im Dunkel; kein Wesen fing ihren glanzlosen Blick auf, ihre heimlich und in der Einsamkeit vergossenen bitteren Tränen.

Die Gefahren der kritischen Lage, in die die Marquise allmählich durch die Gewalt der Umstände gekommen war, enthüllten sich ihr in ihrem ganzen Ernst an einem Abend im Januar 1820. Wenn zwei Ehegatten sich voll und ganz kennen und seit langem aneinander gewöhnt sind, wenn eine Frau die behutsamsten Gesten eines

Mannes zu deuten weiß und die Gefühle oder Dinge, die er ihr verbirgt, zu durchschauen vermag, dann kommt oftmals, nach vorherigen zufälligen oder anfänglich bedeutungslosen Überlegungen oder Bemerkungen mit einem Schlage eine Erleuchtung. Oft erwacht dann eine Frau jäh am Rande oder schon in der Tiefe eines Abgrunds. So erriet auch die Marquise, die glücklich darüber war, seit einigen Tagen allein gelassen zu sein, das Geheimnis ihrer Verlassenheit. War er nun treulos oder ihrer überdrüssig, großmütig oder voller Mitleid für sie – ihr Gatte gehörte ihr jedenfalls nicht mehr. In diesem Augenblick dachte sie nicht mehr an sich, nicht an ihre Leiden, nicht an ihre Selbstaufopferung; sie war nur mehr Mutter, sie sah nur die Vermögensverhältnisse, die Zukunft, das Glück ihrer Tochter – ihrer Tochter, des einzigen Wesens, dem sie ein gewisses Glücksgefühl verdankte, ihrer Helene, des einzigen Gutes, das sie ans Leben band. Jetzt wollte Julie leben, um ihrem Kinde das schreckliche Joch zu ersparen, unter dem eine Stiefmutter das Leben dieses geliebten Wesens ersticken konnte. Als sie nun wiederum solch eine düstere Zukunft vor Augen sah, verfiel sie in fieberhaftes Sinnen, das war von der Art, daß es ganze Jahre nutzlos dahinrafft. Zwischen ihr und ihrem Gatten mußte sich hinfort eine ganze Welt von Gedanken auftürmen, deren Last allein auf ihren Schultern ruhen würde. Bis jetzt hatte sie sich, überzeugt, von Viktor geliebt zu werden – sofern er überhaupt lieben konnte –, ein Glück eingeredet, das sie im Grunde nicht teilen konnte; aber heute, da sie nicht einmal mehr die Genugtuung empfand, daß ihre Tränen ihren Gatten erfreuten, heute, da sie allein in der Welt war, heute blieb ihr nur mehr übrig, zwischen den verschiedenartigen Leiden zu wählen. Inmitten der Mutlosigkeit, die in der Stille und im Schweigen der Nacht alle ihre Kräfte lähmte, im Augenblick, da sie vor dem fast erloschenen Feuer vom Diwan aufstand und zu ihrer Tochter hinging, um sie im Schein einer Lampe mit tränenleerem Auge zu betrachten, trat mit lärmender Fröhlichkeit Herr d'Aiglemont ins Zimmer. Julie hieß ihn die schlafende Helene bewundern; er jedoch quittierte die Schwärmerei seiner Frau mit einer banalen Redensart.

»In diesem Alter«, sagte er, »sind alle Kinder niedlich.«

Dann, nachdem er seine Tochter gedankenlos auf die Stirn geküßt hatte, ließ er die Vorhänge der Wiege herab, sah Julie an, faßte sie bei der Hand und zog sie neben sich auf den Diwan, wo ihr soeben so viele unheilvolle Gedanken gekommen waren.

»Du bist heute sehr schön, Frau d'Aiglemont!« rief er mit jener unausstehlichen Fröhlichkeit, deren Hohlheit die Marquise nur allzu gut kannte.

»Wo hast du den Abend verbracht?« fragte sie ihn, indem sie sich höchst gleichgültig stellte.

»Bei Frau von Sérisy.«

Er hatte einen Lichtschirm vom Kamin genommen und betrachtete aufmerksam seine durchsichtigen Seiten, ohne indessen die Tränenspuren auf dem Gesicht seiner Frau wahrzunehmen. Julie erschauerte. Worte vermöchten nicht der Gedankenflut Ausdruck zu verleihen, die aus ihr hervorstürzen wollte und die sie zurückdämmen mußte.

»Nächsten Montag gibt Frau von Sérisy ein Konzert, sie brennt darauf, dich kennenzulernen. Da du doch nun schon seit langem nicht in Gesellschaft gegangen bist, möchte sie dich bei sich sehen. Sie ist eine prachtvolle Frau, die dir sehr zugetan ist. Du würdest mir eine große Freude machen, wenn du hingingest; ich habe schon fast für dich zugesagt . . .«

»Ich gehe«, erwiderte Julie.

Der nachdrückliche Ton in ihrer Stimme sowie ihr Blick hatten etwas so Eindringliches, so Eigentümliches, daß Viktor bei aller Achtlosigkeit seine Frau verwundert ansah. Doch das war alles. Julie hatte erraten, daß Frau von Sérisy die Frau war, die ihr das Herz ihres Gatten gestohlen hatte. Sie versank in verzweifeltes Sinnen und schien angelegentlich in das verglimmende Feuer zu schauen. Viktor drehte den Lichtschirm zwischen den Fingern mit der gelangweilten Miene eines Menschen, der, nachdem er anderswo glücklich gewesen ist, gesättigt von Glück nach Hause kommt. Er gähnte mehrmals, nahm in die eine Hand einen Leuchter und tastete mit der andern lässig nach dem Hals seiner Frau, um ihn zu küssen, aber Julie bückte sich, bot ihm die Stirn und empfing den Gutenachtkuß, jenen mechanischen, liebelosen Kuß, jene heuchlerische Gebärde, die ihr verhaßt genug war. Als Viktor die Tür geschlossen hatte, sank die Marquise auf einen Stuhl; ihre Beine zitterten, sie brach in Tränen aus. Man muß die Folter einer solchen Szene am eigenen Leibe gespürt haben, um all das zu begreifen, was diese Szene hier an Qualen barg, um die unaufhörlichen, furchtbaren tragischen Verwicklungen zu erahnen, die sie heraufbeschwor. Die einfältigen, törichten Worte, das Schweigen zwischen den beiden Ehegatten, die Gesten, die Blicke, die Art, wie sich der Marquis vor dem Feuer niederließ, seine Haltung, als er den Hals seiner Frau küssen wollte, all das hatte bewirkt, Julies einsames, leidvolles Dasein von Stund an tragisch entscheidungsvoll zu wenden. In ihrem Fiebertaumel warf sie sich vor dem Diwan auf die Knie, wühlte ihr Gesicht in die Kissen, um nichts sehen zu müssen, und flehte den Himmel an, wobei sie den herkömmlichen Worten ihres Gebets einen innigen Klang, einen neuen Ton gab, was ihrem Gatten, hätte er sie gehört, das Herz zerrissen hätte. Acht Tage lang grübelte sie über ihre Zukunft, hilflos ihrem Unglück preisgegeben. Sie studierte es, indem sie nach Mitteln suchte, um ihr Herz nicht zu belügen, ihre Macht über den Marquis zurückzugewinnen und genügend lange zu leben, um über das Glück ihrer Tochter zu wachen. In diesem Augenblick entschloß sie sich, mit ihrer Rivalin zu kämpfen, sich wieder in der Gesellschaft zu zeigen, in ihr zu glänzen, für ihren Gatten eine Liebe zu heucheln, die sie nicht mehr zu empfinden vermochte, ihn zu betören; dann, wenn sie ihn mit Hilfe ihrer echt weiblichen List in ihre Macht bekommen hatte, wollte sie mit ihm kokettieren, wie es die launischen Geliebten tun, die ihr Vergnügen daran haben, ihre Liebhaber zu quälen. Für ihr Unglück war dieser an sich hassenswerte Kunstgriff die einzig mögliche Rettung. Auf diese Weise würde sie ihrer Leiden Herr werden, sie würde ihnen nach Gefallen gebieten, sie lindern und sich dabei ihren Gatten unterwerfen, ihn unter ein fürchterliches Joch zwingen. Sie empfand keine Gewissensbisse mehr bei dem Gedanken, ihm das Leben schwer zu machen. Kopfüber stürzte sie sich in die nüchternen Berechnungen der Gleichgültigkeit. Um ihre Tochter zu retten, durchschaute sie mit einem Male die Ränke und Lügen derer, die nicht lieben, den Trug der Koketterie und jene scheußlichen Durchtriebenheiten, die einen so abgrundtiefen Haß gegen die Frau erwecken, bei der die Männer dann eine angeborene Verdorbenheit voraussetzen. Ohne daß Julie dessen gewahr wurde, taten sich ihre weibliche Eitelkeit, ihr Interesse und ein unklares Rachegefühl mit ihrer Mutterliebe zusammen, um sie auf einen Weg zu schieben, auf dem sie neues Leid erwarten mußte. Aber sie hatte zuviel Seelenadel, zuviel Zartsinn und vor allem zuviel Wahrhaftigkeit, als daß sie lange Zeit an solchen betrügerischen Schlichen Gefallen finden konnte. In ihr, die gewöhnt war, in sich selber zu lesen, mußte beim ersten Schritt ins Laster – denn ein Laster war es – der Schrei des Gewissens den der Leidenschaften und der Selbstsucht ersticken. In der Tat, bei einer jungen Frau, deren Gemüt noch unverdorben, deren Liebe jungfräulich geblieben ist, unterwirft sich selbst das Muttergefühl der Stimme des Schamgefühls. Ist nicht das Schamgefühl die ganze Frau? Aber vorderhand wollte Julie in ihrem neuen Leben keine Gefahr, keine Schuld sehen. Sie ging zu Frau von Sérisy. Ihre Nebenbuhlerin rechnete darauf, eine bleiche, kränkliche Frau kennenzulernen; doch die Marquise hatte Rot aufgelegt und zeigte sich in prachtvoller Toilette, wodurch ihre Schönheit noch mehr hervortrat.

Gräfin von Sérisy war eine jener Frauen, die den Ehrgeiz haben, in Paris eine Art unumschränkter Macht über Mode und Gesellschaft auszuüben; sie sprach Urteile, die, sobald sie in dem Kreis, in welchem sie herrschte, angenommen waren, für sie von aller Welt gebilligt zu sein schienen; sie erhob den Anspruch, geistreiche Worte zu prägen; sie war letzte ›salonrichterliche‹ Instanz. Literatur, Politik, Männer und Frauen, alles ging durch ihre Zensur; sie selbst aber schien der Kritik der anderen Trotz zu bieten. Ihr Haus war in jeder Hinsicht ein Muster des guten Geschmacks. Mittelpunkt dieser von schönen, eleganten Frauen glänzenden Salons, triumphierte Julie über die Gräfin. Geistreich, lebhaft, sprühend, war sie von den vornehmsten Männern der Abendgesellschaft umringt. Zur Verzweiflung der Frauen war ihre Toilette untadelig, und alle beneideten sie um den Schnitt ihres Kleides, den Sitz ihrer Taille; wobei man allgemein den hervorragenden Eindruck ihrer Erscheinung der schöpferischen Kunst einer unbekannten Schneiderin zuschrieb – denn die Frauen glauben lieber an die Wissenschaft des Putzes als an die Anmut und Vollkommenheit derer, die dazu geschaffen sind, diese Dinge hübsch zu tragen. Als Julie aufstand und zum Piano schritt, um die Romanze der Desdemona zu singen, kamen die Menschen aus allen Salons herbei, um die berühmte, seit so langer Zeit verstummte Stimme zu hören. Tiefe Stille trat ein. Die Marquise war heftig erregt, als sie sah, wie an den Türen sich Kopf an Kopf drängte und aller Augen auf sie gerichtet waren. Sie suchte ihren Gatten, warf ihm einen verstohlenen, von Koketterie blitzenden Blick zu und stellte mit Freuden fest, daß sie sich in diesem Augenblick in ihrer Selbstliebe außerordentlich geschmeichelt fühlte. Glücklich über diesen Triumph, entführte sie ihre Zuhörer in den Anfang der Arie »Al più salice«. Weder die Malibran noch die Pasta hatten jemals mit einer solchen Vollendung des Gefühlsausdrucks und der Tongebung gesungen. Da, als Julie eben wiederholen wollte und in die einzelnen Gruppen der Zuhörenden blickte, bemerkte sie Arthur, der sie unverwandt anschaute. Sie zuckte heftig zusammen, ihre Stimme setzte aus. Frau von Sérisy stürzte auf die Marquise zu.

»Was ist Ihnen, meine Liebe? Oh, die arme Kleine, ihr ist so elend! Ich zitterte vor Angst, als ich sah, daß sie etwas tun wollte, was über ihre Kräfte ging . . .«

Das Lied wurde abgebrochen. Julie, verärgert darüber, hatte nicht mehr den Mut weiterzusingen und mußte das falsche Mitleid ihrer Nebenbuhlerin über sich ergehen lassen. Die Frauen flüsterten untereinander; dann, als sie sich über diesen Zwischenfall angelegentlich unterhielten, errieten sie den Kampf, der zwischen der Marquise und Frau von Sérisy begonnen hatte, der sie in ihren üblen Reden keinerlei Schonung angedeihen ließen. Mit einem Schlage waren die seltsamen Ahnungen, die Julie so oft beunruhigt hatten, Wirklichkeit geworden. In ihren Grübeleien über Arthur hatte sie sich in dem Glauben gefallen, ein allem Anschein nach so sanftmütiger, so zartsinniger Mensch müsse seiner ersten Liebe treu geblieben sein. Bisweilen hatte es sie geschmeichelt, der Gegenstand solch herrlicher Leidenschaft zu sein, der lauteren, echten Leidenschaft eines jungen Mannes, dessen ganzes Denken zu seiner Geliebten geht, der ihr jede Stunde des Tages schenkt, der keine Abwege kennt, der über das errötet, was eine Frau erröten läßt, der denkt wie eine Frau, ihr keine Rivalinnen gibt und sich ihr mit ganzem Herzen ausliefert, ohne an Ehrgeiz oder Ansehen oder Vermögen zu denken. Dies alles hatte sie sich über Arthur vorgegaukelt, närrisch und gedankenlos; nun glaubte sie, ihr Traum sei plötzlich in Erfüllung gegangen. Sie las auf dem fast frauenhaften Gesicht des jungen Engländers die tiefen Gedanken, die sanfte Schwermut, den schmerzlichen

Verzicht, an dem sie selber die Schuld trug. Sie erkannte in dem allen sich selber. Unglück und Melancholie sind die beredtesten Dolmetscher der Liebe, mit unglaublicher Schnelligkeit bringen sie zwei leidende Wesen einander nahe. Das Schauen nach innen und das Erfassen von Dingen und Gedanken sind bei ihnen vollkommen und im rechten Maß. Daher enthüllte die heftige Erschütterung der Marquise ihr alle zukünftigen Gefahren. Nur zu glücklich darüber, in ihrem gewohnten Leiden einen Vorwand für ihre Bestürzung gefunden zu haben, ließ sie sich willig von dem erheuchelten Mitleid der Frau von Sérisy niederbeugen. Das Abbrechen des Gesanges war ein Ereignis, über das sich die Gäste recht unterschiedlich unterhielten. Die einen bedauerten Julies Geschick und beklagten es, daß eine so ausgezeichnete Frau für die Gesellschaft verloren sei; die anderen wollten die Ursache ihrer Leiden und der Zurückgezogenheit, in der sie lebte, wissen.

»Nun, mein lieber Ronquerolles«, sagte der Marquis zum Bruder der Frau von Sérisy, »du mißgönntest mir mein Glück, als du Frau d'Aiglemont sahst, und du tadeltest mich, daß ich ihr untreu sei? Wenn du – wie ich – mehrere Jahre an der Seite einer hübschen Frau leben müßtest, ohne ihr die Hand küssen zu dürfen, aus Furcht, du könntest sie zerbrechen, würdest du wohl mein Los recht wenig beneidenswert finden. Mache dir niemals Gedanken über solche zartgliedrigen Juwelen, die nur unter Glas gestellt werden dürfen und deren Zerbrechlichkeit, deren Kostbarkeit uns nur immer zu rücksichtsvoller Schonung zwingt! Führst du dein prächtiges Pferd oft aus, für das du, wie man mir sagte, Regengüsse und Schneeschauer fürchtest? Das ist meine

Geschichte. Ich bin mir der Tugend meiner Frau sicher, das stimmt; aber meine Ehe ist ein Luxus, und wenn du glaubst, ich sei verheiratet, dann irrst du dich. Daher ist meine Untreue in gewisser Hinsicht berechtigt. Ich möchte gern wissen, was Sie an meiner Stelle täten, meine Herren Spötter. Viele Männer würden noch weniger Rücksichtnahme kennen, als ich sie gegenüber meiner Frau zeige. Ich bin überzeugt«, fügte er leise hinzu, »meine Frau ahnt von alledem nichts. Deshalb täte ich gewiß auch sehr unrecht daran, mich zu beklagen, ich bin sehr glücklich dabei ... Allein, nichts ist lästiger für einen empfindsamen Mann, als ein armes Geschöpf, an das man gekettet ist, leiden zu sehen ...«

»Du bist also sehr empfindsam«, entgegnete Herr von Ronquerolles, »wo du doch selten zu Hause bist?«

Über diesen freundschaftlichen Spott mußten die Zuhörer lachen; nur Arthur, der Gentleman, der sich den Ernst als wesentliche Charaktereigenschaft erwählt hatte, blieb ungerührt und unerschüttert. Ohne Zweifel machten die merkwürdigen Reden dieses Ehemannes dem jungen Engländer einige Hoffnungen; geduldig wartete er, bis er mit Herrn d'Aiglemont allein sein könnte, und die Gelegenheit dazu bot sich bald.

»Mein Herr«, sprach er ihn an, »mit unendlicher Sorge sehe ich den Zustand der Frau Marquise, und wenn Sie wüßten, daß sie, ohne einen ganz bestimmte Lebensweise einzuhalten, jämmerlich zugrunde gehen muß, würden Sie wohl, wie ich annehme, nicht über ihre Leiden spotten. Die Gewißheit, Frau d'Aiglemont retten und sie dem Leben und dem Glück zurückgeben zu können, berechtigt mich gewissermaßen dazu, so zu Ihnen zu sprechen. Es ist recht ungewöhnlich, daß ein

Mann meines Standes Arzt ist; und doch hat es der Zufall gefügt, daß ich Medizin studierte. Überdies«, setzte er hinzu und schützte einen kalten Egoismus vor, der seinen Plänen nur nützlich sein mußte, »habe ich rechte Langeweile, und es macht mir nichts aus, meine Zeit und meine Reisen in den Dienst eines leidenden Menschen zu stellen, anstatt irgendwelche albernen Launen zu befriedigen. Heilungen von so gearteten Krankheiten sind selten, weil sie viel Fürsorge, viel Zeit und viel Geduld erfordern; vor allem muß man Vermögen haben, reisen, peinlichst genau Vorschriften befolgen, die jeden Tag wechseln und dabei nichts Lästiges haben. Wir sind zwei Ehrenmänner«, sagte er und legte in dieses Wort den Sinn des englischen Wortes ›Gentleman‹, »wir können uns verständigen. Ich mache Sie darauf aufmerksam, daß Sie, sollten Sie meinen Vorschlag annehmen, jederzeit der Richter meines Verhaltens sein werden. Ich werde nichts tun, ohne daß Sie mein Ratgeber, mein Beobachter sind, und ich bürge Ihnen für den Erfolg, wenn Sie einwilligen, mir Folge zu leisten; ja«, sagte er ihm ins Ohr, »wenn Sie für längere Zeit nicht der Gatte von Frau d'Aiglemont sein wollen.«

»Nur ein Engländer, Mylord, kann mir einen so wunderlichen Vorschlag machen«, meinte der Marquis lachend. »Gestatten Sie mir, daß ich ihn weder ablehne noch annehme! Ich werde ihn mir überlegen. Im übrigen muß er vor allen Dingen meiner Frau unterbreitet werden.«

In diesem Augenblick war Julie wieder ans Piano getreten. Sie sang die Arie der Semiramis »Son regina, son guerriera«. Einmütige, aber gleichsam stumme Beifallskundgebungen, der Achtungsbeifall des Faubourg

Saint-Germain, zeugten von der Begeisterung, die sie entfachte.

Als d'Aiglemont seine Frau nach Hause brachte, sah Julie mit einem gewissen unruhigen Behagen den raschen Erfolg ihrer neuen Bemühungen. Wie angeregt durch die Rolle, die sie eben gespielt hatte, wollte er ihr mit einer Galanterie Ehre erweisen und brachte ihr Huldigungen dar, wie er es einer Schauspielerin gegenüber getan hätte. Julie hatte an solcher Behandlung ihre Freude, sie, die tugendsame und verheiratete Frau; sie versuchte mit ihrer Macht zu spielen, und in diesem ersten Kampfe ließ ihre angeborene Güte sie noch einmal unterliegen; es war jedoch die furchtbarste aller Lektionen, die das Schicksal für sie bereithielt. Gegen zwei oder drei Uhr morgens saß Julie noch in ihrem Ehebett auf, düster vor sich hinbrütend: eine Lampe erhellte mit ihrem fahlen Schein nur spärlich das Zimmer, lautlose Stille herrschte darin; und die Marquise vergoß seit etwa einer Stunde unter herzzerreißenden Gewissensbissen Tränen, deren Bitterkeit nur die Frauen verstehen können, die sich einmal in gleicher Lage befunden haben. Man mußte Julies Gemüt besitzen, um wie sie die Ekelhaftigkeit einer berechneten Liebkosung zu empfinden, um wie sie durch einen lieblosen Kuß sich beleidigt zu fühlen – eine Abtrünnigkeit des Herzens, die noch durch das Gefühl einer qualvollen Prostitution verschlimmert wurde. Sie verachtete sich selber, sie verfluchte ihre Ehe, sie hätte sterben mögen; und wenn nicht ihre Tochter plötzlich aufgeschrien hätte, dürfte sie sich wohl aus dem Fenster auf die Straße gestürzt haben. Währenddessen schlief Herr d'Aiglemont friedlich an ihrer Seite, ohne von den heißen Tränen, die seine Frau auf ihn fallen ließ, aus dem Schlafe geweckt zu werden. Am nächsten Morgen vermochte Julie wieder heiter zu sein. Sie fand genügend Kraft, um glücklich zu scheinen und nach ihrer bisherigen Schwermut nunmehr ihren unbezwingbaren Abscheu zu verbergen. Von diesem Tage an hielt sie sich nicht mehr für eine untadelhafte Frau. Hatte sie sich nicht selbst belogen, hatte sie nicht bislang schon Fähigkeiten in der Verstellungskunst gezeigt und war sie nicht imstande, sie in Zukunft weiterhin in ihren ehelichen Freuden mit erstaunlicher Gründlichkeit zu beweisen? Ihre Ehe war die Ursache jener Verderbtheit ›a priori‹, die sich noch an nichts erproben konnte. Indessen, sie hatte sich schon manchmal gefragt, warum sie einem geliebten Liebhaber widerstehen sollte, wenn sie sich gleichzeitig gegen die Stimme ihres Herzens und gegen den Willen der Natur einem Gatten hingab, den sie nicht mehr liebte. Allen schuldhaften Handlungen, vielleicht sogar dem Verbrechen, liegt eine irrige Art der Schlußfolgerung oder ein Übermaß an Egoismus zugrunde. Die Gesellschaft kann nur existieren durch die individuellen Opfer, die vom Gesetz gefordert werden. Die Vorteile genießen, heißt das nicht zu gleicher Zeit die Verpflichtung eingehen, die Bedingungen aufrechtzuerhalten, die den Bestand der Gesellschaft sichern? Die Unglücklichen, die kein Brot haben und die dennoch das Eigentum achten müssen, sind nicht weniger zu beklagen als die Frauen, die in der Sehnsucht und in dem Zartgefühl ihres innersten Wesens verwundet werden.

Einige Tage nach dieser Begebenheit, deren Geheimnis im Ehebett begraben wurde, stellte d'Aiglemont Lord Grenville seiner Frau vor. Julie empfing Arthur mit einer kühlen Höflichkeit, die ihrer Verstellungskunst alle Ehre machte. Sie gebot ihrem Herzen Schweigen, verbarg ihren Blick, gab ihrer Stimme Festigkeit und konnte so Herrin ihres Schicksals bleiben. Nachdem Frau d'Aiglemont vermöge der Mittel, die den Frauen gleichsam angeboren sind, die ganze Tragweite der von ihr eingeflößten Liebe erkannt hatte, lächelte sie angesichts der Hoffnung auf eine baldige Genesung und setzte schließlich dem Willen ihres Gatten, der ihr fast Gewalt antat, um sie zur Annahme der Dienste des jungen Arztes zu bewegen, keinen Widerstand mehr entgegen. Trotzdem wollte sie sich Lord Grenville nicht eher anvertrauen, als bis sie seine Worte und sein Gebaren zur Genüge studiert hätte, um sicher zu sein, daß er die Großherzigkeit besäße, im verborgenen zu leiden. Sie hatte unumschränkte Macht über ihn, sie mißbrauchte sie schon: War sie nicht Frau?

Montcontour ist ein alter Herrensitz, oben auf einem jener goldgelben Felsen, an deren Fuß die Loire vorübergleitet, nicht weit von der Stelle entfernt, wo Julie im Jahre 1814 haltgemacht hatte. Es ist eins der weißschimmernden, entzückenden kleinen Schlösser der Touraine, die mit ihren kunstvoll ausgehauenen Türmchen gleichsam ausgestickt sind wie Mechelner Spitzen; eins der lieblichen, schmucken Schlösser, die sich mit ihren Gruppen von Maulbeerbäumen, ihren Weinbergen, ihren Hohlwegen, ihren langen durchbrochenen Geländern, ihren in Fels gehauenen Kellergewölben, ihren Efeuteppichen und ihren schroffen Hängen in den Wassern des Stroms spiegeln. Die Dächer von Montcontour funkeln im Licht der Sonne, alles ist dort Glut und Flamme. Tausend Erinnerungen an Spanien rücken diese wundervolle Stätte ins Reich der Poesie: goldfarbener Ginster, Glockenblumen erfüllen den Hauch des Windes mit Wohlgeruch, die Luft schmeichelt, die Erde lacht überall, und überall hüllen sanfte Zauber die Seele ein, machen sie schlaff, verliebt, zärtlich und wiegen sie in Traum. Diese herrliche, liebliche Flur betäubt den Schmerz und weckt die Leidenschaften. Niemand bleibt ungerührt unter diesem makellosen Himmel, vor diesen glitzernden Fluten. Dort endet manch ehrgeiziges Streben, dort legt ihr euch nieder, geborgen im Schoße eines friedlichen Glücks, so wie allabendlich die Sonne in ihren Schleiern von Purpur und Blau zur Ruhe geht.

An einem milden Augustabend des Jahres 1821 stiegen zwei Personen die steinigen Wege empor, welche die Felsen, auf denen das Schloß thront, zerschneiden, und strebten der Höhe zu, ohne Zweifel, um dort die mannigfachen Ausblicke zu bewundern, die man da oben entdecken kann. Diese beiden Personen waren Julie und Lord Grenville; diese Julie jedoch schien eine andere Frau zu sein. Die Marquise hatte die frischen Farben der Gesundheit. Ihre von einer lebensvollen Kraft beseelten Augen blitzten durch einen Schleier hindurch, der dem feuchten Schimmer glich, welcher dem Auge des Kindes jenen unwiderstehlichen Reiz verleiht. Sie lächelte unbeschwert, sie war glücklich zu leben, und sie begriff das Leben. An der Art, wie sie ihren zierlichen Fuß setzte, konnte man unschwer erkennen, daß kein Kummer wie ehedem auch nur die leisesten Bewegungen behinderte oder Blick, Stimme und Gebärde lähmte. Unter ihrem weißseidenen Schirm, der sie vor den heißen Strahlen der Sonne schützte, glich sie einer jungen Braut unter ihrem Schleier, einer Jungfrau, die bereit ist, sich dem Wonnetaumel der Liebe hinzugeben. Arthur umgab sie mit der Fürsorge eines Liebenden, er führte sie, wie man ein Kind führt, zog sie auf die bequemsten Pfade, ließ sie die Steine umgehen, zeigte ihr einen freien Ausblick oder geleitete sie vor eine Blume, immer erfüllt von einem nie ermüdenden Gefühl der Güte, von Zartsinn, von einem tiefen Wissen um das Wohlbefinden dieser Frau, von Gefühlen, die ihm in gleichem oder gar noch höherem Maße angeschaffen zu sein schienen als die Regungen, die er seinem eigenen Dasein schuldete. Die Kranke und ihr Arzt gingen in gleichem Schritt dahin, ohne sich über einen Gleichklang zu verwundern, der seit dem ersten Tage ihres gemeinsamen Wanderns zwischen ihnen bestanden zu haben schien; sie gehorchten einem gleichen Willen, blieben stehen unter dem Eindruck der gleichen Empfindungen, Blicke und Worte gaben jeweils Antwort auf die Gedanken des anderen. Als beide oben auf einem Weinberge angelangt waren, wollten sie sich auf einem jener langen weißen Steine ausruhen, die man unablässig aus den in den Fels gehauenen Gewölben herausschlägt. Aber bevor sie sich dort niederließen, betrachtete Julie die Landschaft. »Welch herrliches Land!« rief sie aus. »Hier wollen wir ein Zelt errichten und bleiben. Viktor, komm, komm doch!«

Herr d'Aiglemont antwortete aus der Tiefe mit einem Jägerruf, ohne jedoch seine Schritte zu beschleunigen; er sah nur von Zeit zu Zeit, wenn die Wegbiegungen es ihm gestatteten, zu seiner Frau herauf. Beglückt sog Julie die Luft ein, bog den Kopf zurück und warf Arthur einen jener sprechenden Blicke zu, mit denen eine geistvolle Frau alle ihre Gedanken verrät.

»Oh«, sagte sie dann weiter, »ich möchte immer hier bleiben. Kann man jemals müde werden, dieses schöne Tal zu bewundern? Kennen Sie den Namen dieses entzückenden Flusses, Mylord?«

»Das ist die Cise.«

»Die Cise«, wiederholte sie. »Und dort hinten, gerade vor uns, was ist das?«

»Das sind die Hügel des Cher«, erwiderte er.

»Und zur Rechten? – Ah, ja, das ist Tours. Sehen Sie doch, wie zauberhaft die Türme der Kathedrale in der Ferne wirken!«

Sie verstummte, ihre Hand, mit der sie nach der Stadt gedeutet hatte, legte sich auf Arthurs Hand. Schweigsam bewunderten sie die Landschaft, die Schönheiten dieser harmonischen Natur. Das Murmeln der Wasser, die Klarheit der Luft und die Heiterkeit des Himmels, alles stimmte mit den Gedanken zusammen, die ungestüm in ihre jungen liebenden Herzen strömten.

»Herrgott, wie liebe ich dieses Land!« wiederholte Julie in zunehmender unschuldiger Begeisterung. »Sie haben lange hier gewohnt?« fuhr sie nach einer Pause fort.

Bei diesen Worten zuckte Lord Grenville zusammen.

»Dort«, erwiderte er demütig und wies auf eine Gruppe von Nußbäumen auf der Straße, »dort erblickte ich Sie, als Gefangener, zum ersten Male . . .«

»Ja, aber ich war damals schon recht traurig; dieses Stück Natur erschien mir unheimlich, und jetzt . . .«

Sie hielt inne, Lord Grenville wagte sie nicht anzusehen.

»Ihnen«, sagte Julie endlich nach langem Schweigen, »Ihnen danke ich dieses Glück. Muß man nicht leben, um die Freuden des Lebens zu spüren, und war ich bis jetzt nicht für alles tot? Sie haben mir mehr als nur die Gesundheit geschenkt, Sie haben mich gelehrt, ihren ganzen Wert zu empfinden . . .«

Die Frauen besitzen eine unnachahmliche Fähigkeit, ihren Gefühlen ohne allzu lebhafte Worte Ausdruck zu verleihen; ihre Beredsamkeit spricht vornehmlich aus Ton und Geste, aus Haltung und Blick. Lord Grenville barg den Kopf in seinen Händen, denn Tränen stiegen ihm in die Augen. Es war das erstemal seit ihrer Abreise von Paris, daß Julie ihm dankte. Ein ganzes Jahr lang hatte er mit selbstloser Hingabe um die Gesundheit der Marquise Sorge getragen. Von d'Aiglemont in seinen Plänen unterstützt, hatte er sie zuerst in die Bäder von Aix geführt, sodann an die Meeresgestade von La Rochelle. Jederzeit bedacht auf die Veränderungen, die seine klugen und doch natürlichen Vorschriften bei der sehr hinfälligen Julie hervorbrachten, hatte er sie gehegt und gepflegt, so wie ein leidenschaftlicher Gärtner eine seltene Blume züchtet. Es schien, daß die Marquise Arthurs verständnisvolle Dienste angenommen hatte mit der ganzen Selbstsucht einer an Huldigungen gewöhnten Pariserin oder mit dem Leichtsinn einer Kurtisane, die weder die Kosten der Sache noch den Wert der Männer kennt und sie nur nach dem Grade des Nutzens einschätzt, den sie von ihnen hat. Man darf den Einfluß, den eine bestimmte Stätte auf das Gemüt ausübt, nicht unterschätzen. Werden wir am Meeresufer unweigerlich von Melancholie befallen, so bewirkt ein anderes Gesetz in unserer eindrucksfähigen Natur, daß sich in den Bergen unsere Gefühle läutern: Die Leidenschaft gewinnt dort an Tiefe, was sie an Heftigkeit zu verlieren scheint.

Der Anblick des weiten Loirebeckens, die entzückend aufsteigende Höhe, auf der die beiden Liebenden ausruhten, sie mochten die Ursache sein für die köstliche Stille, in der sie anfangs das Glücksgefühl genossen, das man empfindet, wenn man unter scheinbar bedeutungslosen Worten das ganze Ausmaß einer verborgenen Leidenschaft errät. In dem Augenblick, wo Julie den Satz beendete, der Lord Grenville so stark ergriffen hatte, fuhr ein schmeichelnder Windhauch durch die Baumkronen und tränkte die Luft mit der Kühle des Flusses; einige Wolkenschleier zogen sich vor die Sonne, und weiche Schatten ließen den ganzen Zauber dieses entzückenden Fleckchens Erde erleben. Julie wandte den Kopf ab, um dem jungen Lord die Tränen zu verbergen, die sie schließlich zurückzudämmen und zu trocknen vermochte – denn Arthurs Ergiffensein hatte auch sie jäh überwältigt. Sie wagte nicht die Augen zu ihm zu erheben, aus Furcht, er könne in ihrem Blick zuviel der Wonne lesen. Mit ihrem Fraueninstinkt spürte sie, daß sie in dieser gefahrvollen Stunde ihre Liebe in den Tiefen ihres Herzens begraben mußte. Indes auch das Schweigen konnte furchtbar sein. Als Julie erkannte, daß Lord Grenville außerstande war, auch nur ein Wort zu sagen, sprach sie mit sanfter Stimme weiter: »Sie sind bewegt von dem, was ich Ihnen sagte, Mylord. Vielleicht bedeutet diese heftige Rührung nur, daß ein anmutig-gütiges Herz wie das Ihre ein falsches Urteil eingesteht. Sie haben mich, als Sie mich kühl und zurückhaltend fanden, für undankbar oder spottlustig und gefühllos gehalten während dieser Reise, die glücklicherweise bald zu Ende gehen wird. Ich wäre nicht würdig gewesen, Ihre Dienste anzunehmen, wenn ich sie nicht zu schätzen gewußt hätte. Mylord, ich habe nichts vergessen. Ach, ich werde nichts vergessen, weder die Fürsorge, mit der Sie über mich wachten wie eine Mutter über ihr Kind, noch vor allem die hochgesinnte Unbefangenheit unserer geschwisterlichen Gespräche, den rücksichtsvollen Takt in Ihrem Handeln – Verführungen, gegen die wir alle machtlos sind. Mylord, es steht nicht in meiner Macht, Ihnen zu vergelten . . .« Bei diesen Worten entfernte sich Julie rasch, und Lord Grenville tat nichts, um sie zurückzuhalten. Die Marquise schritt zu einem nahe gelegenen Felsen und blieb dort unbeweglich stehen; ihrer beider Erregung war für sie selber ein Geheimnis, wahrscheinlich weinten sie im stillen. Der Gesang der Vögel, so fröhlich, so reich an zärtlichen Tönen unter der sinkenden Sonne, mußte die gewaltige Erschütterung, die sie auseinandergehen hieß, noch vertiefen: Die Natur übernahm es statt ihrer, eine Liebe sprechen zu lassen, von der sie nicht zu sprechen wagten.

»Nun, Mylord«, begann Julie wieder und trat zu Arthur mit einer Würde, die es ihr gestattete, seine Hand zu fassen, »ich werde von Ihnen verlangen, daß Sie mir das Leben, das Sie mir wiedergeschenkt haben, rein und heilig zurückgeben. Hier müssen wir uns trennen. Ich weiß«, fügte sie hinzu, als sie sah, daß Lord Grenville erblaßte, »daß ich, anstatt Ihre Ergebenheit zu belohnen, von Ihnen sogar noch ein Opfer fordere, und zwar ein noch größeres als die anderen, deren Größe von mir eigentlich besser gewürdigt werden müßte . . . Aber es muß sein . . . Sie werden nicht in Frankreich bleiben. Ihnen das Gegenteil zu befehlen, hieße das nicht Ihnen heilige Rechte zugestehen?« setzte sie hinzu und legte die Hand des jungen Mannes auf ihr klopfendes Herz.

»Ja«, sagte Arthur und stand auf.

In diesem Augenblick zeigte er auf d'Aiglemont, der, seine Tochter im Arm, jenseits eines Hohlweges auf dem Treppengeländer des Schlosses auftauchte. Er war hinaufgeklettert, um seine kleine Helene von dort herunterspringen zu lassen.

»Julie, ich will nicht von meiner Liebe sprechen, unsere Seelen verstehen sich nur zu gut. Wie tief, wie verborgen auch das Glück meines Herzens war, Sie haben es geteilt. Ich fühle es, ich weiß es, ich sehe es. Eben jetzt erhalte ich den köstlichen Beweis dafür, daß unsere Herzen für immer füreinander bestimmt sind, aber ich gehe ... Schon mehrmals habe ich die Möglichkeiten, diesen Menschen zu töten, allzu schlau erwogen, als daß ich dem – wenn ich in Ihrer Nähe bliebe – für alle Zeit widerstehen könnte.«

»Ich hatte den gleichen Gedanken«, sagte sie, und auf ihrem verstörten Gesicht zeigten sich die Spuren schmerzlicher Betroffenheit.

Indessen, aus Ton und Gebärde sprachen so viel Tugend, so viel Selbstsicherheit und so viele über die Liebe insgeheim errungene Siege, daß Lord Grenville mit Bewunderung erfüllt war. Der blasse Schatten des Verbrechens war in diesem unschuldigen Gewissen zerflossen. Das religiöse Gefühl, das hinter dieser schönen Stirn wachte, mußte immerfort die unfreiwilligen bösen Gedanken verjagen, die unsere unvollkommene Natur erzeugt, die aber andererseits von der Größe und den Gefahren unseres Schicksals künden.

»Dann«, begann Julie wieder, »hätte ich mir Ihre Verachtung zugezogen ... und sie hätte mich gerettet«, fuhr sie fort und senkte die Augen. »Ihre Achtung zu verlieren, hieße das nicht sterben?«

Eine Weile noch verharrten die beiden heroischen Liebenden in Schweigen, bemüht, ihren Kummer in sich zu verschließen; ob gut oder böse – ihre Gedanken waren getreulich die gleichen, und sie verstanden sich ebensowohl in ihren tiefsten Freuden wie im geheimsten Leid.

»Ich darf nicht murren, das Unglück meines Lebens ist mein Werk«, sagte sie weiter und hob ihre tränenschimmernden Augen zum Himmel.

»Mylord«, rief der General von seinem Platz aus und winkte, »hier sind wir uns zum ersten Male begegnet. Sie erinnern sich vielleicht nicht. Sehen Sie, da unten, bei den Pappeln!«

Der Engländer antwortete mit einem jähen Kopfnicken.

»Ich mußte jung und unglücklich sterben«, erwiderte Julie. »Ja, glauben Sie nicht, daß ich lebe! Der Kummer meines Herzens wird genauso tödlich sein, wie es die schreckliche Krankheit hätte sein können, von der Sie mich geheilt haben. Ich halte mich nicht für schuldig. Nein, die Gefühle, die ich für Sie hege, sind unabänderlich, ewig, wenn auch recht unfreiwillig, doch ich will tugendhaft bleiben. Dennoch werde ich gleichzeitig meiner Gattenpflicht, meinen Mutterpflichten und dem Sehnen meines Herzens treu bleiben können. Hören Sie!« sagte sie in steigender Erregung. »Ich werde diesem Manne nicht mehr gehören, niemals mehr.« Und mit einer schrecklichen Handbewegung, die ihren Abscheu und die Wahrheit ihrer Worte unterstrich, wies Julie auf ihren Mann. Dann sprach sie weiter. »Die Gesetze der Welt verlangen, daß ich ihm das Dasein angenehm mache, ich werde mich fügen; ich werde seine

Dienerin sein; meine Ergebenheit für ihn wird grenzenlos sein, aber – vom heutigen Tage an bin ich Witwe. Ich will keine Dirne sein, weder in meinen Augen noch in denen der Gesellschaft; wenn ich nicht mehr meinem Gatten gehöre, dann werde ich auch niemals einem andern gehören. Sie werden von mir nur das besitzen, was Sie mir bereits entrissen haben. Diesen Spruch habe ich über mich selber gefällt«, sagte sie und blickte Arthur stolz an. »Er ist unwiderruflich, Mylord. Hören Sie nun: Sollten Sie einem frevelhaften Gedanken nachgeben, würde die Witwe des Herrn d'Aiglemont ins Kloster gehen, in Italien oder in Spanien! Das Unglück hat es gewollt, daß wir von unserer Liebe sprachen. Diese Geständnisse mochten unvermeidlich sein; aber es soll das letzte Mal sein, daß unsere Herzen so heftig erbebten. Morgen werden Sie vorgeben, Sie hätten einen Brief erhalten, der Sie nach England zurückruft, und wir werden uns trennen, um uns nicht mehr wiederzusehen.«

Indessen, diese Selbstüberwindung hatte Julie erschöpft; sie spürte, wie ihre Knie wankten, eine tödliche Kälte faßte sie an, und in echt weiblicher Regung setzte sie sich, um nicht in Arthurs Arme zu stürzen.

»Julie!« schrie Lord Grenville auf.

Dieser durchdringende Schrei war wie ein Donnerschlag. Alles, was der bis dahin schweigsame Liebende nicht hatte sagen können, lag in diesem herzzerreißenden Aufschrei.

»Hallo, was ist denn mit ihr?« fragte der General. Als er jenen Schrei gehört hatte, war der Marquis schneller gegangen und stand nun plötzlich vor den beiden Liebenden.

»Es wird nichts weiter sein«, sagte Julie mit jener bewundernswerten Gefaßtheit, welche die echt weibliche List den Frauen in den entscheidenden Situationen des Lebens gar oft zur Verfügung stellt. »Die Kühle dieses Nußbaums hätte mir beinahe die Sinne genommen, und mein guter Doktor mußte wohl vor Angst fast vergehen. Bin ich nicht für ihn wie ein Kunstwerk, das noch nicht vollendet ist? Vielleicht war er erschrocken, es zerstört zu sehen . . .«

Sie nahm kühn Lord Grenvilles Arm, lächelte ihrem Gatten zu, blickte noch einmal ins weite Land, ehe sie die Felsenhöhe verließen, und zog ihren Reisegefährten an der Hand mit sich fort.

»Dies ist wahrhaftig die schönste Gegend, die wir je gesehen haben«, sagte sie, »ich werde sie nie vergessen. Sieh doch, Viktor, welche Fernsicht, welche Weite, welche Mannigfaltigkeit! Dieses Land muß man lieben.«

Mit einem fast krampfhaften Lachen, das indessen ihren Gatten täuschte, sprang sie fröhlich in die Hohlwege und verschwand.

»Nun, ist es schon so weit . . .?« sagte sie, als sie weit weg war von Herrn d'Aiglemont. »Ja, mein Freund, in wenigen Augenblicken werden wir nicht mehr wir selber sein können und werden es nie mehr sein; dann werden wir nicht mehr leben . . .«

»Wir wollen langsam gehen«, erwiderte Lord Grenville, »die Wagen sind noch weit. Wir wollen zusammen gehen, und wenn es uns vergönnt ist, unsere Blicke sprechen zu lassen, werden unsere Herzen noch einen Augenblick länger leben . . .«

Sie schritten auf der Uferstraße dahin, längs des Flusses, im letzten Abendschein, fast schweigend, und sie sagten sich hilflose Worte, die sanft waren wie das Rauschen der Loire und doch die Seele erschütterten. Die niedergehende Sonne hüllte sie, ehe sie versank, in ihre roten Strahlenbündel, es war ein melancholisches Abbild ihrer verhängnisvollen Liebe. Der General, voller Sorge, daß er den Wagen nicht an der Stelle vorfände, wo er ihn zurückgelassen hatte, ging den beiden Liebenden hinterher oder voraus, ohne sich am Gespräch zu beteiligen. Das großherzige, taktvolle Benehmen, das Lord Grenville während dieser Reise bewies, hatte den Argwohn des Marquis zerstreut, er ließ seiner Frau im Vertrauen auf die punische Treue des Lorddoktors seit einiger Zeit volle Freiheit. Immer noch wanderten Arthur und Julie in dem freudlosen, leidvollen Gleichklang ihrer erstarrenden Herzen dahin. Vor kurzem noch, als sie die Hänge von Montcontour hinanstiegen, empfanden sie beide eine unbestimmte Hoffnung, ein unruhvolles Glücksgefühl, über das sie sich keine Rechenschaft zu geben wagten; doch jetzt, als sie auf die Uferstraße hinabstiegen, hatten sie das schwache Gebäude umgestoßen, das sie in ihrer Phantasie errichtet und vor dem sie nicht zu atmen gewagten hatten, den Kindern gleich, die den Einsturz der von ihnen erbauten Kartenhäuser voraussehen. Sie waren ohne Hoffnung. Am selben Abend reiste Lord Grenville ab. Der letzte Blick, den er Julie zuwarf, bewies zu ihrem Unglück, daß er, von dem Augenblick an, da ihre gegenseitige Zuneigung ihnen die ganze Tragweite einer so mächtigen Leidenschaft enthüllt hatte, mit Recht sich selber mißtraute.

Als am nächsten Tage Herr d'Aiglemont und seine Frau ohne ihren Reisegefährten im Wagen saßen und rasch auf der Landstraße dahinfuhren, die ehemals im

Jahre 1814 die Marquise gereist war – sie kannte damals die Liebe noch nicht und hatte beinahe ihre Beharrlichkeit verwünscht –, kamen ihr tausend vergessene Eindrücke wieder. Das Herz hat sein eigenes Gedächtnis. Manch eine Frau, die nicht imstande ist, sich die folgenschwersten Vorfälle ins Gedächtnis zurückzurufen, wird sich ihr Lebtag lang an die Dinge erinnern, die ihre Gefühle angehen. So auch entsann sich Julie selbst nebensächlicher Einzelheiten; mit einem Glücksempfinden dachte sie abermals an die unbedeutendsten Begebenheiten auf ihrer ersten Reise, und sogar die Gedanken tauchten vor ihr auf, die ihr an manchen Stellen der Fahrt gekommen waren. Viktor, der, seitdem seine Frau ihre ganze Jugendfrische und Schönheit wiedererlangt hatte, von neuem leidenschaftlich in sie verliebt war, drückte sich wie ein Liebhaber an sie. Als er sie jedoch in die Arme nehmen wollte, machte sie sich sanft los und erfand irgendeinen Vorwand, um sich dieser harmlosen Zärtlichkeit zu entziehen. Bald danach war ihr sogar die Berührung mit Viktor zuwider, dessen Wärme sie im engen Beieinandersitzen fühlte und teilte. Sie wollte sich allein auf den Vordersitz des Wagens setzen; doch ihr Gatte tat ihr den Gefallen und ließ sie hinten sitzen. Sie dankte ihm für diese Aufmerksamkeit mit einem Seufzer, den er mißverstand; der alte Garnisonverführer legte die Schwermut seiner Frau zu seinem Vorteil aus. Am Abend jedoch forderte er sie so weit heraus, daß sie mit einer Sicherheit zu ihm sprach, die auf ihn starken Eindruck machte.

»Mein Freund«, sagte sie, »du hast mich beinahe getötet, du weißt es. Wäre ich noch ein junges unerfahrenes Mädchen, könnte ich mein Leben noch einmal zum

Opfer bringen; aber ich bin Mutter, ich habe eine Tochter zu erziehen, und ihr schulde ich ebensoviel wie dir. Nehmen wir ein Unglück auf uns, das uns beide gleichermaßen berührt! Du bist dabei am wenigsten zu beklagen. Hast du nicht anderweitig Trost zu finden verstanden, einen Trost, den meine Pflicht, unsere gemeinsame Ehre und noch mehr die Natur mir verbieten? Sieh«, fügte sie hinzu, »durch eine Unachtsamkeit hast du in einem Schubfach drei Briefe von Frau von Sérisy liegenlassen. Hier sind sie. Mein Schweigen beweist dir, daß du in mir eine überaus nachsichtige Frau hast, die von dir nicht die Opfer fordert, zu denen das Gesetz sie verurteilt; aber ich habe lange genug darüber nachgedacht, um jetzt zu wissen, daß unsere Rollen nicht die gleichen sind und daß allein die Frau zum Leiden bestimmt ist. Meine Tugend beruht auf festen, unwandelbaren Grundsätzen. Ich werde untadelhaft zu leben wissen; aber laß mich leben!«

Der Marquis, verblüfft von der Logik, mit der die durch die Liebe hellsichtig gewordenen Frauen die Dinge zu ergründen wissen, war gleichsam gebannt von der Würde, die ihnen in solchen Krisen zu Gebote steht. Der instinktive Widerwille, den Julie für alles bezeigte, was ihre Liebe und das geheime Sehnen ihres Herzens verwundete, gehört zum Schönsten, was eine Frau besitzt; er rührt vielleicht von einer angeborenen Tugendhaftigkeit her, die weder Gesetz noch Zivilisation zum Schweigen bringen können. Doch wer wollte die Frauen darum tadeln? Wenn sie das unbedingte Gefühl, das ihnen nicht erlaubt, zwei Männern zu gehören, in sich verschließen, sind sie dann nicht wie Priester ohne Glauben? Wenn einige strenge Gemüter ein solches Übereinkommen, wie Julie es zwischen ihrer Pflicht und ihrer Liebe schloß, mißbilligen, werden es allzu große Eiferer ihr sogar als Verbrechen auslegen. Diese allgemeine Verurteilung klagt entweder das Unglück an, das den Ungehorsam gegen das Gesetz erwartet, oder die bedauerlichen Unzulänglichkeiten der Einrichtungen, auf denen die Gesellschaft Europas beruht.

Zwei Jahre gingen dahin, währenddem Herr und Frau d'Aiglemont das Leben von Leuten der Gesellschaft führten; jeder ging seinen eigenen Weg und begegnete dem andern häufiger in den Salons als zu Hause: eine elegante Form der Scheidung, in der viele Ehen der vornehmem Gesellschaft enden. Eines Abends – es war ganz außergewöhnlich – saßen die beiden Ehegatten zusammen im Salon. Frau d'Aiglemont hatte eine Freundin zu Gast. Der General, der stets auswärts speiste, war zu Hause geblieben.

»Du wirst sehr erfreut sein, Frau Marquise«, sagte Herr d'Aiglemont und stellte seine Tasse, aus der er soeben seinen Kaffee getrunken hatte, auf ein Tischchen. Halb boshaft, halb betrübt blickte der Marquis Frau von Wimphen an und fuhr fort: »Ich gehe mit dem Hofjägermeister auf eine längere Jagd. Du wirst mindestens für acht Tage vollkommen Witwe sein, und das wünschst du doch, wie ich glaube . . . Wilhelm«, wandte er sich an seinen Diener, der gerade abdeckte, »laß anspannen!«

Frau von Wimphen war jene Louisa, der Frau d'Aiglemont seinerzeit die Ehelosigkeit anraten wollte. Die beiden Frauen warfen sich einen Blick des Einverständnisses zu, der zeigte, daß Julie in ihrer Freundin eine Vertraute ihres Kummers gefunden hatte, eine herzliche, mitfühlende Vertraute – denn Frau von Wimphen war sehr glücklich in ihrer Ehe, und in der gegenwärtigen Lage, in der sich beide befanden, bot vielleicht das Glück der einen für das Unglück der andern ein sicheres Unterpfand ihrer Ergebenheit. In solchen Fällen führt die Verschiedenartigkeit der Schicksale fast immer zu einem wirksamen Freundschaftsbund.

»Ist jetzt Jagdzeit?« fragte Julie und warf ihrem Gatten einen gleichgültigen Blick zu. Es war Ende März.

»Der Hofjägermeister jagt, wann er will und wo er will. Wir werden im königlichen Forst Treibjagd auf Wildschweine halten.«

»Sieh dich vor, daß dir nicht unversehens etwas zustößt . . .«

»Ein Unglück kommt immer unversehens«, gab er lächelnd zurück.

»Der Wagen des Herrn ist vorgefahren«, meldete Wilhelm.

Der General stand auf, küßte Frau von Wimphen die Hand und wandte sich an Julie.

»Wenn ich einem Eber zum Opfer fiele!« sagte er demütig.

»Was soll das bedeuten?« fragte Frau von Wimphen.

»Ach, geh doch!« sagte Frau d'Aiglemont zu Viktor. Dann lächelte sie, als wollte sie zu Louisa sagen: ›Du wirst sehen!‹

Julie bot ihrem Gatten den Hals, er beugte sich vor, um ihn zu küssen; aber die Marquise bückte sich so geschickt, daß der eheliche Kuß die Rüschen ihres Kragens streifte.

»Sie sind mir vor Gott Zeuge«, wandte sich der Marquis an Frau von Wimphen, »um solch kleine Gunst zu erhalten, bedarf es eines Fermans. So versteht meine Frau die Liebe. So weit hat sie mich gebracht – wenn ich bloß wüßte, mit welcher Weiberlist! Viel Vergnügen!«

Und er verließ das Zimmer.

»Dein armer Mann ist aber wirklich sehr gut«, rief Louisa aus, als die beiden Frauen allein waren. »Er liebt dich.«

»Oh, sprich nicht weiter! Der Name, den ich trage, ekelt mich an . . .«

»Ja, aber Viktor gehorcht dir doch vollkommen«, sagte Louisa.

»Sein Gehorsam«, erwiderte Julie, »beruht zum Teil auf der Hochachtung, die ich ihm eingeflößt habe. Ich bin nach dem Gesetz eine sehr tugendhafte Frau; ich mache ihm das Haus zu einem angenehmen Aufenthalt, ich verschließe die Augen vor seinen Liebesaffären, ich rühre nicht an sein Vermögen; er kann nach Belieben die Einkünfte vergeuden, ich trage nur Sorge, daß das Kapital unangetastet bleibt. Um diesen Preis habe ich meine Ruhe. Er macht sich keine Gedanken über mein Leben oder will sich keine machen. Aber wenn ich auf diese Weise meinen Mann am Gängelband führe, so fürchte ich doch die Auswirkungen seines Charakters. Ich bin wie ein Bärenführer, dem davor bange ist, daß der Beißkorb eines Tages zerreißt. Wenn Viktor einmal das Recht zu haben glaubte, mich nicht mehr achten zu müssen, dann wären die Folgen nicht abzusehen; denn er ist jähzornig, höchst selbstsüchtig und vor allem eitel. Wenn er auf der einen Seite nicht scharfsinnig genug ist, um in einer heiklen Lage, wo alle seine üblen Leidenschaften zur Geltung kommen, einen vernünftigen Entschluß zu fassen, so hat er andererseits auch einen schwachen Charakter und könnte mich vielleicht fürs erste umbringen, um am nächsten Tage vor Kummer zu sterben. Aber dieses unselige Glück ist nicht zu befürchten . . .«

Einen Augenblick herrschte Schweigen, währenddem die Gedanken der beiden Freundinnen zu der geheimen Ursache dieser Situation gingen.

»Man hat mir in höchst grausamer Weise Gehorsam geleistet«, sprach Julie weiter und tauschte mit Louisa einen verständnisvollen Blick. »Hatte ich *ihm* doch nicht verboten, mir zu schreiben! Ach, *er* hat mich vergessen, und das mit Recht. Es wäre ein allzu großes Verhängnis, wenn sein Leben zerbrochen wäre! Ist es nicht schon mit meinem Los genug? Glaubst du wohl, meine Liebe, daß ich die englischen Zeitungen lese, einzig und allein in der Hoffnung, seinen Namen darin zu finden? Aber, er ist noch nicht wieder im Oberhaus aufgetaucht.«

»Kannst du denn Englisch?«

»Ich habe es dir nicht gesagt? Ich habe es gelernt.«

»Du Arme«, rief Louisa aus und ergriff Julies Hand, »aber wie kannst du noch leben?«

»Das ist mein Geheimnis«, erwiderte die Marquise und machte eine fast kindlich unschuldige Handbewegung. »Höre! Ich nehme Opium. Die Geschichte der Herzogin von . . . in London hat mich auf diesen Gedanken gebracht. Du weißt, Maturin hat einen Roman über sie geschrieben. Meine Opiumtropfen sind sehr schwach. Ich schlafe. Ich bin nur sieben Stunden wach, und die gehören meiner Tochter . . .«

Louise starrte ins Feuer, ohne daß sie es wagte, ihre Freundin anzusehen, deren ganzes Elend sich ihr zum ersten Male offenbarte.

»Louisa, wahre mein Geheimnis!« bat Julie nach einem Augenblick des Schweigens.

Plötzlich brachte ein Diener der Marquise einen Brief.

»Oh!« schrie sie auf und erbleichte.

»Ich will nicht fragen, von wem«, sagte Frau von Wimphen.

Die Marquise las, sie hörte nichts mehr; ihre Freundin sah, wie die heftigsten Gefühle, die gefährlichste Überbeanspruchung der Nerven sich auf dem Gesicht von Frau d'Aiglemont malten, die abwechselnd rot und blaß wurde. Schließlich warf Julie das Schreiben ins Feuer.

»Dieser Brief ist wie eine Brandfackel! Oh, ich ersticke!«

Sie erhob sich, lief hin und her; ihre Augen brannten.

»Er hat Paris nicht verlassen!« rief sie aus.

Die Wirkung ihrer stoßweise hervorgebrachten Worte, die Frau von Wimphen nicht zu unterbrechen wagte, wurde durch beklemmende Pausen noch erhöht; mit jedem Abbrechen erhielten die Sätze einen mehr und mehr sich steigernden Nachdruck. Die letzten Worte hatten etwas Furchtbares.

»Er hat mich immerfort gesehen, ohne daß ich es wußte. Jeden Tag hat er einen Blick von mir aufgefangen, das erhält ihn am Leben. Weißt du, Louisa, er stirbt und will mir Lebewohl sagen, er weiß, daß mein Mann heute abend für mehrere Tage das Haus verlassen hat, und er wird jeden Augenblick hier sein. Oh, es ist mein Tod. Ich bin verloren. Höre, bleib bei mir! Vor zwei Frauen wird er es nicht wagen! Ach, bleib hier, ich habe Angst!«

»Aber mein Mann weiß, daß ich bei dir gespeist habe«, wandte Frau von Wimphen ein, »und er soll mich abholen.«

»Ja doch; ehe du gehst, habe ich ihn weggeschickt. Ich werde unser beider Henker sein. Ach, er wird glauben, ich liebe ihn nicht mehr! Und dieser Brief! Ich sage dir, meine Liebe, in ihm standen Sätze, die ich wie Flammenzeichen vor mir sehe.«

Vor dem Portal fuhr ein Wagen vor.

»Oh«, rief die Marquise fast jubelnd aus, »er kommt in aller Öffentlichkeit, er macht kein Geheimnis daraus.«

»Lord Grenville«, meldete der Diener.

Die Marquise blieb stehen, unbeweglich. Als sie Arthur bleich, mager und abgezehrt vor sich sah, war ihr keine Strenge mehr möglich. Obwohl Lord Grenville heftig verstimmt war, Julie nicht allein anzutreffen, schien er ruhig und gelassen. Aber für die beiden Frauen, die um die Geheimnisse seiner Liebe wußten, hatten seine Haltung, der Klang seiner Stimme, die Sprache seiner Augen etwas von der zwingenden Kraft, die man dem Zitterrochen zuschreibt. Die Marquise und Frau von Wimphen waren wie betäubt von dem jähen Aufleuchten eines entsetzlichen Leids. Der Klang von Lord Grenvilles Stimme ließ das Herz von Frau d'Aiglemont so qualvoll schlagen, daß sie nicht den Mut aufbrachte, ihm zu antworten; sie befürchtete, er würde erkennen, welch unerbittliche Macht er auf sie ausübte. Lord Grenville seinerseits wagte nicht, Julie anzusehen, so daß Frau von Wimphen fast ganz allein die Last einer belanglosen Unterhaltung auf sich nahm; mit einem warmen Blick der Rührung dankte ihr Julie für den Beistand, den sie ihr leistete. Dann brachten die beiden Liebenden ihre Gefühle zum Schweigen. Sie mußten sich in den Grenzen halten, die Pflicht und gesellschaftlicher Anstand vorschrieben. Bald darauf wurde Herr von Wimphen gemeldet. Als ihn die beiden Freundinnen eintreten sahen, warfen sie sich einen Blick zu; ohne sich verständigen zu müssen, erkannten sie die neuen Schwierigkeiten ihrer Lage. Man konnte Herrn von Wimphen unmöglich in dieses Drama einweihen, somit hatte Louisa ihrem Gatten keine stichhaltigen Gründe vorzuweisen, wenn sie ihn etwa bitten wollte, noch bei ihrer Freundin bleiben zu dürfen. Als Frau von Wimphen ihr Schaltuch umlegte, stand Julie auf, wie um Louisa beim Feststecken des Tuches behilflich zu sein, und flüsterte ihr zu: »Ich werde Mut haben. Wenn er in aller Öffentlichkeit zu mir gekommen ist, was sollte ich dann wohl fürchten? Aber ohne dich, im ersten Augenblick, als ich ihn so verändert sah – ich wäre ihm zu Füßen gefallen!«

»Also doch, Arthur, Sie haben nicht auf mich gehört«, begann Frau d'Aiglemont mit zitternder Stimme und ließ sich wieder auf einem Sofa nieder; Lord Grenville wagte nicht, sich neben sie zu setzen.

»Ich konnte nicht länger der Seligkeit widerstehen, Ihre Stimme zu hören, um Sie zu sein. Es war Tollheit, Wahnsinn. Ich bin nicht mehr Herr meiner selbst. Oft und oft bin ich mit mir zu Rate gegangen, ich bin zu schwach. Ich muß sterben. Aber sterben, ohne Sie gesehen zu haben, ohne das Rauschen ihres Kleides gehört zu haben, ohne ihre Tränen aufgefangen zu haben – welch ein Tod!«

Er wollte sich von Julie entfernen, aber bei einer jähen Bewegung glitt eine Pistole aus seiner Tasche. Mit einem Blick, aus dem sowohl jedes Gefühl wie jeder Gedanke gewichen war, starrte die Marquise auf die Waffe. Lord Grenville hob die Pistole auf und schien völlig verstört über einen Zwischenfall, der als berechnete Geste eines Verliebten gelten konnte.

»Arthur!« begehrte Julie auf.

»Gnädige Frau», entgegnete er und schlug die Augen nieder, »ich war hergekommen, völlig verzweifelt, ich wollte . . .«

Er hielt inne.

»Sie wollten sich bei mir töten!« schrie sie auf.

»Nicht allein das«, sagte er sanft.

»Nun – und – meinen Mann, vielleicht ihn?«

»Nein, nein!« wehrte er mit erstickter Stimme. »Aber fassen Sie sich!« fuhr er fort. »Mein unseliges Vorhaben ist gescheitert. Als ich eintrat, als ich Sie sah, da fühlte ich in mir den Mut zu schweigen, allein zu sterben.«

Julie stand auf, stürzte in die Arme Arthurs, der unter dem Schluchzen seiner Geliebten zwei leidenschaftsglühende Worte vernahm.

»Die Glückseligkeit kennenlernen und sterben«, sagte sie. »Ach ja!«

Julies ganze Lebensgeschichte lag in diesem tiefsten Schrei ihres Herzens, dem Schrei der Natur und der Liebe, dem die glaubenslosen Frauen unterliegen. Arthur hob sie auf und trug sie zum Sofa, mit der ungestümen Leidenschaftlichkeit, die ein unverhofftes Glück hervorruft. Aber plötzlich entriß sich die Marquise den Armen ihres Geliebten, warf ihm den starren Blick einer der Hoffnungslosigkeit preisgegebenen Frau zu, faßte ihn an der Hand, nahm einen Leuchter, zog ihn in ihr Schlafzimmer; dann, vor dem Bett stehend, in dem Helene schlief, schlug sie sacht die Vorhänge zurück und ließ ihr Kind sehen; dabei hielt sie eine Hand vor die Kerze, damit der helle Schein nicht die schimmernden, leicht geschlossenen Augenlider des kleinen Mädchens beleidige. Helene lag mit offenen Armen da, sie lächelte im Schlaf. Mit einem Blick zeigte Julie Lord Grenville ihr Kind.

›Einen Gatten können wir verlassen, selbst wenn er uns liebt. Ein Mann ist ein starkes Geschöpf, er richtet sich wieder auf. Die Gesetze der Gesellschaft können wir mißachten. Aber ein Kind ohne Mutter!‹

Solche und noch tausend andere ergreifendere Gedanken sprachen aus diesem Blick.

»Wir können es mitnehmen«, flüsterte der Engländer. »Ich werde es sehr liebhaben . . .«

»Mama!« sagte Helene, die munter wurde.

Bei diesem Wort brach Julie in Tränen aus. Lord Grenville setzte sich, verschränkte die Arme, stumm und düster.

Mama! Dieser reizende, dieser unschuldige Ruf weckte so viele schöne Gefühle und so viel unabweisbares Mitgefühl, daß die Liebe für einen Augenblick von der machtvollen Stimme des Mutterglücks erstickt wurde. Julie war nicht mehr Frau, sie war Mutter. Lord Grenville konnte nicht länger widerstehen, Julies Tränen bezwangen auch ihn. In diesem Augenblick wurde eine Tür heftig aufgerissen, man hörte einen derben Knall, und die Worte »Frau d'Aiglemont, bist du hier?« dröhnten wie ein Donnerschlag den beiden Liebenden ins Herz. Der Marquis war zurückgekommen. Ehe Julie ihre Gelassenheit wiederfinden konnte, kam der General schon aus seinem Zimmer in das seiner Frau. (Die beiden Räume grenzten aneinander). Glücklicherweise hatte Julie Lord Grenville ein Zeichen gegeben, der stürzte in ein kleines Toilettenzimmer, dessen Tür rasch von der Marquise zugeschlagen wurde.

»Hallo, liebe Frau«, sagte Viktor. »Da bin ich wieder. Die Jagd findet nicht statt. Ich gehe schlafen.«

»Gute Nacht«, antwortete sie, »das will ich auch tun. Erlaube also, daß ich mich ausziehe!«

»Du bist recht spröde heute abend. Doch ich gehorche dir, Frau Marquise.«

Der General ging wieder in sein Zimmer, Julie begleitete ihn, um die Verbindungstür zu schließen, und stürzte davon, um Lord Grenville zu befreien. Sie fand ihre ganze Geistesgegenwart wieder, sie war der Meinung, daß der Besuch ihres ehemaligen Arztes ganz natürlich sei; sie konnte ihn im Salon zurückgelassen haben, um ihre Tochter zu Bett zu bringen; jetzt wollte sie ihm sagen, daß er lautlos dahin zurückkommen solle. Aber als sie die Tür des kleinen Seitengemachs öffnete, stieß sie einen durchdringenden Schrei aus. Lord Grenvilles Finger waren in dem Türspalt eingeklemmt und zerquetscht worden.

»Nun, was hast du denn?« fragte sie ihr Gatte von drüben.

»Nichts, gar nichts«, versetzte sie, »ich habe mich soeben mit einer Nadel in den Finger gestochen.«

Plötzlich wurde die Verbindungstür wieder geöffnet. Die Marquise glaubte, ihr Gatte käme um ihretwillen, und verwünschte diese Fürsorge, an der das Herz nicht teilhatte. Kaum fand sie die Zeit, die Tür zum Toilettenzimmer wieder zu schließen, und Lord Grenville hatte seine Hand noch nicht zurückziehen können. Der General erschien tatsächlich nochmals; doch die Marquise hatte sich getäuscht, eine persönliche Besorgnis hatte ihn hergeführt.

»Kannst du mir ein seidenes Tuch leihen? Dieser blödsinnige Charles läßt mich ohne ein einziges Haartuch. In den ersten Tagen unserer Ehe bekümmertest du dich um meine Angelegenheiten mit so peinlicher Sorgfalt, daß es mir zuviel wurde. Ach, weder für mich noch für meine Halstücher war der Honigmond von langer Dauer. Jetzt bin ich der weltlichen Macht dieses Dienstvolkes ausgeliefert, das sich über mich lustig macht.«

»Hier hast du ein Tuch. Du warst noch nicht im Salon?«

»Nein.«

»Du hättest dort vielleicht noch Lord Grenville antreffen können.«

»Er ist in Paris?«

»Augenscheinlich ja.«

»Oh, ich gehe hin, der treffliche Doktor.«

»Aber – er muß aber schon weggegangen sein«, rief Julie aus.

Der Marquis stand gerade in der Mitte des Zimmers, bedeckte sein Haar mit dem Tuch und betrachtete sich wohlgefällig im Spiegel.

»Ich weiß gar nicht, wo unsere Bedienten sind«, sagte er. »Schon dreimal habe ich nach Charles geläutet, er ist nicht gekommen. Deine Zofe ist wohl auch nicht da? Klingle doch nach ihr, ich möchte für die Nacht noch eine weitere Bettdecke haben!«

»Pauline ist ausgegangen«, antwortete die Marquise kurz.

»Um Mitternacht!« sagte der General.

»Ich gab ihr die Erlaubnis, in die Oper zu gehen.«

»Seltsam!« versetzte ihr Gatte, indem er sich auskleidete. »Ich meinte, ich hätte sie gesehen, als ich heraufkam.«

»Dann ist sie wahrscheinlich schon zurück«, sagte Julie und stellte sich ungeduldig.

Doch dann – um keinen Argwohn bei ihrem Gatten zu erregen – zog die Marquise die Klingelschnur, aber nur sacht.

Die Ereignisse dieser Nacht sind nicht ganz bekannt geworden; aber alle mußten sie wohl ebenso einfach, ebenso schrecklich gewesen sein, wie es die alltäglichen häuslichen Begebenheiten sind, von denen bis jetzt die Rede war. Am nächsten Tag legte sich die Marquise d'Aiglemont für mehrere Tage zu Bett.

»Was ist denn bei dir zu Hause so Außergewöhnliches vorgefallen, daß alle Welt von deiner Frau spricht?« fragte Herr von Ronquerolles Herrn d'Aiglemont einige Tage nach jener Katastrophennacht.

»Glaub mir, bleib Junggeselle!« sagte d'Aiglemont. »Das Feuer erfaßte die Vorhänge des Bettes, in dem Helene schlief; meine Frau erlitt darüber einen solchen Nervenschock, daß sie wohl, wie der Arzt sagt, für ein Jahr krank sein wird. Ihr heiratet eine hübsche Frau, sie wird häßlich; ihr heiratet ein junges Mädchen von blühender Gesundheit, sie wird kränklich; ihr meint, sie sei leidenschaftlich, sie ist kalt; oder richtiger, scheinbar kalt – in Wirklichkeit ist sie so voller Leidenschaft, daß sie euch tötet oder euch Schande macht. Bald ist das sanftmütigste Geschöpf launenhaft – und niemals werden die launenhaften Weiber sanftmütig –; bald entfaltet das Kind, das ihr für einfältig und schwach hieltet, gegen euch einen eisernen Willen, eine teuflische Besessenheit. Ich habe die Ehe satt.«

»Das heißt, deine Frau.«

»Das wäre schwierig. – Übrigens, willst du mit mir

nach Saint-Thomas-d'Aquin kommen, zum Begräbnis von Lord Grenville?«

»Ein wunderlicher Zeitvertreib. Aber«, fuhr Ronquerolles fort, »weiß man mit Sicherheit die Ursache seines Todes?«

»Sein Kammerdiener behauptet, er habe, um die Ehre seiner Geliebten zu retten, eine ganze Nacht lang draußen auf einer Fensterbrüstung zugebracht, und – es war dieser Tage verteufelt kalt!«

»Bei uns alten Praktikussen wäre solche Selbstaufopferung höchst rühmenswert; aber Lord Grenville ist jung und – Engländer. Daß doch diese Engländer immer den Sonderling spielen wollen!«

»Unsinn!« wandte d'Aiglemont ein. »Solche Heldenstücke stehen ganz und gar in Beziehung zu der Frau, die sie veranlaßt, und gewiß ist es nicht meine Frau, um derentwillen der arme Arthur gestorben ist!«

II

UNBEKANNTE LEIDEN

ZWISCHEN DEM FLÜSSCHEN LOING UND DER Seine dehnt sich eine weite Ebene, die vom Walde von Fontainebleau, von den Städten Moret, Nemours und Montereau eingesäumt wird. Dieser kahle Landstrich bietet dem Auge nur spärliche Hügelchen; hier und da, inmitten der Felder, einige Waldstücke, die dem Wild als Zuflucht dienen; dann wieder überall endlose Flächen, graue, gelbliche, wie sie den Weiten der Sologne, der Beauce und des Berry eigentümlich sind. Mitten in dieser Ebene, zwischen Moret und Montereau, gewahrt der Reisende ein altes Schloß, Saint-Lange genannt, dessen Vorgelände nicht der Großartigkeit und der Pracht entbehrt. Herrliche Ulmenalleen, Gräben, lange Schloßmauern, riesige Gärten und die mächtigen Herrenhäuser, zu deren Bau die Gewinne aus der Bauernschinderei, die Pachtgelder, die behördlich genehmigten Steuererpressungen und die großen, heute durch den Hammer des Bürgerlichen Gesetzbuches zerschlagenen Vermögen der Aristokraten nötig waren. Wenn sich der Künstler oder irgendein Naturschwärmer zufällig auf diese stark ausgefahrenen Wege oder den schweren Ackerboden, der den Zutritt zu dieser Gegend fast verwehrt, verirrt, dann fragt er sich, welche Laune wohl das malerische Schloß in diese Getreidesteppe warf, in diese Wüste von Kreide, Mergel und Sand, wo die Fröhlichkeit stirbt, die Traurigkeit aufschießt, wo die Seele unaufhörlich durch eine lautlose Einsamkeit, durch einförmige Fernen ermüdet wird – Schönheiten, die nicht ansprechen, jedoch dem Leiden günstig sind, das nach keinem Trost verlangt.

Zum großen Erstaunen des kleinen, etwa eine Meile von Saint-Lange entfernten Dorfes siedelte gegen Ende des Jahres 1820 eine junge Frau dorthin über; sie war ehemals in Paris berühmt wegen ihrer Anmut, ihrer Schönheit, ihres Geistes, und ihre gesellschaftliche Stellung, ihr Vermögen standen im Einklang zu ihrem hohen Ruf. Seit undenklichen Zeiten hatten die Pächter und Bauern keine Herrschaft im Schlosse gesehen. Obwohl das Besitztum einen ansehnlichen Ertrag abwarf, war es in die Hände eines Gutsverwalters gelegt und von ehemaligen Dienern bewirtschaftet worden. So brachte die Reise der Frau Marquise das Land in eine gewisse Aufregung. Mehrere Personen standen am Ausgang des Dorfes in Gruppen zusammen, im Hofe eines schlechten Wirtshauses, das an der Kreuzung der Straßen nach Nemours und Moret lag, um eine Kalesche vorüberfahren zu sehen, die – weil die Marquise von Paris aus mit ihren eigenen Pferden gefahren war – ziemlich langsam daherkam. Vorn auf dem Wagen hielt die Zofe ein kleines, eher verträumtes als lachendes Mädchen. Die Mutter lag zurückgelehnt im Innern des Wagens und glich einer Todkranken, die von den Ärzten aufs Land geschickt wurde. Die Niedergeschlagenheit in den Zügen dieser zarten jungen Frau konnte die Dorfpolitiker gar wenig zufriedenstellen, die sich von ihrer Ankunft in

Saint-Lange ein bißchen mehr Abwechslung für die Gemeinde erhofft hatten. Freilich, jedwede Bewegung war dieser in ihren Schmerz vergrabenen Frau sichtbar zuwider.

Der schlauste Kopf von Saint-Lange erklärte am Abend in der Schenke, in der Stube, wo die angesehenen Männer des Dorfes beim Weine saßen, die Frau Marquise müsse, nach dem betrübten Gesichtsausdruck zu urteilen, ruiniert sein. Sie müsse wohl, in Abwesenheit ihres Gatten, von dem die Zeitungen meldeten, er solle den Herzog von Angoulême nach Spanien begleiten, in Saint-Lange die nötigen Summen aufbringen, um die durch unglückliche Börsenspekulationen entstandenen Differenzen beizulegen. Der Marquis war einer der verwegensten Spieler. Vielleicht sollte das Land in kleine Parzellen aufgeteilt werden. Dabei konnte man dann einen guten Wurf tun. Jeder mußte daran denken, seine Taler zu zählen, sie aus dem Versteck zu holen, seine Gelder hinzubreiten, um bei der Ausschlachtung von Saint-Lange seinen Anteil zu haben. Diese Zukunft schien so herrlich, daß alle Honoratioren, da sie vor Spannung, ob ihre Rechnereien stimmten, fast vergingen, auf Mittel und Wege sannen, um von dem Dienstpersonal des Schlosses die Wahrheit zu erfahren; doch keiner von ihnen konnte ihnen Aufklärung geben über das Unglück, das ihre Herrin jetzt, zu Wintersanfang, in ihr altes Schloß von Saint-Lange brachte – wo sie doch andere Besitztümer besaß, deren heitere Lage und herrliche Gärten man weithin pries. Der Herr Bürgermeister kam, um der gnädigen Frau seine Aufwartung zu machen; aber er wurde nicht empfangen. Nach dem Bürgermeister stellte sich der Verwalter ein, ohne jedoch mehr Glück zu haben.

Die Frau Marquise verließ ihr Zimmer nur, um es in Ordnung bringen zu lassen; während dieser Zeit hielt sie sich in einem kleinen Nachbarsalon auf, in dem sie speiste – wenn man das speisen nennen kann, nämlich sich an den Tisch setzen, die Speisen voller Ekel anstarren und gerade so viel von ihnen zu sich nehmen, daß man nicht vor Hunger starb. Gleich darauf kam sie wieder zu ihrem alten Lehnsessel zurück, in dem sie vom Morgen an sitzen blieb, in der Nische des einzigen Fensters, das ihrem Zimmer Licht gab. Sie sah ihre Tochter nur während der wenigen Augenblicke, die sie ihrem freudlosen Mahl gönnte, und selbst dann noch schien sie diese nur mit Widerwillen bei sich zu dulden. Bedurfte es nicht eines unerhörten Leids, um, zumal bei einer jungen Frau, das Muttergefühl zum Schweigen zu bringen? Keiner ihrer Bedienten hatte Zutritt zu ihr. Ihre Zofe war die einzige Person, deren Dienste ihr angenehm waren. Sie verlangte unbedingte Stille im Schloß. Ihre Tochter mußte fern von ihr spielen. Es fiel ihr derart schwer, das geringste Geräusch zu ertragen, daß jede menschliche Stimme, selbst die ihres Kindes, sie unangenehm berührte. Die Leute der Umgebung befaßten sich viel mit ihren absonderlichen Eigenheiten; doch dann, als alle möglichen Vermutungen erschöpft waren, dachten weder die umliegenden Städtchen noch die Bauern an diese kranke Frau.

So konnte die Marquise, sich selbst überlassen, in der Stille, die sie um sich herum geschaffen hatte, völlig stumm bleiben. Sie suchte keinen Anlaß, das mit Wandteppichen bespannte Zimmer zu verlassen, in dem ihre Großmutter gestorben war und in das sie nun gekommen war, um ebenfalls dort zu sterben, ruhig, ohne

Zeugen, ohne zudringliche Belästigungen und ohne die falschen Äußerungen der mit Teilnahme übertünchten Selbstsucht über sich ergehen lassen zu müssen – was in den Städten die Sterbenden einem doppelten Todeskampf ausliefert. Diese Frau war sechsundzwanzig Jahre alt. In diesem Alter kostet eine noch ganz von romantischen Illusionen erfüllte Seele das Sterben, wenn es ihr wohltuend erscheint, gern bis zum letzten aus. Aber der Tod ist jungen Menschen gegenüber kokett; er tritt heran und zieht sich wieder zurück, er zeigt sich und verbirgt sich wieder; seine zögernde Trägheit ernüchtert sie, und die Ungewißheit, die ihnen jeweils das Morgen verursacht, schleudert sie schließlich wieder in die Welt zurück; dort erwartet sie das Leid, das unerbittlicher ist als der Tod, und wirft sie ohne Zaudern nieder. So sollte auch diese Frau, die sich gegen das Leben wehrte, in ihrer tiefen Einsamkeit die ganze Bitterkeit dieses Wartens erfahren, sie sollte in dem seelischen Ringen mit dem Tode, an dessen Ende nicht der Tod stehen würde, eine furchtbare Schule der Selbstsucht durchmachen, die die Unschuld aus ihrem Herzen reißen und es reif für die Welt machen mußte.

Immer ist diese grausame, freudlose Leere die Folge unseres ersten Schmerzes. Zum ersten und vielleicht einzigen Male in ihrem Leben litt die Marquise wirklich Qualen. Ist es denn nicht tatsächlich ein Irrtum zu glauben, Gefühle könnten sich ein zweites oder drittes Mal wiederholen? Bleiben sie nicht vielmehr, einmal aufgebrochen, für immer in den Tiefen des Herzens? Dort kommen sie zur Ruhe, dort werden sie wieder aus dem Schlaf gerüttelt, je nach den Wechselfällen des Lebens, aber sie bleiben dort, und unter ihrer Wirkung wandelt sich notwendigerweise die Seele. So hat wohl jedes Gefühl nur einen einzigen lichthellen Tag, den mehr oder weniger dauernden Tag seines ersten Sturmes. So besitzt der Schmerz, das Hartnäckigste unserer Gefühle, wohl nur bei seinem ersten Ausbruch volle Kraft; und seine weiteren Schläge werden wohl schwächer und schwächer, sei es, daß wir uns an seine Erschütterungen gewöhnen, sei es, daß ein Gesetz unserer inneren Natur – um sich in voller Wirksamkeit zu erhalten – dieser zerstörenden Kraft eine ebenbürtige, wenn auch passive Kraft entgegenstellt, die aus berechnender Selbstsucht kommt. Aber, welchem unter allen Arten von Leiden gebührt nun dieser Name »Schmerz«? Der Verlust der Eltern ist ein Kummer, auf den die Natur die Menschen vorbereitet hat; ein körperliches Leiden ist vergänglich, es erfaßt nicht die Seele; und dauert es an, dann ist es kein Leiden mehr, dann ist es der Tod. Muß eine junge Frau ihr Neugeborenes hingeben, so wird die eheliche Liebe ihm alsbald einen Nachfolger geben. Auch dieses Weh ist vergänglich. Mit einem Wort, diese und noch viele andere ähnliche Qualen sind irgendwie harte Schläge, Wunden; doch keine rührt an die Lebenskraft in ihrem innersten Kern, und sie müssen sich schon in wunderbarer Weise häufen, um das Gefühl abzutöten, das uns nach der Erfüllung unseres Glücks verlangen läßt. Der große, der wahre Schmerz ist also wohl ein Leid, das mörderisch genug ist, um gleichzeitig Vergangenheit, Gegenwart und Zukunft zu umklammern, um jeden Teil des Lebens irgendwie anzunagen, um dem Denken auf immer seine Natürlichkeit zu rauben, um sich unauslöschlich auf Lippe und Stirn einzugraben, um die Triebfedern der Freude dadurch zu zerbrechen oder zu entspannen, daß es der Seele einen grundsätzlichen Ekel vor allen Dingen dieser Welt einpflanzt. Weiter muß wohl dieses Leid – um so ungeheuerlich zu sein, um Seele und Körper derart niederzudrücken – in einem Augenblick des Lebens erwachsen, wo alle Kräfte der Seele und des Körpers jung und unverbraucht sind, und dann das Herz in seinem ganzen Überschwang zerschmettern. Dann schlägt das Leid eine tiefe Wunde; unmäßig ist das Weh, und kein Wesen kann sich aus dieser Krankheit befreien, ohne eine zauberhafte Wandlung zu erfahren: Entweder geht es den Weg zum Himmel, oder es kehrt, wenn es hienieden zurückbleibt, in die Welt zurück, um die Welt zu belügen, um auf der Bühne des Lebens zu schauspielern; denn es kennt von nun an die Theaterkulisse, vor die man flieht, um mit dem Gefühl zu spielen, um zu weinen, zu scherzen. Nach einer solchen ernsten Krise gibt es keine Geheimnisse mehr im gesellschaftlichen Leben, dieses wird hinfort einem unerbittlichen Urteil unterworfen. Bei den jungen Frauen, die das Alter der Marquise haben, geht dieser erste, dieser herzzerreißendste aller Schmerzen stets auf die gleiche Ursache zurück. Die Frau und besonders die junge Frau, deren Gemüt ebenso schön wie ihr Körper ist, wird ihr Leben unfehlbar dort zur Entfaltung bringen, wo sie es, getrieben von Natur, Gefühl und Gesellschaftsrücksichten, ganz verschwenden kann. Schlägt dieses Leben fehl und bleibt sie dann noch auf der Erde, macht sie hier die entsetzlichsten Qualen durch, eben weil die erste Liebe das Herrlichste aller Gefühle darstellt. Warum hat dieses Unglück niemals einen Maler oder Dichter gefunden? Aber kann man es malen, kann man es besingen? Nein, die Schmerzen, die solch Unglück erzeugt, widersetzen sich dem zergliedernden Wort wie den Farben der Kunst. Übrigens finden solche Leiden niemals ein vertrautes Ohr: Um eine Frau mit Trost aufrichten zu können, muß man verstehen, die Leiden zu erraten; denn immer werden sie voller Bitterkeit festgehalten und in frommer Inbrunst empfunden, und so bleiben sie im Herzen ruhen – so wie eine Lawine, wenn sie zu Tale rollt, auf ihrem Wege alles niederreißt, ehe sie zum Stillstand kommt.

Zu dieser Zeit war die Marquise Leiden ausgeliefert, die für lange Zeit im Dunkel bleiben müssen, weil die ganze Welt sie verurteilt. Und doch heißt das Gefühl sie willkommen, und vor ihrem Gewissen wird eine wahrhafte Frau sich stets zu rechtfertigen wissen. Mit Schmerzen solcher Art hat es die gleiche Bewandtnis wie mit Kindern, die vom Leben unweigerlich zurückgestoßen werden und die doch mit dem Mutterherzen durch mächtigere Bande verbunden sind, als es die Bande der vom Schicksal mit mehr Glück begabten Kinder sind. Niemals wohl war ein solch furchtbares Unglück, das alles ertötet, was um uns Leben hat, so jäh, so vollständig, so grausam durch die Umstände verschärft, wie es bei der Marquise der Fall war. Ein geliebter Mann, jung und großherzig, dessen Wünsche sie, um den Gesetzen der Welt zu gehorchen, niemals erhört hatte, war gestorben, um ihr das zu bewahren, was die Gesellschaft ›die Ehre einer Frau‹ nennt. Wem konnte sie zurufen: »Ich leide!«? Ihre Tränen wären ihrem Gatten, der ersten Ursache des Unheils, Kränkung gewesen. Das Gesetz, die guten Sitten verpönten ihre Klagen; eine Freundin hätte sich an ihnen ergötzt, ein Mann hätte daraus Nutzen gezogen. Nein, diese arme, niedergebeugte Frau konnte sich nur in der Einsamkeit ausweinen, dort ihr Leid in sich aufzehren oder von ihm aufgezehrt werden, sterben oder etwas in sich ertöten, vielleicht ihr Gewissen. Seit einigen Tagen ließ sie ihr Auge nach den flachen Fernen gleiten, wo es, wie in ihrem künftigen Dasein, nichts zu suchen, nichts zu erhoffen gab, wo man alles mit einem Blick umfaßte, wo sie die Spiegelbilder des trostlosen Jammers erschaute, der ihr unaufhörlich das Herz zerriß. Die Morgen voller Nebel, der Himmel in seiner fahlen Helle. Wolken, die nahe dem Horizont unter einem bleiernen Himmelsdach dahinliefen, all das stand im Einklang mit dem augenblicklichen Krankheitszustand ihres Gemüts. Es drückte ihr nicht das Herz ab, noch wurde es irgendwie schlaff; nein, ihre frische, blühende Natur verhärtete sich infolge der Trägheit eines Schmerzes, der nicht zu ertragen war, weil er kein Ziel kannte. Sie litt durch ihn und für ihn. Treibt so geartetes Leiden nicht unweigerlich in den Egoismus? Daher auch drangen schreckliche Gedanken in ihr Bewußtsein und schlugen Wunden. Ohne Arg suchte sie ihr Inneres zu erforschen und fand zwei Wesen in sich. Es gab in ihr eine Frau, die vernünftig denken wollte, und eine Frau, die fühlte; eine Frau, die litt, und eine Frau, die nicht mehr leiden wollte. Sie träumte sich in die Freuden ihrer Kindheit zurück, die dahingegangen war, ohne daß sie ihre Wonnen gespürt hätte; ihre klaren Bilder tauchten scharenweise vor ihr auf, als wollten sie ihr die Enttäuschungen einer Ehe vorwerfen, die zwar in den Augen der Gesellschaft schicklich, in Wirklichkeit jedoch grauenvoll war. Was hatten ihr die schöne Sittsamkeit ihrer Jugend, ihre niedergekämpften Freuden und die der Gesellschaft dargebrachten Opfer genutzt? Obwohl alles in ihr von Liebe sprach und nach Liebe verlangte, so fragte sie sich doch, was gerade jetzt die Harmonie ihrer Bewegungen, ihr Lächeln und ihre Anmut von ihr heischten. Ebensowenig wie man an einem endlos wiederholten Ton Freude hat, empfand sie noch irgendeinen Gefallen an dem Bewußtsein ihrer Jugendfrische und ihrer Sinnenlust. Selbst ihre Schönheit war ihr unerträglich, sie schien ihr nur eine wertlose Sache. Mit Schrecken sah sie voraus, daß sie in Zukunft kein ganzes Wesen mehr sein könnte. Hatte ihr inneres Ich nicht die Fähigkeit eingebüßt, die Eindrücke zu genießen in jenem köstlichen Neuen, das das Leben zu einem Jubelgesang macht? In Zukunft würden oftmals die meisten ihrer Empfindungen schon im Augenblicke ihres Entstehens wieder verlöschen, und viele von ihnen, die sie früher erregt hätten, würden ihr nunmehr gleichgültig sein. Nach der Kindheit des Leibes kommt die Kindheit des Herzens. Diese zweite Kindheit aber hatte ihr Geliebter mit ins Grab genommen. Obwohl noch jung in ihren körperlichen Trieben, hatte sie nicht mehr jene unberührte Jugend der Seele, die allem im Leben seinen Wert und seine Süße verleiht. Würde sie sich nicht hinfort Trübsinn und Mißtrauen zur Lebensregel machen müssen, die ihren Regungen die unmittelbare Frische, den hinreißenden Zauber rauben würde? Denn nichts konnte ihr noch das Glück bringen, das sie erhofft, das sie sich in ihren Träumen so herrlich ausgemalt hatte. Ihre ersten wirklichen Tränen erstickten die himmlische Flamme, die die erste Herzenssehnsucht durchglüht; immerfort würde sie dafür büßen müssen, daß sie nicht war, was sie hätte sein können. Ein solcher Glaube muß zum bitteren Ekel führen, so daß das Gesicht sich abwendet, wenn neue Wonnen locken. Wie ein Greis kurz vor dem Sterben schätzte sie nun das Leben ein. Obwohl sie sich jung fühlte, lastete die endlose Zahl ihrer freudlosen Tage auf ihrer Seele, zermarterte sie und machte sie vor der Zeit alt. Mit einem Verzweiflungsschrei begehrte sie von der Welt zu wissen, welchen Ersatz sie ihr böte für die Liebe, die ihr wieder zum Leben verholfen und die sie verloren hatte. Sie fragte sich, ob in ihrer entschwundenen, so keuschen und so reinen Liebe der Gedanke nicht sündhafter gewesen war als die Tat. Sie legte sich ohne Grund Schuld bei, um der Welt hohnzusprechen und um sich darüber hinwegzutrösten, daß sie mit dem, den sie beweinte, nicht jene völlige Vereinigung gehabt hatte, die in der Verschmelzung zweier Seelen den Schmerz der Seele lindert, welche in der Gewißheit zurückbleibt, das Glück bis zur Neige genossen, es mit ganzer Hingabe geschenkt zu haben und das Bild dessen, der nicht mehr ist, in sich festzuhalten. Sie war unzufrieden wie eine Schauspielerin, die ihre Rolle verfehlt hat, denn dieser Schmerz griff an alle Nerven, an Herz und Hirn. Wenn die Natur in ihren innersten Trieben beleidigt war, so war die Eitelkeit ebenso verletzt wie die Gutherzigkeit, die die Frau zur Selbstaufopferung treibt. Indem sie alle Fragen in sich aufrührte, indem sie alle Triebkräfte der verschiedenen Wesensarten, die soziale, moralische und physische Natur uns aufprägen, in sich in Bewegung setzte, ließ sie damit allen Seelenregungen freien Lauf, so daß sie im Tumult der widerspruchsvollsten Überlegungen überhaupt keinen Halt mehr fand. Manchmal öffnete sie dann, wenn der Nebel fiel, ihr Fenster, sah gedankenlos hinaus, sog mechanisch den in der Luft hängenden feuchten, erdigen Geruch ein, hochgereckt, reglos, scheinbar schwachsinnig; denn das Sausen ihres Schmerzes machte sie in gleicher Weise taub für die Harmonie der Natur wie für den Reiz der Gedanken.

Eines Tages um die Mittagsstunde, gerade als die Sonne durch die Wolken gestoßen war, trat ihre Zofe ungerufen ein und meldete:

»Der Herr Pfarrer kommt nun bereits das vierte Mal, um Frau Marquise zu sprechen; er besteht heute so hartnäckig darauf, daß wir nicht mehr wissen, was wir ihm sagen sollen.«

»Wahrscheinlich will er Geld für die Armen der Gemeinde; nehmen Sie fünfundzwanzig Louisdor und geben Sie ihm die in meinem Namen!«

»Gnädige Frau«, sagte die Zofe, als sie kurz darauf zurückkam, »der Herr Pfarrer nimmt das Geld nicht an, er wünscht Sie zu sprechen.«

»Dann mag er kommen!« erwiderte die Marquise und machte eine ärgerliche Bewegung, die dem Priester einen schlechten Empfang verhieß; ohne Zweifel wollte sie seinen hartnäckigen Belästigungen mit einer bündigen, offenen Erklärung ein Ende bereiten.

Die Marquise hatte in jungen Jahren ihre Mutter verloren, und die Auflösung der religiösen Bande im Frankreich der Revolutionszeit war natürlicherweise nicht ohne Einfluß auf ihre Erziehung geblieben. Die Frömmigkeit ist eine Frauentugend, die allein die Frauen von Geschlecht zu Geschlecht weitertragen, und die Marquise war ein Kind des achtzehnten Jahrhunderts, dessen Anschauung auch ihr Vater teilte. Sie befolgte keinerlei Religionsvorschriften. Für sie war ein Priester ein Staatsbeamter, dessen Nützlichkeit ihr fraglich schien.

In der gegenwärtigen Situation konnte die Stimme der Religion ihre Leiden nur verschlimmern; außerdem traute sie den Dorfpfarrern und deren Wissen nicht recht. Sie beschloß also, ihren Pfarrer ohne Bitterkeit abzuweisen und ihn nach Art der Reichen mit einem Wohltätigkeitsakt loszuwerden. Der Pfarrer kam, und sein Anblick änderte nicht die Ansichten der Marquise. Sie sah vor sich einen kleinen, dicken Mann mit vorspringendem Bauch, mit einem roten, aber alten, runzeligen Gesicht, das ein Lächeln zur Schau trug, ein recht mühevolles Lächeln; sein kahler und quer mit zahlreichen Falten überzogener Schädel fiel in Form eines Quadranten aufs Gesicht herab und drückte es zusammen; einige weiße Haare zierten den Hinterkopf über dem Nacken und kräuselten sich um die Ohren nach vorn. Trotzdem war das Aussehen des Priesters das eines von Natur fröhlichen Menschen. Seine dicken Lippen, seine leicht aufgestülpte Nase, sein Kinn, das in einer runzeligen Doppelfalte verschwand, zeugten von einer frohsinnigen Natur. Nur diese wesentlichen Züge gewahrte die Marquise am Anfang; doch dann, beim ersten Wort, das der Priester sprach, wurde sie von dem sanften Ton seiner Stimme beeindruckt. Sie sah ihn aufmerksamer an, und unter den halbergrauten Brauen bemerkte sie Augen, die früher geweint hatten. Die Rundung seiner Wange schließlich – von der Seite gesehen – gab seinem Kopf etwas so erhaben Leidvolles, daß die Marquise in dem Pfarrer einen Menschen fand.

»Frau Marquise, die Reichen gehören uns nur, wenn sie leiden; und die Leiden einer verheirateten, noch dazu einer jungen, schönen, reichen Frau, die weder Kinder noch Eltern verloren hat, lassen sich leicht erraten, sie rühren von Wunden her, deren Schmerzen allein die Religion zu lindern vermag. Ihre Seele ist in Gefahr, gnädige Frau. Ich spreche jetzt nicht von dem anderen Leben, das uns erwartet. Nein, ich bin nicht im Beichtstuhl. Aber ist es nicht meine Pflicht, Sie über die Zukunft Ihres gesellschaftlichen Daseins aufzuklären? Sie werden daher einem alten Manne eine Zudringlichkeit verzeihen, die nur Ihr Glück will.«

»Glück, Herr Pfarrer, das gibt es für mich nicht mehr. Ich werde Ihnen bald gehören, wie Sie sagen, aber für immer.«

»Nein, gnädige Frau, Sie werden nicht an dem Schmerz sterben, der Sie niederdrückt und der auf Ihrem Gesicht geschrieben steht. Wenn sie daran hätten zugrunde gehen sollen, wären Sie nicht in Saint-Lange. Wir erliegen weniger den Folgen eines bestimmten Leids als vielmehr denen getäuschter Hoffnungen. Ich habe unerträglicheres, furchtbareres Leid kennengelernt, das nicht zum Tode führte.«

Die Marquise zeigte sich ungläubig.

»Ich kenne einen Menschen, gnädige Frau, dessen Unglück war so groß, daß Ihre Qual im Vergleich mit der seinen Ihnen nur geringfügig erscheinen würde.«

Mochte die lange Einsamkeit ihr allmählich zur Last werden, mochte sie von der Aussicht gefesselt werden, einem Freundesherzen ihre kummervollen Gedanken ausschütten zu können – sie sah den Pfarrer jetzt mit unverkennbar fragendem Blick an.

»Gnädige Frau«, fuhr der Priester fort, »dieser Mensch war ein Vater, dem aus einer ehemals zahlreichen Familie nur drei Kinder verblieben. Er hatte nacheinander seine Eltern, dann seine Tochter und seine Frau verloren, beide zärtlich geliebt. Er blieb allein zurück, in einer einsamen Provinz, auf einem kleinen Gut, wo er lange Zeit glücklich gewesen war. Seine drei Söhne dienten in der Armee, jeder von ihnen hatte einen seiner Dienstzeit entsprechenden Rang inne. Während der Hundert Tage trat der älteste ins Gardekorps ein und wurde Oberst; der jüngere war Bataillonschef bei der Artillerie und der jüngste Schwadronschef bei den Dragonern. Gnädige Frau, diese drei Kinder liebten ihren Vater ebensosehr wie er sie. Wenn Sie die Sorglosigkeit der jungen Menschen kennten, die im Trubel ihrer Leidenschaften für Familienzärtlichkeiten nie Zeit finden, würden Sie mit einem Schlage die innige Liebe zu einem alten Vater verstehen, der nur durch seine Kinder und für seine Kinder lebte. Keine Woche verging, daß er nicht von einem von ihnen einen Brief erhielt. Er war aber auch niemals ihnen gegenüber schwach gewesen – was die Achtung der Kinder mindert – oder ungerecht streng – was sie verletzt – oder sparsam an Opfern – was sie entfremdet. Nein, er war ihnen mehr als ein Vater gewesen, er war ihr Bruder, ihr Freund geworden. Kurz, vor ihrem Abmarsch nach Belgien sagte er ihnen in Paris Lebewohl; er wollte wissen, ob sie gute Pferde hätten, ob es ihnen an nichts mangelte. Als sie fort waren, kehrte der Vater wieder nach Hause zurück. Der Krieg begann, er erhielt Briefe aus Fleurus, aus Ligny, alles ging gut. Man schlug die Schlacht von Waterloo, Sie kennen das Ende. Frankreich war mit einem Schlage in Trauer gehüllt. Alle Familien lebten in tiefster Besorgnis. Auch er, Sie verstehen, gnädige Frau, er wartete, er fand weder Rast noch Ruhe; er las die Zeitungen, jeden Tag ging er selber aufs Postamt. Eines Abends meldete man ihm den

Burschen seines Sohnes, des Obersten. Er sieht den Mann auf dem Pferde seines Vorgesetzten, er braucht nicht weiter zu fragen: Der Oberst war tot, von einer Kugel zerrissen. Am späten Abend kommt der Bursche des jüngsten zu ihm: Der jüngste war am Tage nach der Schlacht ums Leben gekommen. Um Mitternacht endlich kommt ein Artillerist und meldet ihm den Tod des letzten Kindes, auf das der arme Vater binnen weniger Minuten seine ganze Hoffnung gesetzt hatte. Ja, gnädige Frau, sie waren alle gefallen!« Nach einer Pause, während der der Priester seine Erregung niedergekämpft hatte, sprach er mit sanfter Stimme weiter: »Und der Vater, gnädige Frau, blieb am Leben. Er begriff, daß, wenn Gott ihn auf der Erde ließ, er hier noch weiter leiden müsse, und er leidet hier; aber er hat sich in den Schoß der Religion geflüchtet. Was konnte er werden?« Die Marquise hob die Augen auf zum Gesicht des Pfarrers, das erhaben geworden war von Trauer und Entsagung, und wartete auf das Wort, das ihr Tränen entriß. »Priester, gnädige Frau: Seine Tränen hatten ihn geweiht, ehe er am Altar die Weihe empfing.«

Einen Augenblick herrschte Schweigen. Die Marquise und der Pfarrer blickten durch das Fenster in die neblige Ferne, als könnten sie dort die sehen, die nicht mehr waren.

»Nicht Priester in einer Stadt, sondern einfacher Dorfpfarrer«, sagte er weiter.

»In Saint-Lange«, ergänzte sie und trocknete sich die Augen.

»Ja, gnädige Frau.«

Niemals war Julie die Majestät des Schmerzes erhabener erschienen; und dieses ›ja, gnädige Frau‹ fiel sogar auf ihr Herz wie das Gewicht eines unendlichen Wehs. Diese Stimme, die so voller Sanftmut an ihr Ohr tönte, wühlte das Innerste auf. Oh, sie war wahrhaftig die Stimme des Unglücks, diese volle, tiefe Stimme, von der ihr bannende Kräfte zuzuströmen schienen.

»Herr Pfarrer«, sagte die Marquise fast ehrfurchtsvoll, »und wenn ich nicht sterbe, was soll dann aus mir werden?«

»Gnädige Frau, haben Sie nicht ein Kind?«

»Ja«, sagte sie kalt.

Der Pfarrer heftete einen Blick auf die Frau, wie ihn ein Arzt einem Schwerkranken zuwirft; er beschloß, alle seine Kraft aufzubieten, um sie dem bösen Geist, der schon die Hand nach ihr ausgestreckt hatte, zu entreißen.

»Sie sehen, gnädige Frau, wir müssen mit unserem Schmerz fertig werden, und die Religion allein spendet uns wahrhaft Trost. Erlauben Sie mir, wiederzukommen, um Sie die Stimme eines Menschen hören zu lassen, der jedes Leid mitzuempfinden weiß und der, wie ich glaube, nichts allzu Erschreckendes an sich hat?«

»Ja, Herr Pfarrer, kommen Sie! Ich danke Ihnen, daß Sie an mich gedacht haben.«

»Gut, gnädige Frau, auf baldiges Wiedersehen!«

Dieser Besuch entspannte gleichsam die Seele der Marquise, deren Kräfte durch Kummer und Einsamkeit schon allzu gewaltsam beansprucht worden waren. Der Priester hatte ihr Balsam ins Herz geträufelt, die frommen Worte hallten wohltuend in ihm nach. Sie empfand jetzt jene Befriedigung, die den Gefangenen erfreut, wenn er, nachdem er seine tiefe Einsamkeit und seine schweren Ketten gewahr geworden ist, plötzlich einen

Mitgefangenen findet, der an die Wand klopft und ihm mit diesem Klopfzeichen gleichgerichtete Gedanken mitteilt. Sie hatte einen unerwarteten Vertrauten. Aber bald verfiel sie wieder in ihre bitteren Grübeleien und sagte sich – wie der Gefangene –, daß ein Leidensgefährte weder ihre Ketten noch ihr zukünftiges Los leichter machen könnte. Der Pfarrer hatte bei seinem ersten Besuch einen ganz und gar selbstsüchtigen Schmerz nicht allzusehr aufstören wollen; doch er hoffte, sein Geschick werde bei einer erneuten Zusammenkunft die Sache der Religion zu größerem Erfolg führen. In der Tat, am übernächsten Tag kam er, und der Empfang durch die Marquise bewies ihm, daß sein Besuch erwünscht war.

»Nun, Frau Marquise«, sagte der Greis, »haben Sie über die Fülle menschlichen Leids ein wenig nachgedacht? Haben Sie Ihre Augen zum Himmel aufgehoben? Haben Sie dort jene Unendlichkeit der Welten gesehen, die unsere Wichtigkeit klein, unsere Eitelkeiten hinfällig macht und somit unseren Schmerz lindert?«

»Nein«, sagte sie. »Die Gesetze der Gesellschaft drücken allzusehr auf mein Herz, sie zerreißen es mir allzu unerbittlich, als daß ich mich zum Himmel erheben könnte. Aber die Gesetze sind vielleicht nicht einmal so grausam, wie es die Bräuche der Gesellschaft sind. Oh, diese Gesellschaft!«

»Gnädige Frau, wir müssen dem einen wie dem anderen gehorchen: Das Gesetz ist die Sprache, die Bräuche sind das Handeln der Gesellschaft.«

»Der Gesellschaft gehorchen?« wandte die Marquise ein und machte eine Gebärde des Abscheus. »Oh, von dort kommt ja unser ganzes Unglück. Gott hat nicht ein einziges unglückseliges Gesetz geschaffen; aber die Menschen, indem sie sich zusammentaten, sie haben sein Werk verfälscht. Uns Frauen, uns spielt die Zivilisation ärger mit, als es die Natur täte. Die Natur legt uns physische Qualen auf, die ihr nicht gelindert habt, und die Zivilisation hat Gefühle großgezogen, die ihr ständig betrügt. Die Natur tötet die schwachen Lebewesen, ihr verurteilt sie zum Leben, um sie nur dauerndem Unheil auszuliefern. Die Ehe, eine Einrichtung, auf der heutzutage das gesellschaftliche Leben beruht, läßt uns, uns ganz allein, ihre ganze Last spüren: für den Mann die Freiheit, für die Frau Pflichten. Wir schulden euch unser ganzes Leben, ihr schuldet uns von dem euren nur wenige Augenblicke. Kurz, der Mann wählt aus, wo wir uns blind zu unterwerfen haben. Ach, Herr Pfarrer, Ihnen kann ich alles sagen! Hören Sie, die Ehe, wie sie heutzutage üblich ist, scheint mir eine gesetzliche Prostitution! Darin liegt die Wurzel meiner Leiden. Aber ich allein, unter all den unglücklichen, so unselig verkuppelten Geschöpfen, ich muß schweigen! Ich allein bin der Urheber des Unglücks, ich habe meine Heirat gewollt.«

Sie hielt inne, brach in bittere Tränen aus und schwieg.

»In diesem tiefen Elend, in diesem Ozean von Leid«, fuhr sie dann fort, »hatte ich eine Sandbank gefunden, auf die ich meinen Fuß setzen, wo ich nach meinem Behagen leiden konnte; ein Orkan hat alles fortgerissen. Nun bin ich wieder allein, ohne Schutz, allzu hilflos gegen die Stürme.«

»Wir sind niemals ohne Hilfe, wenn Gott mit uns ist«, sagte der Priester. »Übrigens, wenn sie schon hier unten niemand haben, dem Sie Ihr Herz zuwenden, haben sie hier nicht Pflichten zu erfüllen?«

»Immerfort Pflichten!« rief sie aus, fast ungeduldig. »Wo sind denn für mich die Gefühle, die uns die Kraft geben, sie zu erfüllen? Von nichts kommt nichts oder für nichts gibt es nichts, das ist eins der gerechtesten Gesetze in der seelischen wie in der physischen Welt. Sollten diese Bäume da ihre Blätter hervortreiben können, ohne daß der Saft sie zum Sprießen bringt? Auch die Seele hat ihren Saft! Bei mir ist er schon in der Wurzel vertrocknet.«

»Ich will nicht von den religiösen Gefühlen sprechen, welche die Entsagung leicht machen«, sagte der Pfarrer, »aber die Mutterschaft, gnädige Frau, ist sie denn nicht . . .?«

»Sprechen Sie nicht weiter!« gebot die Marquise. »Zu Ihnen will ich aufrichtig sein. Ach! Nie werde ich es in Zukunft zu einem Menschen sein können, ich bin zur Unaufrichtigkeit verurteilt. Die Gesellschaft fordert stets Heuchelei, und sie gebietet uns, ihren Abmachungen Folge zu leisten, wenn wir uns nicht mit Schande bedecken wollen. Es gibt zwei Arten von Mutterschaft, Herr Pfarrer. Ehedem wußte ich nichts von diesem Unterschied, heute weiß ich es. Ich bin nur zur Hälfte Mutter, besser wäre es, ich brauchte es gar nicht zu sein. Helene ist nicht von *ihm*. Oh, erschrecken Sie nicht! Saint-Lange ist ein Abgrund, in ihm sind gar viele falsche Gefühle zu Grabe getragen worden, von hier sind nur Strahlen des Unheils ausgegangen, hier ist das schwache Gebäude der naturwidrigen Gesetze zusammengestürzt. Ich habe ein Kind, gut; ich bin Mutter, so will es das Gesetz. Aber, Herr Pfarrer, Sie, der Sie eine so zartfühlende Seele haben, Sie werden vielleicht den Aufschrei einer armen Frau verstehen, die nicht zuließ, daß in ihr Herz irgendein unechtes Gefühl eindringe. Gott wird über mich richten, aber ich glaube nicht, daß ich gegen seine Gebote verstoße, wenn ich den Trieben nachgebe, die er in meine Seele gelegt hat – und folgendes habe ich darinnen entdeckt. Ein Kind, Herr Pfarrer, ist es nicht das Ebenbild zweier Wesen, die Frucht zweier aus freier Wahl ineinanderverschmolzener Gefühle? Wenn es nicht an allen Regungen des Körpers wie an allen Zärtlichkeiten des Herzens Anteil hat, wenn es nicht an die köstlichen Liebeswonnen erinnert, an die Stunden, die Plätze, wo die beiden glücklich waren, an ihre an sanften irdischen Klängen überreiche Sprache, an ihre anmutsvollen Gedanken, dann ist ein solches Kind eine verfehlte Schöpfung. Es muß für sie doch ein entzückendes Miniaturbild sein, in dem sich die Poesie ihres geheimen zweifachen Lebens wiederfindet; es muß reiche Gefühle in ihnen hervorquellen lassen, es muß gleichzeitig ihre ganze Vergangenheit wie ihre ganze Zukunft sein. Meine arme kleine Helene ist das Kind ihres Vaters, das Kind der Pflicht und des Zufalls; sie findet in mir nur den Instinkt der Frau, das Gesetz, welches uns unweigerlich gebietet, das in unserem Schoße geborene Wesen zu beschützen. Ich bin in den Augen der Gesellschaft ohne Tadel. Habe ich meinem Kinde nicht mein ganzes Leben, mein Glück zum Opfer gebracht? Seine Schreie gehen mir bis ins Innerste; wenn es ins Wasser fiele, würde ich mich hinterdrein stürzen, um es herauszuholen. Aber es ist nicht in meinem Herzen. Ach, einst hat mich die Liebe von einer schöneren, einer vollkommeneren Mutterschaft träumen lassen; in meinen Träumen – sie sind längst entschwunden – herzte ich das Kind, das die Sehnsucht empfing, noch ehe es erzeugt wurde, diese köstliche Blume, die in der Seele keimt, ehe sie ins Licht der Welt tritt. Ich bin für Helene, was im Tierreich eine Mutter für ihre Jungen sein muß. Wenn sie mich einmal nicht mehr braucht, ist alles erledigt: Schwindet die Ursache, hören die Wirkungen auf. Wenn die Frau das großartige Vorrecht besitzt, ihre Mutterschaft auf das ganze Leben des Kindes auszudehnen, muß sie dann diese erhabene Beständigkeit des Gefühls nicht dem Aufstrahlen ihrer seelischen Empfängnis zuschreiben? Wenn nicht die Seele der Mutter die erste Hülle des Kindes gewesen ist, dann stirbt alsbald die Mutterschaft in ihrem Herzen, wie sie bei den Tieren aufhört. Das ist die Wahrheit, ich fühle es: Je mehr mein armes Kind heranwächst, um so mehr schließt sich mein Herz ab. Die Opfer, die ich ihm brachte, haben mich ihm schon entfremdet, und für ein anderes Kind wäre mein Herz doch, das fühle ich, unerschöpflich gewesen an Opfern; für dieses Kind wäre nichts Opfer, vielmehr alles Freude und Wonne gewesen. Hier, Herr Pfarrer, ist die Vernunft, die Religion, alles in mir machtlos gegen meine Gefühle. Ist sie denn so sehr im Unrecht, wenn sie sterben will, die Frau, die weder Mutter noch Gattin ist und die zu ihrem Unglück die Liebe in ihrer unendlichen Schönheit, die Mutterschaft in ihren unermeßlichen Freuden erahnen mußte? Was kann noch aus ihr werden? Ich will es Ihnen sagen, was in ihr vorgeht! Hundertmal am Tage, hundertmal in der Nacht werden Kopf, Herz und der ganze Körper von einem Schauer erfaßt, dann nämlich, wenn eine allzu schwächlich niedergehaltene Erinnerung mir die Bilder eines Glücks zuführt, das ich mir vielleicht schöner ausmale, als es wirklich ist. Dann schrecken unter solchen unbarmherzigen Phantasiegebilden meine Gefühle zusammen und ich sage mir: ›Wie wäre wohl mein Leben verlaufen, wenn . . .!‹« Die Marquise barg ihr Gesicht in den Händen und brach in Tränen aus. Dann fuhr sie fort: »So sieht es in meinem Herzen drinnen aus! Ein Kind von ihm hätte mich das grauenvollste Unglück ertragen lassen. Der Gott, der, beladen mit allen Sünden der Welt, am Kreuze starb, wird mir diesen für mich tödlichen Gedanken verzeihen – aber die Gesellschaft, das weiß ich wohl, ist unversöhnlich: Für sie sind meine Worte Lästerungen; ich spreche ihren Gesetzen hohn. Oh, ich möchte dieser Gesellschaft den Krieg erklären, um ihre Gesetze, ihre Bräuche neu zu gestalten, um sie zu brechen! Hat sie mich nicht in allen meinen Gedanken, an meinem Lebensnerv, in allen meinen Gefühlen, in allen meinen Wünschen, in allen meinen Hoffnungen, in Zukunft, Gegenwart, Vergangenheit verwundet? Für mich ist der Tag voller Finsternis, das Denken ein drohendes Schwert, mein Herz eine offene Wunde, mein Kind eine ewige Verneinung. Ja, so ist es: Wenn Helene mit mir spricht, wünschte ich ihr eine andere Stimme; wenn sie mich ansieht, wünschte ich ihr andere Augen. Sie ist nur da, um Zeugnis abzulegen davon, wie alles hätte sein sollen und wie es nicht ist. Ich kann sie nicht mehr um mich ertragen! Ich lächle ihr zu, ich tue alles, um ihr Ersatz zu bieten für die Gefühle, die ich ihr entziehe. Ich leide, ach, ich leide zu sehr, als daß ich leben könnte! Und doch wird man mich für eine tugendhafte Frau halten! Und doch habe ich keine Schuld auf mich geladen! Und doch wird man mir Achtung erweisen! Die unfreiwillige Liebe, der ich nicht nachgeben durfte, habe ich niedergerungen; aber wenn ich körperlich treu geblieben bin – ist es mein Herz geblieben? Das«, sagte sie und legte die rechte Hand auf ihre Brust, »das hat immer nur einem einzigen gehört. Darüber täuscht sich mein Kind auch nicht. Eine Mutter hat Blicke, eine Stimme, Gebärden, deren Schärfe der Kinderseele Gewalt antut; aber meine arme Kleine spürt nicht, wie mein Arm zittert, meine Stimme erbebt, meine Augen feucht werden, wenn ich sie ansehe, wenn ich zu ihr spreche oder wenn ich sie in die Arme nehme. Sie wirft mir anklägerische Blicke zu, die ich nicht ertrage! Manchmal habe ich Angst, daß ich in ihrem Herzen einen Richterstuhl vorfinde, vor dem ich, ohne angehört zu werden, verurteilt werde. Gebe der Himmel, daß nicht eines Tages der Haß zwischen uns tritt! Großer Gott, tu mir lieber das Grab auf, laß mich in Saint-Lange sterben! Ich will in die Welt gehen, wo ich meine andere Seele wiederfinden, wo ich ganz Mutter sein werde. Oh, Verzeihung, Herr Pfarrer, ich bin wahnsinnig. Die Worte hätten mich abgewürgt, ich mußte sie sprechen. Ach, Sie weinen auch, Sie werden mich nicht verachten! – Helene! Helene! Komm, mein Töchterchen!« rief sie fast verzweifelt, als sie ihr Kind vom Spaziergang zurückkommen hörte.

Die Kleine kam lachend und schwatzend herbei; sie brachte einen Schmetterling, den sie gefangen hatte. Doch als sie ihre Mutter weinen sah, verstummte sie, stellte sich neben sie und ließ sich auf die Stirn küssen.

»Sie wird einmal sehr schön werden«, meinte der Priester.

»Sie ist ganz der Vater«, erwiderte die Marquise und umarmte ihr Töchterlein mit Wärme, als wollte sie eine

Schuld einlösen oder irgendwelche Gewissensbisse beschwichtigen.

»Du bist so heiß, Mama.«

»Geh, laß uns allein, mein Engel!« antwortete die Marquise.

Das Kind ging weg, ohne betrübt zu sein, ohne seine Mutter anzusehen, beinahe froh darüber, einem traurigen Gesicht entrinnen zu können; es begriff schon, daß die Gefühle, die darauf standen, ihm nicht zuträglich waren. Das Lächeln ist gleichsam die Mitgift der Mutterschaft, es ist ihre Sprache, ihr Ausdruck. Die Marquise konnte nicht lächeln. Sie wurde rot, als sie den Priester ansah: Sie hatte sich als Mutter zeigen wollen, aber weder ihr noch ihrem Kinde war es gelungen zu lügen. In der Tat, die Küsse einer wahrhaften Frau sind von himmlischer Süße, aus dieser Zärtlichkeit spricht eine Seele, zuckt ein zartes Flämmchen, das bis ins Herz dringt. Küsse ohne diesen köstlichen Balsam sind herb und trocken. Der Priester hatte diesen Unterschied gespürt: Vor ihm tat sich der Abgrund auf, der zwischen der Mutterschaft des Fleisches und der Mutterschaft des Herzens gähnt. So sagte er nur, nachdem er der Frau einen prüfenden Blick zugeworfen hatte: »Sie haben recht, gnädige Frau, es wäre besser, Sie wären tot . . .«

»Ach, Sie begreifen mein Weh, ich sehe es«, erwiderte sie, »da Sie als christlicher Priester die unseligen Entschlüsse, zu denen es mich getrieben hat, erraten und gutheißen. Ja, ich wollte in den Tod gehen; jedoch mir fehlte der Mut, um mein Vorhaben auszuführen. Mein Körper war feige, indes meine Seele stark war, und als meine Hand nicht mehr zitterte, zauderte meine Seele! Ich kenne das Geheimnis solcher Kämpfe, solcher

Wechselbeziehungen nicht. Ich bin wohl eine recht jämmerliche Frau, ohne festen Willen, stark nur, um zu lieben. Ich verachte mich! Abends, wenn meine Dienerschaft schlief, ging ich beherzt zum Teich; als ich am Rande des Wassers stand, schauderte mein zarter Körper vor der Vernichtung zurück. Ich gestehe Ihnen meine Ohnmacht ein. Als ich wieder im Bett war, schämte ich mich vor mir selber, ich faßte wieder Mut. In einem solchen Augenblick nahm ich Opium; ich hatte Schmerzen, aber ich starb nicht. Ich glaubte, ich hätte den ganzen Inhalt des Fläschchens ausgetrunken, doch ich hatte nur die Hälfte genommen.«

»Sie sind verloren, gnädige Frau«, sagte der Pfarrer ernst, mit tränenverschleierter Stimme. »Sie werden in die Gesellschaft zurückkehren, und Sie werden sie täuschen; Sie werden, was Sie als Entschädigung für Ihr Leid ansehen, dort suchen und finden; dann werden Sie eines Tages für Ihre Lüste büßen . . .«

»Wie«, rief sie aus, »ich sollte dem ersten besten Spitzbuben, der es verstünde, mir eine Leidenschaft vorzuspielen, die letzten, kostbarsten Schätze meines Herzens hinwerfen und mein Leben für den Augenblick einer zweifelhaften Lust zugrunde richten! Nein, meine Seele wird in makelloser Flamme ausbrennen. Alle Männer haben die Sinne ihres Geschlechts; doch der, welcher die Seele seines Geschlechts hat und somit allen Forderungen unserer Natur, deren weiche Harmonie nur unter dem Druck der Gefühle aufwallt, gerecht wird, dem, Herr Pfarrer, begegnen wir nicht zweimal im Leben. Meine Zukunft ist entsetzlich, ich weiß: die Frau ist nichts ohne die Liebe, und die Schönheit ist nichts ohne die Lust; aber würde nicht die Gesellschaft mein Glück verdammen, wenn es sich mir noch einmal böte? Ich bin es meiner Tochter schuldig, ihr eine geachtete Mutter zu sein. Oh, mich hält ein Eisenring umspannt, aus dem ich mich nicht befreien kann, ohne mich mit Schande zu bedecken. Die Familienpflichten, denen ich, ohne Dank zu ernten, nachkomme, werden mir zur Qual werden; ich werde das Leben verfluchen; aber meine Tochter wird wenigstens zum Scheine eine Mutter haben. Ich werde ihr Schätze an Tugend bieten, um ihr die Schätze an Mutterliebe zu ersetzen, um die ich sie betrügen werde. Nicht einmal um den Preis will ich leben, daß ich die Freuden genießen kann, die den Müttern das Glück ihrer Kinder bereitet. Ich glaube nicht an das Glück. Welches wird Helenes Schicksal sein? Wahrscheinlich das meine. Welche Mittel haben die Mütter in der Hand, um ihren Töchtern Gewähr dafür zu bieten, daß der Mann, dem sie sich ausliefern, ein Gatte nach ihrem Herzen sein wird? Ihr häuft Schande auf bedauernswerte Geschöpfe, die sich für einige Taler einem Manne des Zufalls verkaufen: Hunger und Not entschuldigen die Eintagsverbindungen; und doch duldet, ermutigt die Gesellschaft die jähe, auf ganz andere Art furchtbare Verbindung eines arglosen jungen Mädchens mit einem Manne, den sie kaum drei Monate kennt – sie ist verkauft für ihr ganzes Leben. Allerdings, der Preis ist hoch! Wenn ihr sie schon nicht ihr Unglück entgelten laßt, dann solltet ihr sie wenigstens achten; aber die Gesellschaft verleumdet noch die Tugendhaftesten unter uns! Dies sind die zwei Seiten unseres Schicksals: öffentliche Prostitution und Schande einerseits, heimliche Prostitution und Unglück andererseits. Denken wir an die bejammernswerten Mädchen ohne Mitgift – sie werden wahnsinnig und sterben; für sie habt ihr kein Mitleid! Schönheit, Tugend stellen keine Werte dar in unserem Menschenbasar, und diese Höhle der Selbstsucht nennt ihr Gesellschaft! Enterbt doch die Frauen! Zum mindesten werdet ihr so bei der Wahl eurer Ehefrauen einem Naturgesetz gehorchen, indem ihr sie heiratet, wie die Stimme des Herzens euch gebietet.«

»Gnädige Frau, Ihre Reden zeigen mir, daß weder der Geist der Familie noch der Geist der Religion zu Ihrem Herzen spricht. Daher werden Sie auch nicht schwanken zwischen dem Egoismus der Gesellschaft, der Sie verwundet, und dem Egoismus des Menschen, der Sie nach Wonnen der Lust verlangen läßt . . .«

»Die Familie, Herr Pfarrer, gibt es denn die? Ich leugne die Familie in einer Gesellschaft, die beim Tode des Vaters oder der Mutter das Erbe teilt und jedem seinen besonderen Platz anweist. Die Familie ist eine zeitweilige und zufällige Vereinigung, die durch den Tod ihre jähe Auflösung erfährt. Die Grundstücke, das Erbeigentum, die Dauer von Beispielen und Tradition sind vom Gesetz zerstört worden. Ich sehe ringsherum nichts als Schutt und Asche.«

»Gnädige Frau, Sie werden nicht eher zu Gott zurückkehren, als bis sich seine Hand schwer auf Sie gelegt hat, und ich wünsche, daß Sie dann noch genügend Zeit haben, um mit ihm Ihren Frieden zu machen. Sie begehren Trost, indem Sie die Augen zur Erde niederschlagen, anstatt sie zum Himmel aufzuheben. Der Hang zum Philosophieren und das Interesse sind dabei, Ihr Herz zu bezwingen; Sie sind taub gegen die Stimme der Religion, wie die Kinder dieses glaubenslosen Jahrhunderts. Die Freuden der Welt erzeugen nur Leiden. Sie werden gegen Ihren Schmerz nur einen anderen eintauschen, sonst nichts.«

»Ich werde Ihre Prophezeiung Lügen strafen«, sagte sie mit bitterem Lächeln, »ich werde dem treu bleiben, der für mich gestorben ist.«

»Der Schmerz«, entgegnete er, »ist nur lebensfähig in den durch die Religion bereiteten Seelen.«

Er senkte ehrerbietig die Augen, um nicht die Zweifel sehen zu lassen, die sich möglicherweise in seinem Blicke malten. Ihn hatten die ungezügelten Klagen der Marquise traurig gestimmt. Als er das menschliche Ich unter seinen tausend Gesichtern erkannte, gab er die Hoffnung fast auf, dieses Herz zum Schmelzen zu bringen: Das Unglück hatte es versteint, anstatt es zu erweichen, und das Samenkorn des himmlischen Sämanns sollte darin nicht aufgehen, da seine sanfte Stimme da drinnen von dem lauten, entsetzlichen Geschrei der Selbstsucht übertönt wurde. Immerhin kam der Pfarrer noch mehrmals mit der Beharrlichkeit eines Apostels wieder, immer in der Hoffnung, er könne diese edle, stolze Seele noch zu Gott führen; doch dann ließ er allen Mut sinken, als er sah, daß die Marquise nur darum gern mit ihm plauderte, weil es ihr wohltat, von dem zu sprechen, der nicht mehr am Leben war. Er wollte sein religiöses Amt nicht dadurch herabwürdigen, daß er sich zum Diener einer weltlichen Liebe machte; er stellte seine Gespräche ein und beschränkte sich mit der Zeit auf die unverbindlichen Redensarten und Gemeinplätze der Konversation. Der Frühling kam. Es gelang der Marquise, ihre Schwermut aufzuheitern, und ihrer Untätigkeit überdrüssig, beschäftigte sie sich mit ihrem Besitztum und ließ diese und jene Arbeit verrichten. Im Oktober verließ sie ihr altes Schloß Saint-Lange, wo sie wieder frisch und schön geworden war, in der Trägheit eines Schmerzes, der, anfangs ungestüm wie ein kraftvoll geschleuderter Diskus, schließlich in sanfte Melancholie ausgelaufen war, so wie der Diskus nach immer schwächer werdenden Schwingungen endlich zur Ruhe kommt. Solche Schwingungen kennt auch die Melancholie der Seele, die erste kommt der Verzweiflung nahe, die letzte führt zur Lust: In der Jugend ist die Melancholie das Erwachen des Morgens, im Alter ist sie die Abenddämmerung.

Als die Kalesche durch das Dorf fuhr, sah die Marquise, wie der Pfarrer, der von der Kirche zum Pfarrhaus zurückging, sich verbeugte; aber während sie seinen Gruß erwiderte, senkte sie die Augen und wandte den Kopf ab, um ihn nicht nochmals ansehen zu müssen. Nur allzusehr sollte der Priester recht behalten gegenüber dieser armen Artemisia von Ephesus.

III
MIT DREISSIG JAHREN

AUF DEM BALL VON FRAU FIRMIANI BEFAND sich ein sehr hoffnungsvoller junger Mann, der einem jener historischen Häuser angehörte, deren Namen trotz des heutigen Gesetzes für immer mit Frankreichs Ansehen aufs engste verknüpft sein werden. Die Dame hatte ihm einige Empfehlungsschreiben für ein paar Freundinnen in Neapel übergeben. Charles von Vandenesse – so nannte sich der junge Mann – war gekommen, um ihr dafür seinen Dank auszusprechen und sich von ihr zu verabschieden. Nachdem Vandenesse schon mehrere Aufgaben mit viel Geschick gelöst hatte, war er kürzlich einem für den Kongreß von Laibach ausersehenen bevollmächtigten Gesandten beigegeben worden; er wollte seine Reise dazu benutzen, Italien kennenzulernen. Mit diesem Fest gedachte er also gleichsam Abschied zu nehmen von den Pariser Sinnenfreuden, von jenem pulsierenden Leben, jenem Wirbel von Gedanken und Vergnügungen, den man oft genug verleumdet, dem sich hinzugeben aber so köstlich ist. Seit drei Jahren war Charles von Vandenesse daran gewöhnt, den europäischen Hauptstädten seinen Gruß zu entbieten und ihnen je nach der Willkür seiner diplomatischen Laufbahn wieder den Rücken zu kehren; für ihn gab es wenig, was ihn den Abschied von Paris bedauern ließ. Die Frauen machten keinerlei Eindruck mehr auf ihn – mochte nun eine wirkliche Leidenschaft in seinen Augen zuviel Raum im Leben eines Politikers einnehmen, mochte eine armselige, oberflächliche Galanterie ihm zu hohl für eine starke Seele dünken. Wir erheben alle Anspruch auf eine starke Seele. In Frankreich will kein Mann, und sei er noch so mittelmäßig, bloß für geistreich gelten. So hatte Charles, obwohl noch jung – er zählte kaum dreißig Jahre –, sich in philosophischer Nüchternheit schon daran gewöhnt, dort Ideen, Resultate, Möglichkeiten wahrzunehmen, wo Männer seines Alters Gefühle, Sinnenlust und Illusionen sehen. In seiner von der Nautr so edel begabten Seele wies er die Gefühlswärme und die den jungen Menschen so eigentümliche Schwärmerei weit zurück. Er bemühte sich, ein kalter Rechner zu werden, die vom Schicksal erhaltenen seelischen Reichtümer in gewandtes Auftreten, in liebenswürdige Gesellschaftsformen, in Verführungskünste umzusetzen: die wahre Aufgabe eines ehrgeizigen Menschen; eine trostlose Rolle, die nur zu dem Zwecke gespielt wird, um das zu erreichen, was wir eine ›glänzende Karriere‹ nennen. Er warf einen letzten Blick in die Salons, in denen man gerade tanzte. Wahrscheinlich wollte er bei seinem Weggang das Bild dieses Balls mit sich nehmen, so wie ein Zuschauer seine Opernloge nicht eher verläßt, als bis er das Schlußbild gesehen hat. Aber Herr von Vandenesse studierte wohl auch aus einer leichtverständlichen Laune heraus das ganz und gar französische Treiben, den Glanz und die lachenden Gesichter dieses Pariser Festes und verglich dies alles in Gedanken mit den neuen Gesichtern, den malerischen

Szenen, die ihn in Neapel erwarteten – dort gedachte er einige Tage zu verbringen, ehe er seine neue Stellung antrat. Er schien das so buntschillernde, ausstudierte Frankreich einem Lande gegenüberzustellen, dessen Lebensweise und Landschaftscharakter er nur aus einander widersprechenden Berichten und aus meistenteils schlechtgeschriebenen Büchern kannte. In diesem Augenblick gingen ihm wohl einige ziemlich reizvolle, wenn auch heutzutage recht alltäglich gewordene Vorstellungen durch den Kopf und gaben, vielleicht ohne daß er es wußte, auf die geheimen Wünsche seines Herzens Antwort, das eher anspruchsvoll als übersättigt, eher müßig als kalt war.

›Da sind nun‹, so sagte er sich, ›die elegantesten, reichsten Frauen von Paris, die Spitzen der Gesellschaft. Hier die Tagesberühmtheiten, angesehene Persönlichkeiten der politischen Bühne, der Aristokratie, der literarischen Welt, dort Künstler, Männer von Einfluß. Und doch sehe ich nichts als armselige Intrigen, totgeborene Liebesaffären, nichtssagendes Lächeln, grundlosen Hochmut, seelenlose Blicke, viel, aber zwecklos verschwendeten Geist. Alle diese weißen und rosigen Gesichter suchen weniger echte Freude als bloße Zerstreuung. Kein Gefühl ist echt. Wollt ihr nur schön zurechtgesteckte Federn, duftige Schleier, hübsche Toiletten, zarte Frauen; ist das Leben für euch nur eine Oberfläche, an der man hinstreift – wohl, dann ist das eure Welt. Begnügt euch mit jenen hohlen Phrasen, mit jenen entzückenden Masken, aber sucht nicht nach einem Gefühl in den Herzen! Ich dagegen verabscheue diese faden Liebeshändel, die stets in der Ehe enden, in einer Unterpräfektur oder einer anderen einträglichen Stelle oder –

wenn es sich um Liebe handelt – in geheimen Vereinbarungen; so sehr schämt man sich, der Welt den Anschein einer wahren Leidenschaft zu geben. Nicht ein einziges jener sprechenden Gesichter vermag ich zu erkennen, das eine Seele verrät, die sich einer Idee wie auch einem Gewissensbiß hingeben kann. Leid und Unglück verbergen sich hier schamvoll unter Scherzen. Ich gewahre keine von jenen Frauen, mit denen ich gern kämpfen möchte, die einen in einen Abgrund reißen. Wo ist in Paris noch Willensstärke zu finden? Ein Dolch ist ein Museumsstück, das man dort in eine hübsche Scheide steckt und an einen goldenen Nagel hängt. Frauen, Gedanken, Gefühle, alles ist einander gleich. Es gibt keine Leidenschaften mehr, weil es keine Persönlichkeiten mehr gibt. Titel, Geist, Vermögen, alles ist gleichgemacht worden, wir alle haben Trauer angelegt, als wollten wir das tote Frankreich beklagen. Wir lieben unsersgleichen nicht. Zwischen zwei Liebenden müssen stets Unterschiede beseitigt, Abstände überbrückt werden. Jener Zauber der Liebe ging mit dem Jahre 1789 dahin! Unsere Langeweile, unsere seichte Lebensart sind das Ergebnis des politischen Systems. In Italien ist alles Farbe und Leben. Dort sind die Frauen noch Raubtiere, gefährliche Sirenen, vernunftlos und ohne anderen Maßstab als den ihrer Triebe und Gelüste; vor ihnen muß man sich in acht nehmen wie vor Tigern.‹

Dieses Selbstgespräch, dessen tausenderlei widerspruchsvolle, unfertige und wirre Gedanken nicht wiederzugeben sind, wurde von Frau Firmiani unterbrochen. Die Grübelei hat ihren Wert ganz und gar im Unbestimmten, ist sie nicht eine Art geistiger Dunst?

»Kommen Sie!« sagte Frau Firmiani und nahm Vandenesses Arm. »Ich will Sie einer Frau vorstellen, die nach allem, was sie über Sie hörte, darauf brennt, Sie kennenzulernen.«

Sie führte ihn in einen Nachbarsalon, wo sie mit einer Gebärde, einem Lächeln und einem Blick, die wahrhaft pariserisch waren, auf eine Frau wies, die am Kamin saß.

»Wer ist sie?« fragte Graf von Vandenesse rasch.

»Eine Frau, über die Sie sich ohne Zweifel mehr als einmal unterhalten haben, um ihr Gutes oder Übles nachzureden, eine Frau, die in der Einsamkeit lebt, ein wahres Geheimnis.«

»Wenn Sie jemals in Ihrem Leben barmherzig waren, dann bitte, wie heißt sie?«

»Marquise d'Aiglemont.«

»Ich werde bei ihr Unterricht nehmen: Sie hat es verstanden, aus einem recht mittelmäßigen Manne einen Pair von Frankreich, aus einem unbedeutenden Menschen einen tüchtigen Politiker zu machen. Aber, sagen Sie mir doch, glauben Sie, daß Lord Grenville – wie manche Frauen behauptet haben – für sie gestorben ist?«

»Vielleicht. Seit jener Begebenheit – sei sie erfunden oder wahr – ist die arme Frau jedenfalls völlig gewandelt. Sie ist nicht in Gesellschaft gegangen. Vier Jahre standhaft bleiben, das will etwas heißen, in Paris! Wenn man sie hier sieht . . .« Frau Firmiani hielt inne und fuhr dann mit einem bedeutungsvollen Blick fort: »Ich vergaß, daß ich schweigen soll. Gehen Sie und plaudern Sie mit ihr!«

Einen Augenblick lang blieb Charles unbeweglich stehen, den Rücken leicht gegen den Türrahmen gelehnt und ganz in die Betrachtung einer Frau versunken, die berühmt geworden war, ohne daß man jedoch sagen konnte, worauf sich ihr Ruhm gründete. Die Welt bietet viele solche wunderliche Seltsamkeiten. Der Ruf von Frau d'Aiglemont war freilich nicht ungewöhnlicher als der gewisser anderer Leute, die immer irgendeine unbekannte Arbeit unter den Händen haben: Statistiker, die auf Grund von Berechnungen, vor deren Veröffentlichung sie sich sehr wohl hüten, für tiefe Denker gehalten werden; Politiker, die von einem Zeitungsartikel zehren; Schriftsteller oder Künstler, die immer eine Sache auf Lager haben; Leute, die bei denen als Gelehrte gelten, die von der Wissenschaft nichts verstehen, so wie Sganarelle für diejenigen des Lateins kundig ist, welche kein Latein verstehen; Männer, denen man eine in einem bestimmten Punkt zugestandene Tüchtigkeit beilegt, z. B. eine maßgebende Stelle in der Kunst oder einen wichtigen Auftrag. Für derlei politische und literarische ›Kopflose‹ scheint das gewaltige Wort ›das ist seine Spezialität‹ wie geschaffen. Charles blieb länger in Nachdenken versunken, als ihm lieb war, und es verdroß ihn, von einer Frau so sehr eingenommen zu werden; aber die Gegenwart dieser Frau widerlegte auch die Gedanken, die dem jungen Diplomaten vor wenigen Minuten beim Betrachten des Balles gekommen waren.

Die Marquise, nunmehr dreißig Jahre alt, war schön, wenn auch zierlich an Gestalt und äußerst zart. Ihr größter Zauber ging von ihrem Gesicht aus, dessen Ruhe eine wunderbare Seelentiefe verriet. Ihre hellglänzenden Augen, die freilich von ständiger Nachdenklichkeit wie verschleiert schienen, sprachen von fieberhaftem Leben und tiefster Entsagung. Ihre fast immer schamhaft gesenkten Lider hoben sich selten. Wenn sie einmal um sich sah, dann geschah es aus einer Regung der Schwermut heraus; man hätte meinen können, sie spare sich das Feuer ihrer Augen für geheime Beschaulichkeit auf. Daher fühlte sich auch jeder bedeutendere Mann zu dieser sanften, schweigsamen Frau merkwürdig hingezogen. Wenn der Geist das Rätsel der dauernden Flucht dieser Frau aus der Gegenwart in die Vergangenheit, aus der Gesellschaft in die Einsamkeit zu ergründen suchte, verlangte die Seele nicht weniger danach, das Geheimnis eines Herzens kennenzulernen, das sich mit seinem Kummer fast zu brüsten schien. Nichts an ihr widerlegte übrigens die Gedanken, die man sich von vornherein über sie machte. Wie fast alle Frauen mit sehr langem Haar war sie blaß und vollkommen weiß. Ihre wunderbar feine Haut – ein übrigens selten trügerisches Symptom – ließ auf eine ausgesprochene Empfindsamkeit schließen, die noch durch ihre Gesichtszüge ihre Rechtfertigung erhielt: Diese hatten jenes vollendet Wunderbare, das die chinesischen Maler ihren phantastischen Gesichtern verleihen. Ihr Hals war vielleicht ein wenig lang; aber ein solcher Hals ist höchst anmutsvoll und verleiht dem Frauenkopf jenes unbestimmte Etwas, das uns an die magnetischen Wellenbewegungen der Schlange erinnert. Wenn es nicht ein einziges der tausend Anzeichen gäbe, durch die sich der verborgenste Charakter dem Beobachter enthüllt – man brauchte nur, um eine Frau zu beurteilen, aufmerksam die nuancenreichen, ausdrucksvollen Bewegungen des Kopfes, das Drehen des Halses zu beobachten. Bei Frau d'Aiglemont stand die äußere Erscheinung völlig im Einklang mit der alles beherrschenden inneren Natur. Die reichen Flechten ihres Haares waren oben auf dem Kopfe zu einem hohen Kranz geschlungen, den kein Schmuck zierte – sie hatte den Toilettekünsten wohl für immer Lebewohl gesagt. So konnte man in ihr auch keine Spur jener seichten, berechnenden Koketterie entdecken, die vielen Frauen so schlecht ansteht. Wie bescheiden auch ihr Mieder war, so konnte es doch nicht ganz ihre zierlich feine Taille verbergen. Die Pracht ihres langen Kleides kam in einem ausgezeichneten Schnitt zur Geltung; und wenn man aus dem Zurechtlegen eines Stoffes auf bestimmte Ideen schließen darf, so könnte man sagen, daß ihr die zahlreichen schlichten Falten des Kleides etwas sehr Vornehmes gaben. Indessen, die peinliche Sorgfalt, die sie auf die Haltung ihrer Hand und ihres Fußes verwendete, ließ vielleicht die unumgänglichen Schwächen der Frau erkennen; wenn sie jedoch auch Hand und Fuß mit einigem Wohlgefallen zur Schau stellte, hätte doch ihre boshafteste Nebenbuhlerin ihre Bewegungen kaum affektiert finden können – so sehr erschienen sie unbewußt oder als Erinnerung an Kindheitsgewohnheiten. Man konnte diesen Rest von Koketterie sogar mit einer anmutigen Lässigkeit entschuldigen. Alle diese Einzelheiten, alle diese vielfältigen kleinen Dinge, die eine Frau häßlich oder hübsch, anziehend oder abstoßend machen, können hier nur angedeutet werden, zumal wenn – wie bei Frau d'Aiglemont – die Seele alle diese einzelnen Züge verbindet und sie zu einer wundersamen Einheit verschmilzt. So stimmte ihre Haltung in vollkommener Weise zu dem Ausdruck ihres Gesichts und zu der Art ihrer Kleidung. Nur in einem bestimmten Alter verstehen es die Frauen, und auch dann nur wenige auserwählte, ihren Gebärden Sprache zu verleihen. Ist es das Leid, ist es das Glück, das der Frau von dreißig Jahren, der glücklichen wie der unglücklichen

Frau, das Geheimnis solcher beredten Haltung preisgibt? Es wird immer ein lebendiges Rätsel sein, das jeder nach seinen Wünschen, nach seinen Hoffnungen oder nach seinem Lebensplan zu lösen sucht. Die Art, in der die Marquise ihre Ellbogen auf die Arme ihres Sessels stützte und die Fingerspitzen beider Hände gleichsam spielerisch gegeneinander legte; die Biegung ihres Halses, die Zwanglosigkeit ihres matten und doch geschmeidigen Körpers, der wie zierlich zerbrochen im Stuhle zu liegen schien, ihre lässige Beinhaltung, ihre ungezwungene Stellung, ihre müden Bewegungen, all das zeigte eine Frau, die am Leben kein Interesse nimmt, die die Liebeswonnen nicht kennenlernte, sondern sich nur erträumte, und die unter der Last seufzt, die ihr die Erinnerung aufbürdet; eine Frau, die seit langem schon an der Zukunft oder an sich selber verzweifelte; eine unerfüllte Frau, die die Leere für das Nichts nimmt. Voller Bewunderung betrachtete Charles von Vandenesse dieses herrliche Bild, aber er bewunderte es als das Erzeugnis einer ›Mache‹, die freilich raffinierter war als bei dem üblichen Typ von Frauen. Er kannte d'Aiglemont. Beim ersten Blick auf diese Frau, die er noch nicht gesehen hatte, erkannte der junge Diplomat sofort, daß das Mißverhältnis, die Unverträglichkeiten (gebrauchen wir den Rechtsausdruck) dieser beiden Personen zu ungeheuer waren, als daß die Marquise ihren Mann hätte lieben können. Indessen, Frau d'Aiglemont führte einen untadeligen Lebenswandel, und ihre Tugendhaftigkeit machte alle Geheimnisse, die ein Beobachter in ihr suchen mochte, noch kostbarer. Als Vandenesse sich von der ersten Überraschung erholt hatte, sann er auf den besten Weg, um Frau d'Aiglemont anzusprechen, und mit Hilfe eines ziemlich alltäglichen diplomatischen Tricks gedachte er sie in Verlegenheit zu setzen, um zu wissen, wie sie eine hohle Galanterie aufnähme.

»Gnädige Frau«, sagte er und setzte sich neben sie, »durch eine glückliche Indiskretion habe ich soeben erfahren, daß ich – ich weiß nicht, mit welchem Recht – den Vorzug genieße, von Ihnen ausgezeichnet zu werden. Ich schulde Ihnen um so größeren Dank dafür, als ich bisher noch niemals der Gegenstand einer solchen Gunst gewesen bin. Somit wären Sie verantwortlich für einen meiner Fehler. Hinfort will ich nicht mehr bescheiden sein . . .«

»Sie haben wohl unrecht, mein Herr«, sagte sie lachend, »man muß die Eitelkeit denen überlassen, die nichts anderes vorzuweisen haben!«

Nun begannen die Marquise und der junge Mann ein Gespräch, in dem sie der Sitte gemäß binnen weniger Minuten eine Menge Fragen anschnitten: Malerei, Musik, Literatur, Politik, Menschen, Ereignisse, Dinge. Dann kamen sie unmerklich auf das ewige Thema aller Plaudereien in Frankreich oder im Ausland zu sprechen, nämlich auf die Liebe, die Gefühle und die Frauen.

»Wir sind Sklaven.«

»Sie sind Königinnen.«

Auf diese einfache Formel aller heutigen und zukünftigen über diesen Gegenstand gehenden Unterhaltungen lassen sich die mehr oder weniger geistvollen Reden von Charles und der Marquise zurückführen. Wollen diese beiden Sätze nicht immer zu einem bestimmten Zeitpunkt ausdrücken: Liebe mich! – Ich will dich lieben!

»Gnädige Frau«, rief Charles von Vandenesse leise aus, »Sie lassen es mich gar lebhaft bedauern, daß ich Paris verlassen muß. In Italien werde ich gewiß nicht solche geistvollen Stunden wiederfinden, wie es die jetzige war.«

»Vielleicht werden Sie dem Glück begegnen, und das ist mehr wert als all die wahren und falschen glänzenden Gedanken, die man allabendlich in Paris austauscht.«

Ehe Charles sich empfahl, erhielt er von der Marquise die Erlaubnis, ihr einen Abschiedsbesuch abzustatten. Er schätzte sich sehr glücklich, daß er in sein Ansuchen einen aufrichtigen Ton gelegt hatte, es wollte ihm nämlich am Abend beim Schlafengehen und auch den ganzen nächsten Tag über nicht gelingen, die Erinnerung an diese Frau zu verjagen. Bald fragte er sich, warum ihn die Marquise wohl ausgezeichnet habe, welche Absichten sich hinter ihrem Wunsche nach einem Wiedersehen verbergen könnten, und er versuchte unzählige Male, sich dies alles auszulegen. Bald glaubte er die Gründe für diese Merkwürdigkeit zu finden. Er berauschte sich dann an gewissen Hoffnungen oder dämpfte sie wieder, je nachdem, wie er sich diesen höflichen, in Paris ganz und gar üblichen Wunsch zu erklären suchte. Bald besagte dieser alles, bald besagte er nichts. Am Ende wollte er dem Drange widerstehen, der ihn zu Frau d'Aiglemont zog; und doch ging er zu ihr. Es gibt Gedanken, denen wir gehorchen, ohne daß wir sie kennen: Sie sind in uns, uns unbewußt. Diese Erwägung mag eher paradox als wahr erscheinen, und doch wird jeder ehrliche Mensch aus seinem Leben tausend Beweise dafür beibringen können. Indem sich Charles zur Marquise begab, gehorchte er nur einem jener präexistenten Pläne, von denen unsere Erfahrungen sowie die Errungenschaften unseres Geistes späterhin nur die äußerlich wahrnehmbaren Auswirkungen sind. Eine Frau von dreißig Jahren übt auf einen jungen Mann einen unwiderstehlichen Zauber aus; daher gibt es nichts, was natürlicher, fester gesponnen, zwingender vorherbestimmt wäre als die geheimen Bande zwischen einer Frau wie der Marquise und einem jungen Manne wie Vandenesse. Es ist in der Tat so: Ein junges Mädchen hat zu viele Illusionen, zuviel Unerfahrenheit, und das Geschlecht ist zu sehr an ihrer Liebe beteiligt, als daß ein junger Mann sich von ihr geschmeichelt fühlte; eine Frau jedoch kennt die ganze Tragweite dessen, was sie an Opfern zu bringen hat. Da, wo die eine von Wißbegier getrieben wird, von Verlockungen, die denen der Liebe fremd sind, folgt die andere einem bewußten Gefühl. Die eine gibt nach, die andere wählt. Und bedeutet nicht diese Wahl schon eine ungeheure Schmeichelei? Die erfahrene Frau, begabt mit einem fast immer durch irgendein Leid allzu teuer erkauften Wissen, scheint, wenn sie sich verschenkt, mehr als sich selber zu verschenken; während das unwissende und leichtgläubige junge Mädchen nichts vergleichen, nichts recht würdigen kann, weil sie von alledem nichts kennt; sie nimmt die Liebe entgegen und studiert sie. Die eine lehrt uns, unterweist uns in einem Alter, wo man sich gern leiten läßt, wo der Gehorsam ein Vergnügen ist; die andere will alles erst lernen und zeigt sich naiv, wo die erste zärtlich ist. Jene bietet euch nur einen einzigen Triumph, diese zwingt euch zu fortwährenden Kämpfen. Erstere kennt nur Tränen und Wonnen, letztere hat Schauer der Wollust und Reue. Damit ein junges Mädchen Geliebte wird, muß sie allzu verdorben sein, und dann wendet man sich mit Abscheu von ihr ab; eine Frau jedoch kennt tausend Mittel, um ihre Macht wie ihre Würde zu behaupten. Die eine, in ihrer Fügsamkeit, bietet euch die langweilige Gefahrlosigkeit der Ruhe; die andere verliert zuviel, als daß sie nicht von der Liebe ihre zahllosen Verwandlungen forderte. Die eine entehrt sich allein, die andere tötet um euretwillen eine ganze Familie. Das junge Mädchen kennt nur eine Art der Koketterie und glaubt alles gesagt zu haben, wenn sie sich entkleidet hat; aber die Frau kennt deren unzählige Arten und hüllt sich in tausend Schleier; kurz, sie schmeichelt allen Eitelkeiten, während das unerfahrene Mädchen nur einer einzigen schmeichelt. Übrigens wirbeln bei der Frau von dreißig Jahren Unentschlossenheit, Schrecken, Furcht, Unruhe und Sturm auf, was in der Liebe eines jungen Mädchens niemals anzutreffen ist. In jenem Alter verlangt die Frau von einem jungen Mann, daß er ihr die Achtung zurückgibt, die sie ihm geopfert hat; sie lebt nur für ihn, befaßt sich mit seiner Zukunft, will ihm das Leben schön gestalten und gebietet ihm, Ansehen zu erlangen; sie gehorcht, sie bittet und befiehlt, sie erniedrigt sich und erhöht sich, und sie weiß bei tausend Gelegenheiten zu trösten, wo das junge Mädchen nur zu klagen versteht. Schließlich vermag die Frau von dreißig Jahren – abgesehen von den Vorteilen ihrer gesellschaftlichen Stellung – sich zum jungen Mädchen zu machen, sie vermag alle Rollen zu spielen, schamhaft zu sein und selbst durch Unglück schöner zu werden. Zwischen ihnen beiden liegt der gleiche unermeßliche Abstand, wie zwischen Vorhergesehenem und Unvorhergesehenem, zwischen Stärke und Schwäche. Die Frau von dreißig Jahren befriedigt alles, das junge Mädchen darf, wenn es nicht aufhören will zu existieren, nichts befriedigen. Diese Gedanken kommen bei einem jungen Manne zur Reife und erzeugen in ihm die stärkste aller Leidenschaften, denn sie vereinigt in sich die von der Gesittung geschaffenen unechten Gefühle und die wahren Gefühle der Natur.

Der wichtigste und entscheidenste Schritt im Leben einer Frau ist gerade der, den sie stets für den bedeutungslosesten hält. Ist sie verheiratet, gehört sie sich nicht mehr, sie ist Königin und Sklavin der Häuslichkeit. Die Heiligkeit der Frau läßt sich nicht mit den Pflichten und Freiheiten der Gesellschaft vereinigen. Die Frau emanzipieren zu wollen, hieße sie verderben. Einem Fremden das Recht zu gewähren, ins Heiligtum der Familie einzudringen, hieße das nicht, sich ihm auf Gnade und Ungnade ausliefern? Und lockte ihn eine Frau gar zu sich, bedeutet das nicht eine Schuld, oder richtiger gesagt, den Beginn einer Schuld? Man muß diese Theorie in ihrer ganzen Schärfe billigen oder die Leidenschaften freisprechen. In Frankreich hat die Gesellschaft bis heute verstanden, einen Mittelweg einzuschlagen: Sie macht sich über das Unglück lustig. Sie scheint den Betrug zuzulassen, so wie die Spartaner nur die Ungeschicklichkeit bestrafen. Vielleicht aber ist dieses System sehr weise. Die allgemeine Verachtung stellt die fürchterlichste aller Strafen dar, da sie der Frau ins Herz schlägt. Die Frauen wollen und müssen alle wollen, daß man ihnen Achtung entgegenbringt, denn ohne Achtung können sie nicht weiterleben. Daher ist dies auch das oberste Gefühl, das sie von der Liebe verlangen. Die verdorbenste aller Frauen fordert vor allem anderen, daß sie im gleichen Augenblick, da sie ihre Zukunft verkauft, von der Vergangenheit freigesprochen wird, und sie versucht, ihrem Geliebten begreiflich zu machen, daß sie gegen unsägliche Wonnen die Achtung eintauscht, die ihr die Gesellschaft verweigern wird. Keine Frau, die zum ersten Male einen jungen Mann bei sich empfängt und mit ihm allein ist, kann wohl umhin, einige dieser Betrachtungen anzustellen, zumal wenn dieser junge Mann – wie Charles von Vandenesse – wohlgestaltet und geistvoll ist. Auf ähnliche Weise versäumen es kaum junge Männer, irgendwelche geheimen Wünsche auf eine der tausend Vorstellungen zu gründen, die ihre angeschaffene Liebe für die schönen, geistvollen und unglücklichen Frauen – wie Frau d'Aiglemont eine war – rechtfertigen. So geriet auch die Marquise, als man ihr Herrn von Vandenesse meldete, in leichte Verwirrung; und dieser seinerseits war fast verschämt, trotz der Sicherheit, die den Diplomaten gleichsam Bestandteil ihres Gewandes ist. Aber bald zeigte die Marquise jene Herzlichkeit, hinter der sich die Frauen gegen die Auslegungsversuche der Eitelkeit verschanzen. Diese Haltung schließt jeden Hintergedanken aus, sie weist sozusagen dem Gefühl seinen Platz an, indem sie es mit höflichem Anstand zügelt. In dieser mehrdeutigen Lage verharren die Frauen dann, solange es ihnen beliebt, sie stehen gleichsam an einem Kreuzweg, der gleichzeitig zur Achtung, zur Gleichgültigkeit, zum Erstaunen und zur Leidenschaft führt. Erst mit dreißig Jahren kann eine Frau die Mittel kennen, die eine solche Situation ihr in die Hand gibt. Sie weiß alsdann zu lachen, zu scherzen, sich rühren zu lassen, ohne sich dabei eine Blöße zu geben. Sie besitzt dann das erforderliche Feingefühl, um bei einem Manne alle Saiten der Empfindsamkeit anzuschlagen und auf die Klänge zu horchen, die sie ihnen entlockt. Ihr Schweigen ist ebenso gefährlich wie ihr Sprechen. Ihr erratet niemals, ob die Frau in diesem Alter offen oder falsch ist, ob sie spielt oder ob sie aufrichtig in ihrem Geständnis ist. Erst gewährt sie euch das Recht, mit ihr zu kämpfen; dann bricht sie plötzlich den Kampf ab, mit einem Wort, einem Blick, einer Handbewegung, deren Macht ihr wohlbekannt ist, sie läßt euch allein, im Besitze eures Geheimnisses, sie hat es in der Hand, euch mit einem Spottwort zu opfern oder sich um euch zu bekümmern, gleichermaßen von ihrer eigenen Schwachheit wie von eurer Stärke beschützt. Obwohl die Marquise sich bei diesem ersten Besuch auf dieses neutrale Gebiet begab, verstand sie es, dabei ihre hohe Frauenwürde zu behaupten. Wie eine leichte Wolke, welche die Sonne nur unvollkommen verdeckt, umkreiste ihr geheimes Leid ständig ihre geheuchelte Heiterkeit. Vandenesse ging, nachdem er während dieser Unterhaltung unbekannte Wonnen erfahren hatte; aber er war überzeugt, daß die Marquise zu den Frauen gehörte, deren Eroberung zu teuer zu stehen kommt, als daß man es wagen könnte, sie zu lieben.

›Das würde‹, so sagte er sich beim Fortgehen, ›Gefühl auf weite Sicht bedeuten, einen Briefwechsel, der selbst einen ehrgeizigen stellvertretenden Bürovorsteher ermüden müßte! Wenn ich freilich wollte . . .‹ Dieses verhängnisvolle ›Wenn ich freilich wollte‹ hat eigensinnige Köpfe immer von Sinnen gebracht. In Frankreich führt die Eigenliebe zur Leidenschaft. Bei einem zweiten Besuch bei Frau d'Aiglemont glaubte Charles zu bemerken, daß sie Gefallen an seiner Unterhaltung fand. Anstatt sich dem Glücksgefühl der Liebe spontan zu überlassen, wollte er vorerst eine Doppelrolle spielen. Er versuchte sich leidenschaftlich zu geben, sodann kaltblütig den Fortgang dieser Liebesaffäre zu analysieren, das heißt, Liebhaber und Diplomat zu sein; aber er war großherzig und jung, diese Prüfung mußte ihn in eine grenzenlose Liebe stürzen, denn die Marquise – mochte sie arglistig oder aufrichtig sein – war stets stärker als er. Jedesmal, wenn Charles von Frau d'Aiglemont fortging, beharrte er in seinem Mißtrauen und unterzog die fortschreitenden Stadien, die seine Seele durchmachte, einer strengen Kritik, die seine eigenen Gefühle ertötete.

›Heute‹, so sagte er sich beim dritten Besuch, ›hat sie mir zu verstehen gegeben, daß sie sehr unglücklich und allein im Leben war, daß sie, wenn nicht ihre Tochter wäre, sehnlichst den Tod herbeiwünschen würde. Sie war höchst resigniert. Ich bin doch weder ihr Bruder noch ihr Beichtvater, warum also hat sie mir ihren Kummer anvertraut? Sie liebt mich.«

Zwei Tage später, wieder beim Weggang, wandte er sich heftig gegen die moderne Gesittung.

›Die Liebe nimmt die Farbe eines jeden Jahrhunderts an. Im Jahre 1822 ist sie doktrinär. Anstatt sie, wie früher, mit Tatsachen zu beweisen, debattiert, schreibt man über sie, redet über sie von der Tribüne herab. Drei Möglichkeiten stehen den Frauen in dieser Beziehung zu Gebote: Einmal stellen sie unsere Leidenschaft in Frage, bestreiten, daß wir ebenso zu lieben vermöchten wie sie selber. Koketterie ist das! Die Marquise hat mich tatsächlich heute abend herausgefordert. Zum anderen stellen sie sich sehr unglücklich, um unseren angeborenen Edelmut oder unsere Eigenliebe aufzureizen. Schmeichelt es nicht jedem jungen Manne, wenn er einem großen Mißgeschick Trost zusprechen kann? Schließlich sind sie von der Sucht befallen, für jungfräulich zu gelten. Sie mußte wirklich meinen, ich hielte sie für völlig unberührt. Meine Vertrauensseligkeit könnte mich da in eine schöne Falle locken.‹

Eines Tages aber, nachdem er sein Mißtrauen nach allen Seiten hin zu rechtfertigen gesucht hatte, fragte er sich, ob die Marquise nicht doch aufrichtig wäre, warum sie wohl so viel Entsagung vorspielen sollte, wenn so viele Leiden nur vorgetäuscht sein könnten? Sie lebte in tiefer Einsamkeit, sie verzehrte sich im geheimen in einem Kummer, den man kaum aus einem mehr oder weniger nachdrücklichen Gefühlswort herauslesen konnte. Von diesem Augenblick an begann Charles sich lebhaft für Frau d'Aiglemont zu interessieren. Indessen, als Vandenesse erneut zu einem Beisammensein ging, das ihnen beiden unentbehrliche Gewohnheit geworden war – eine Stunde, die sie sich gleichsam instinktivhaft aufsparten –, hielt er seine Geliebte immer noch eher für arglistig denn für aufrichtig, und sein letztes Wort war: »Diese Frau ist entschieden äußerst schlau.« Er trat ins Zimmer, sah die Marquise in ihrer Lieblingshaltung, einer Haltung voller Schwermut; ohne eine Bewegung zu machen, hob sie die Augen zu ihm auf und warf ihm einen jener vollen Blicke zu, die einem Lächeln ähneln. Frau d'Aiglemont strahlte Vertrauen aus, wahre Freundschaft, aber keine Liebe. Charles setzte sich, er konnte nicht sprechen. Ihn erregte eine jener Empfindungen, die man nicht in Worte fassen kann.

»Was haben Sie?« fragte sie mit weicher Stimme.

»Nichts – oder doch«, erwiderte er, »ich denke an etwas, worüber Sie sich noch gar keine Gedanken gemacht haben.«

»Und das ist?«

»Ja . . . der Kongreß ist vorüber.«

»Ach«, meinte sie, »Sie mußten also zum Kongreß fahren?«

Eine unumwundene Antwort wäre die beredteste und rücksichtsvollste aller Erklärungen gewesen; aber Charles gab sie nicht. Auf Frau d'Aiglemonts Gesicht lag eine freundschaftliche Treuherzigkeit, die alle eitlen Spekulationen, alle von der Liebe eingeflößten Hoffnungen, allen diplomatischen Argwohn zuschanden machte, sie wußte nicht oder schien nicht im entferntesten zu wissen, daß sie geliebt wurde. Als Charles sich von seiner Verwirrung erholt hatte, mußte er sich gestehen, daß er weder etwas getan noch etwas gesagt hatte, was die Frau zu dieser Annahme berechtigte. An diesem Abend fand Herr von Vandenesse die Marquise so, wie sie immer war: schlicht und herzlich, aufrichtig in ihrem Schmerz, erfreut darüber, einen Freund zu haben, stolz darauf, eine Seele zu finden, die die ihre verstünde. Weiter ging sie nicht. Sie war nicht der Meinung, daß eine Frau sich zweimal betören lassen könnte; aber sie hatte die Liebe kennengelernt, und die blutete noch tief in ihrem Herzen. Sie bildete sich nicht ein, daß das Glück seine Wonnetaumel einer Frau zweimal zu schenken vermöchte, denn sie glaubte nicht nur an den Geist, sondern auch an die Seele; und für sie war die Liebe keine Verführung, vielmehr schloß sie alle edlen Verführungen ein. In diesem Augenblick wurde Charles wieder zum jungen Mann, er wurde von einem so herrlich strahlenden Charakter bezwungen und wollte alle Geheimnisse dieses Lebens kennenlernen, das eher ein zufälliges Geschick als eine Schuld mürbe gemacht hatte. Nur einen stummen Blick heftete Frau d'Aiglemont auf ihren Freund, als sie vernahm, daß er sie über das Ausmaß des Kummers ausforschen wollte, der in ihre Schönheit noch allen Zauber der Schwermut senkte; aber dieser tiefgehende Blick war wie das Siegel eines feierlichen Abkommens.

»Stellen Sie mir keine solchen Fragen mehr!« entgegnete sie dann. »Genau heute vor drei Jahren starb der, der mich liebte, der einzige Mann, für dessen Glück ich sogar meine Selbstachtung zum Opfer gebracht hätte; er starb, um meine Ehre zu retten. Diese Liebe ging dahin, jung, rein, voller Illusionen. Ehe ich mich einer Leidenschaft ergeben konnte, in die mich ein beispielloses Verhängnis trieb, war ich von dem betört worden, was so viele junge Mädchen zugrunde richtet, von einem unbedeutenden, aber äußerlich ansehnlichen Mann. Die Ehe entblätterte meine Hoffnungen eine nach der andern. Heute habe ich das gesetzliche Glück und jenes Glück, das man strafbar nennt, verloren, ohne das Glück kennengelernt zu haben. Nichts bleibt mir mehr. Wenn ich schon nicht zu sterben verstand, so muß ich wenigstens meiner Erinnerung treu bleiben.«

Sie weinte nicht bei diesen Worten, sie senkte nur die Augen und bog die Finger, die sie gewohnheitsmäßig übereinandergelegt hatte, fast schmerzhaft zusammen. Das alles wurde ganz schlicht gesagt, aber im Ton ihrer Stimme schwang eine Hoffnungslosigkeit, die ebenso tief war, wie es ihre Liebe zu sein schien; sie ließ Charles keine Hoffnung. Dieses grauenvolle Dasein, in drei Sätze gebannt und durch ein Händeringen widergespiegelt, dieses machtvolle Leid in einer zarten Frau, dieser gähnende Abgrund hinter einer schönen Stirn, dazu die

Schwermut, die Tränen einer dreijährigen Trauer, all das bezauberte Vandenesse, er schwieg und kam sich klein vor im Angesicht dieser großen, stolzen Frau: Er sah nicht mehr die vortrefflichen, vollendeten Reize, er sah nur noch die so unsagbar empfindsame Seele. Endlich fand er das ideale Wesen, das sich alle die in ihrer Phantasie erträumen und das alle die kraftvoll herbeirufen, welche ihr Leben auf eine Leidenschaft gründen, sie voller Inbrunst suchen und oftmals sterben, ohne daß sie alle diese ersehnten Schätze genießen konnten.

Als Charles diese Sprache vernahm, im Angesicht solch erhabener Schönheit, begriff er die Enge seiner Anschauungen. Der Worte nicht mächtig, die dieser ebenso schlichten wie ergreifenden Szene gerecht würden, antwortete er mit allgemeinen Redensarten über das Schicksal der Frau.

»Gnädige Frau, man muß seine Schmerzen vergessen können oder sich selbst das Grab schaufeln«, meinte er.

Aber der Verstand muß in Gegenwart des Gefühls immer jämmerlich erscheinen; ersterer hat natürliche Grenzen wie alles, was wirklich ist, letzteres ist unbegrenzt. Mit dem Verstande hantieren, wo es gilt zu fühlen, ist unbedeutenden Gemütern eigen. Vandenesse schwieg also, betrachtete Frau d'Aiglemont eine lange Weile und ging dann. Den bislang ungekannten Vorstellungen, die die Frau auf einen Sockel hoben, völlig ausgeliefert, glich er einem Maler, dem anfangs die alltäglichen Modelle seines Ateliers als typisch galten und der plötzlich die Mnemosyne des Museums entdecken sollte, die schönste und am wenigsten geschätzte aller antiken Statuen. Charles war leidenschaftlich verliebt. Er liebte Frau d'Aiglemont mit jener jugendlichen Aufrichtigkeit, mit jener Inbrunst, die den ersten Regungen der Leidenschaft eine unaussprechliche Anmut verleiht, eine Reinheit, die der Mann, wenn er später nochmals liebt, nur trümmerhaft wiederfindet. Solche wundervolle Liebe wird von den Frauen, die sie entfachen, fast immer voller Wonne ausgekostet, denn in dem herrlichen Alter von dreißig Jahren, dem zauberhaften Gipfel im Frauenleben, können sie den ganzen Weg ihres Lebens überschauen und ebensowohl in die Vergangenheit wie in die Zukunft sehen. Die Frauen kennen alsdann den ganzen Preis der Liebe und laben sich an ihr in der Furcht, sie zu verlieren: Ihre Seele ist dann noch schön von der fliehenden Jugend, und ihre Leidenschaft wird tiefer unter dem Druck einer schreckenden Zukunft. ›Ich liebe‹, sagte sich Vandenesse diesmal, als er die Marquise verließ, ›und zu meinem Unglück finde ich eine Frau, die durch Erinnerungen gebunden ist. Der Kampf ist schwer gegen einen Toten, der nicht mehr da ist, der keine Torheiten begeht, niemals Verdruß erregt und von dem man nur die Vorzüge kennt. Heißt es nicht die Vollkommenheit entthronen wollen, wenn man versucht, den Zauber der Erinnerung und die Hoffnungen zu zerstören, die von einem verlorenen Geliebten zurückbleiben, gerade weil er nur stetes Sehnen wachgerufen hat – wenn man alles zerstören wollte, was die Liebe an Herrlichstem, an Verführerischstem hat?‹

Diese düstere Überlegung, die der Mutlosigkeit und der Angst vor dem Mißerfolg entsprang – so beginnen alle wahren Leidenschaften –, war die letzte Aufgabe, die ihm seine schwindende Diplomatie stellte. Von nun an hatte er keine hemmenden Gedanken mehr, wurde er Spielball seiner Liebe und verlor sich in die bescheidenen Winzigkeiten jenes unerklärbaren Glücksgefühls, das sich durch ein Wort, durch ein Schweigen, durch eine unsichere Hoffnung am Leben erhält. Er wollte platonisch lieben, kam Tag für Tag, um die Luft zu atmen, die Frau d'Aiglemont atmete, nistete sich fast in ihrem Hause ein und begleitete sie überall unter dem Zwang einer Leidenschaft, die ihren Egoismus mit der unbedingtesten Ergebenheit verschmilzt. Die Liebe hat ihren Instinkt, sie weiß den Weg zum Herzen zu finden, so wie der schwächlichste Käfer in unwiderstehlichem Drange und ohne jegliche Furcht zu seinem Blütenkelche läuft. So ist auch, wenn ein Gefühl wahr ist, sein Schicksal nicht zweifelhaft. Wird nicht eine Frau in alle Ängste des Schreckens geworfen, wenn sie denken muß, daß ihr Leben von der mehr oder weniger großen Wahrhaftigkeit, Kraft und Beständigkeit abhängt, die ihr Geliebter seinen Wünschen verleiht? Einer Frau, einer Gattin, einer Mutter ist es somit unmöglich, sich gegen die Liebe eines jungen Mannes zu wehren; das einzige, was in ihrer Macht steht, ist: ihn in dem Augenblicke nicht mehr wiederzusehen, da sie das Herzensgeheimnis errät – und das errät eine Frau immer. Jedoch ein solcher Entschluß ist wohl zu entscheidungsvoll, als daß eine Frau ihn in einem Alter fassen könnte, wo die Ehe eine Bürde, langweilig ist und müde macht, wo die eheliche Zärtlichkeit mehr als lau ist – sofern sich der Mann nicht schon völlig ihrer enthält. Sind die Frauen häßlich, schmeichelt ihnen eine Liebe, die sie schön macht; sind sie jung und liebreizend, muß der Reiz ihren eigenen Reizen ebenbürtig sein, und dann ist er gewaltig; sind sie tugendhaft, dann wird ein irdisch schönes Gefühl bewirken, daß gerade die Größe der Opfer, die sie ihrem

Geliebten bringen, und der Glorienschein, den sie sich in diesem schweren Ringen schaffen, sie von jeglicher Schuld freisprechen. Überall Fallstricke. Daher vermag gegen so mächtige Versuchungen keine Belehrung etwas auszurichten. Die Abgeschlossenheit, die ehemals der griechischen und orientalischen Frau anbefohlen wurde und die heute in England in Mode kommt, ist der einzige Schutz für die Familienmoral; aber unter der Herrschaft eines solchen Systems verkümmern die Annehmlichkeiten der Welt: Weder gesellschaftliches Leben noch weltmännische Lebensart, noch feine Gesittung sind dann möglich. Die Völker werden zu wählen haben.

So fand Frau d'Aiglemont einige Monate nach ihrer ersten Begegnung ihr Leben mit dem Vandenesses aufs engste verknüpft; ohne allzu betroffen zu sein, beinahe mit einem gewissen Behagen, verwunderte sie sich darüber, daß sie seine Neigungen und Gedanken teilte. Hatte sie Vandenesses Anschauungen zu den ihrigen gemacht, oder hatte Vandenesse ihren leisesten Launen nachgegeben? Sie prüfte sich nicht. Schon vom Strome der Leidenschaft erfaßt, sagte sich diese bewunderns-werte Frau mit der trügerischen Arglosigkeit der Angst: »Nein, nein, ich bleibe dem treu, der für mich starb.«

Pascal hat einmal gesagt: An Gott zweifeln heißt an ihn glauben. Auf ähnliche Weise kann man sagen: Eine Frau wehrt sich erst, wenn sie schon erobert ist. An dem Tage, wo die Marquise sich eingestand, daß sie geliebt wurde, war es ihr, als triebe sie zwischen tausend widerstreitenden Gefühlen hin und her. Die abergläubische Angst der Erfahrung kam zu Wort. Würde sie glücklich sein? Würde sie außerhalb der Gesetze, auf denen die

Gesellschaft – zu Recht oder zu Unrecht – ihre Moral aufbaut, das Glück finden können? Bislang hatte ihr das Leben nichts als Bitternis hingeschüttet. Ließen sich die Bande, die zwei von der gesellschaftlichen Sitte getrennte Wesen vereinen, in glücklicher Weise zusammenknüpfen? Wird jedoch nicht auch das Glück immer allzu teuer bezahlt? Und dieses so heißbegehrte Glück, das zu erlangen ihr gutes Recht war – vielleicht würde sie es doch am Ende finden können! Die Wißbegier verficht immer die Sache der Liebenden. Gerade als die Marquise diese geheimen Betrachtungen anstellte, kam Vandenesse. Seine Gegenwart verscheuchte das unirdische Gespenst des Verstandes. Wenn das die Stufen der Wandlung sind, die ein bei einem jungen Manne und einer dreißigjährigen Frau gleich rasches Gefühl durchschreitet, dann gibt es einen Augenblick, wo alle Vernunftschlüsse untergehen in einem einzigen, in einer letzten Erwägung, die in einen Wunsch mündet und diesen bekräftigt. Je länger der Widerstand war, um so mächtiger ist dann die Stimme der Liebe. Hier endet denn jener Unterricht oder vielmehr jene Studie am ›Muskelmodell‹ – wenn man der Malerei einen ihrer hübschesten Ausdrücke entlehnen darf; denn diese Erörterung erklärt eher die Gefahren und den Mechanismus der Liebe, als daß sie die Liebe malt. Von nun an jedoch trug jeder Tag Farbe um Farbe auf die Muskelfigur auf, umkleidete sie mit dem Liebreiz der Jugend, erneuerte ihre Fleischpartien, gab ihren Bewegungen neues Leben, verlieh ihr den Glanz, die Schönheit, den betörenden Zauber des Gefühls und die Reize wirklichen Lebens. Charles fand Frau d'Aiglemont in Gedanken versunken; und als er in jenem warmen Ton, den die holden Zauberkünste des Herzens beredsam machen, zu ihr sagte: »Was haben Sie?«, da hütete sie sich wohl zu antworten. Diese köstliche Frage verriet ein völliges Einssein ihrer Herzen; und mit dem wundervollen Instinkt der Frau spürte die Marquise, daß eine Klage oder eine Äußerung über ihren Seelenkummer irgendwie ein Entgegenkommen bedeuten mußte. Wenn schon jedes ihrer Worte einen Sinn hatte, den sie alle beide gar wohl verstanden, in welchen Abgrund mußte sie da nicht ihren Fuß setzen? Mit lichtvollem, scharfem Blick las sie in sich selbst, schwieg, und Vandenesse teilte ihr Schweigen.

»Ich leide«, sagte sie schließlich, erschreckt von der Bedeutungsschwere eines Augenblicks, wo die Ohnmacht der Rede völlig von der Sprache der Augen überdeckt wurde.

»Gnädige Frau«, antwortete Charles mit warmer, aber heftig bewegter Stimme, »Seele und Körper, eins ist ans andere gekettet. Wenn Sie glücklich wären, dann wären Sie auch jung und blühend. Weshalb wehren Sie sich dagegen, von der Liebe alles das zu fordern, worum die Liebe Sie gebracht hat? Sie glauben, das Leben sei zu Ende gerade in dem Augenblick, wo es für Sie beginnt. Vertrauen Sie sich der Obhut und den Diensten eines Freundes an! Es ist so süß, geliebt zu werden!«

»Ich bin schon alt«, sagte sie, »ich würde doch durch nichts entschuldigt werden, wenn ich nicht weiterlitte wie bisher. Übrigens, Sie meinen, man müsse lieben? Nun wohl, ich muß es nicht, ich kann es nicht. Außer Ihnen, dessen Freundschaft meinem Leben einige süße Erquickung bringt, gefällt mir niemand, vermöchte niemand meine Erinnerungen auszulöschen. Wenn ich schon einen Freund hinnehme – einen Liebhaber muß ich abweisen. Und würde es denn von rechter Großmut zeugen, wenn ich ein welkes Herz gegen ein junges eintauschen wollte; wenn ich Illusionen entgegennähme, die ich nicht mehr teilen kann; wenn ich einem Glück Raum gäbe, an das ich nicht glauben möchte oder das zu verlieren ich dauernd Angst hätte? Die Ergebenheit eines Liebhabers würde ich vielleicht mit Selbstsucht vergelten, ich würde vernünfteln, während er fühlte; meine Erinnerung würde seinen lebhaft empfundenen Freuden nur Kränkung sein. Nein, sehen Sie, eine erste Liebe läßt sich niemals ersetzen. Schließlich, welcher Mann würde um solchen Preis mein Herz wollen?«

Diese Worte, in denen eine furchtbare Koketterie lag, waren der letzte Versuch der Klugheit. – ›Wenn er den Mut verliert, nun gut, dann werde ich allein und meiner Erinnerung treu bleiben.‹ Dieser Gedanke kam der Frau und wurde für sie, was der allzu dünne Weidenzweig für den Schwimmer ist, der nach ihm greift, ehe er von der Strömung fortgetragen wird. Als Vandenesse den Urteilsspruch der Marquise vernahm, lief ein unwillkürliches Zittern durch seinen Körper, und das wirkte auf ihr Herz gewaltiger, als es alle seine hartnäckigen Werbungen vermocht hatten. Werden die Frauen nicht dann am meisten ergriffen, wenn sie in uns anmutsvolles Zartgefühl entdecken, erlesene Gefühle, die den ihren gleichen? Denn bei ihnen gelten Anmut und Zartsinn als die Kennzeichen des ›Wahren‹. Charles' Gebärde verriet eine wahre Liebe. Frau d'Aiglemont ermaß die Stärke von Vandenesses Zuneigung an der Stärke seines Schmerzes. Der junge Mann erwiderte kühl: »Vielleicht haben Sie recht. Neue Liebe, neues Leid.« Dann wechselte er das Thema und sprach von belanglosen Dingen, aber er war sichtbar ergriffen, blickte Frau d'Aiglemont mit gesammelter Aufmerksamkeit an, als sähe er sie zum letztenmal. Schließlich ging er, indem er bewegt sagte: »Leben Sie wohl, gnädige Frau!«

»Auf Wiedersehen«, entgegnete sie mit jener feinen Koketterie, deren Geheimnis nur auserwählte Frauen kennen. Er antwortete nichts und ging fort.

Als Charles nicht mehr da war, als sein leerer Stuhl für ihn redete, hatte sie tausend Gewissensbisse und gab sich schuld. Bei einer Frau macht die Liebe gerade in dem Augenblick gewaltige Fortschritte, wenn sie meint, wenig großmütig gehandelt oder ein edles Herz verletzt zu haben. Niemals darf man in der Liebe vor schlimmen Stimmungen zurückschrecken, sie sind sehr heilsam; die Frauen können nur der Macht der Tugend nicht widerstehen. ›Der Weg zur Hölle ist mit guten Vorsätzen gepflastert‹, das ist kein Paradoxon des Predigers. Mehrere Tage ließ sich Vandenesse nicht sehen. Jeden Abend, zur gewohnten Stunde ihres Beisammenseins, wartete die Marquise mit reuiger Ungeduld auf ihn. Ihm zu schreiben hieße ihm ein Geständnis machen; im übrigen sagte ihr ihr Instinkt, er werde wiederkommen. Am sechsten Tage meldete ihn ihr Kammerdiener. Niemals hatte sie seinen Namen mit größerer Freude vernommen. Ihr Jubel erschreckte sie.

»Sie haben mich sehr bestraft«, empfing sie ihn.

Vandenesse blickte sie entgeistert an.

»Bestraft!« wiederholte er. »Wieso?«

Wohl verstand Charles die Marquise; aber er wollte sich für die Qualen rächen, denen er von dem Augenblicke an zum Opfer gefallen war, da sie diese erriet.

»Warum haben Sie mich nicht besucht?« fragte sie lächelnd.

»Sie haben also niemanden empfangen?« fragte er zurück, um nicht eine direkte Antwort geben zu müssen.

»Herr von Ronquerolles und Herr von Marsay, der kleine Esgrignon, waren hier, der eine gestern, der andere heute früh, etwa zwei Stunden. Auch Frau Firmiani und Ihre Frau Schwester, Frau von Listomère, habe ich, soweit ich mich erinnere, bei mir gesehen.«

Neue Pein! Qualen, die diejenigen nicht begreifen können, welche nicht mit jenem zupackenden, wilden Despotismus lieben, der beim geringsten Anlaß zur ungeheuerlichen Eifersucht wird, zur unablässigen Sucht, das geliebte Wesen jedem der Liebe abträglichen Einfluß zu entziehen.

›Wie!‹ sagte Vandenesse zu sich selber, ›sie hat Gäste empfangen, zufriedene Menschen gesehen, hat mit ihnen geplaudert, währenddem ich mich von allem fernhielt und unglücklich war!‹

Er verschloß seinen Kummer und versenkte seine Liebe in die Tiefe der Seele, so wie man einen Sarg ins Meer senkt. Er konnte seine Gedanken nicht aussprechen; sie hatten die Schnelligkeit von Säuren, die im Verdunsten töten. Indessen, seine Stirn umwölkte sich, und Frau d'Aiglemont gehorchte nur ihrem Fraueninstinkt, indem sie diese Traurigkeit – ohne sie freilich zu begreifen – teilte. Sie fühlte sich nicht schuldig an dem Kummer, den sie verursachte, und dies spürte Vandenesse. Er sprach von seiner Stimmung und von seiner Eifersucht, als wenn das eine jener Hypothesen wäre, die Liebende gern erörtern. Die Marquise verstand alles, und es griff ihr so heftig ans Herz, daß sie ihre Tränen nicht zurückhalten konnte. Von dieser Stunde an traten sie in den Himmel der Liebe ein. Himmel und Hölle sind zwei erhabene Dichtungen, die die beiden einzigen Punkte, um die unser Dasein kreist, versinnbildlichen: die Freude und das Leid. Ist nicht der Himmel immer, wird er nicht immer sein ein Abbild des Unendlichen in unseren Gefühlen, das, weil das Glück ein Ganzes ist, immer nur in seinen einzelnen Phasen besungen werden kann? Und stellt nicht die Hölle die unsäglichen Folterqualen unseres Leids dar, aus denen wir ein Dichtwerk schaffen können, weil sie alle so verschiedenartig sind?

Eines Abends waren die beiden Liebenden allein, sie saßen nebeneinander, in Schweigen gehüllt, und betrachteten sinnend eine der wundervollsten Phasen des Firmaments, einen makellosen Himmel, über den die letzten Strahlen der Sonne zarte Funken von Gold und Purpur streuten. Zu solcher Tageszeit ruft wohl das langsame Verschwimmen des Lichts zärtliche Gefühle wach; unsere Leidenschaften geraten in sanfte Schwingungen, und wir schlürfen inmitten der Stille irgendeine gärende Unruhe ein. Indem die Natur uns das Glück in nebelhaften Bildern zeigt, fordert sie uns auf, es zu ergreifen, wenn es nahe ist, oder sie läßt uns Trauer empfinden, wenn es entflohen ist. In solchen wonneträchtigen Augenblicken, unter solchem schimmernden Lichtdom, dessen weiche Harmonien sich mit geheimem Begehren paaren, kann man nur mit Mühe der Sehnsucht des Herzens widerstehen; sie entfaltet alsdann ihre Zauberkräfte, der Kummer stumpft ab, die Freude macht trunken, das Leid beugt nieder. Die Prachtgewänder des Abends rufen Geständnisse wach und ermuntern sie. Das Schweigen wird gefährlicher als das

Reden, es legt die ganze Macht des unendlichen Himmels in die Augen, in ihnen spiegelt sie sich wieder. Wenn man spricht, ist das geringste Wort von unwiderstehlicher Gewalt. Ist da nicht Licht in der Stimme, Purpurglanz im Blick? Ist nicht der Himmel gleichsam in uns, oder dünken wir uns nicht im Himmel? Indessen, Vandenesse und Juliette – so ließ sie sich seit einigen Tagen vertraulich nennen von dem, den sie ihrerseits gern Charles nannte –, beide redeten, doch der anfängliche Gegenstand ihres Gesprächs war ihnen weit entrückt; und wenn sie auch nicht mehr den Sinn ihrer Worte verstanden, so erlauschten sie mit Entzücken die geheimen Gedanken, die sie verbargen. Die Hand der Marquise lag in Vandenesses Hand, sie überließ sie ihm, ohne daß sie dies als eine besondere Gunst ansah.

Sie beugten sich zueinander, um eine jener hoheitsvollen Landschaften zu betrachten, deren Schneefelder, Gletscher und graue Schatten die Wände bizarrer Berge färbten; eins jener Gemälde, dessen rote Flammenfarben und schwarze Töne in schroffen Gegensätzen die Himmelsweiten mit einem unnachahmlichen flüchtigen Zauber erfüllen; prächtige Tücher, aus denen sich die Sonne neugeboren herauswickelt, herrliches Leichentuch, in das sie sich sterbend hüllt. In diesem Augenblick streifte Juliettes Haar Vandenesses Wange; sie spürte die leichte Berührung, sie erschauerte tief, er jedoch noch mehr. Beide waren sie nämlich Stufe um Stufe in eins jener unerklärlichen entscheidenden Stadien getreten, wo die Stille den Sinnen eine überaus feine Wahrnehmungsfähigkeit mitteilt; dann läßt die leiseste Erschütterung Tränen hervorquellen und die Trauer überfließen, wenn das Herz in Schwermut versunken ist, oder sie verursacht unaussprechliche Wonnen, wenn das Herz im Liebestaumel zu ersticken droht. Fast unbewußt preßte Juliette die Hand ihres Freundes. Dieser beredsame Druck ermutigte den zaghaften Liebhaber. Die Seligkeit des Augenblicks und die Hoffnungen für die Zukunft, alles schmolz zusammen in einer Regung, einer ersten Zärtlichkeit, dem keuschen, sittsamen Kuß, den Frau d'Aiglemont sich auf die Wange geben ließ. Je kleiner die Gunst war, um so mächtiger, um so gefährlicher wurde sie. Zu ihrer beider Unglück gab es zwischen ihnen weder Trug noch Verstellung. Es war das Verstehen zweier schöner Seelen, die von allem, was da Gesetz ist, auseinandergerissen, von allem jedoch, was da Verführung in der Natur ist, zueinandergeführt wurden. In diesem Augenblick trat General d'Aiglemont ein.

»Das Ministerium ist umgebildet«, rief er. »Ihr Onkel gehört dem neuen Kabinett an. Sie haben also die besten Aussichten, Gesandter zu werden, Vandenesse.«

Charles und Julie sahen einander an und erröteten. Diese beiderseitige Schamhaftigkeit verband sie noch mehr miteinander. Beide hatten sie den gleichen Gedanken, die gleichen Gewissensbisse: Es war ein Band, das zwischen zwei Räubern, die eben einen Menschen getötet haben, nicht furchtbarer, nicht stärker sein kann als zwischen zwei Liebenden, die sich eines Kusses schuldig gemacht haben. Der Marquis wartete noch auf Antwort.

»Ich will Paris nicht mehr verlassen«, sagte Charles von Vandenesse.

»Wir wissen schon, warum«, versetzte der General mit der Schläue eines Menschen, der ein Geheimnis entdeckt. »Sie wollen Ihrem Onkel nicht von der Seite weichen, um sich zum Erben seiner Pairschaft machen zu lassen.«

Die Marquise flüchtete auf ihr Zimmer und sprach über ihren Gatten das schreckliche Wort: »Er ist auch gar zu dumm!«

IV
DER FINGER GOTTES

ZWISCHEN DEM ITALIENISCHEN TOR UND DEM Tor de la Santé, auf dem inneren Boulevard, der zum Jardin-des-Plantes führt, gibt es einen Ausblick, der den Künstler wie auch den mit genußreichem Schauen übersättigten Reisenden in helles Entzücken versetzen muß. Wenn man eine leichte Höhe gewinnt, von der aus der von hohen, dichtbelaubten Bäumen beschattete Boulevard mit der Anmut einer stillen, grünen Waldstraße herabsteigt, sieht man vor sich zu Füßen ein tiefes Tal liegen, das mit fast ländlichen Fabriken besetzt, mit spärlichem Grün durchzogen ist und von den braunen Wassern der Bièvre und des Gobelinflüßchens durchströmt wird. Auf dem gegenüberliegenden Hang drängen sich einige tausend Dächer wie die Köpfe einer Menschenmenge zusammen, sie verbergen das Elend des Faubourg Saint-Marceau. Die großartige Kuppel des Pantheons, der fahle, schwermütige Dom des Val-de-Grâce ragen gebieterisch über eine ganze amphitheatralisch angelegte Stadt empor, deren Stufen sich durch winkelige Gassen seltsam abzeichnen. Von unserer Stelle aus scheinen die beiden Bauwerke riesenhafte Dimensionen anzunehmen; sie erdrücken die baufälligen Wohnhäuser wie die höchsten Pappeln im Tal.

Zur Linken taucht wie ein düsteres, fleischloses Gespenst die Sternwarte auf, durch deren Fenster und Galerien das Licht in unerklärlichen Phantasiegebilden dringt. Weiter in der Ferne, zwischen den weißblauen wuchtigen Mauern des Palais du Luxembourg und den grauen Türmen der Kirche von Saint-Sulpice, funkelt die schmucke Haube des Hôtel des Invalides. Von jener Stelle aus gesehen, gehen die Umrisse der Bauten im Blattwerk, im Schatten unter und verschwimmen unter einem eigenwilligen Himmel, der unaufhörlich Farbe, Licht und Gestalt wechselt. Weit hinten ragen die Gebäude hoch in die Lüfte, ringsherum schlängeln sich wogende Baumreihen, ländliche Wege dahin. Zur Rechten, durch einen breiten Ausschnitt in dieser eigentümlichen Landschaft hindurch, gewahrt man das lange, weiße Tuch des Sankt-Martin-Kanals in seiner Einfassung von rötlichem Gestein, im Schmucke seiner Linden; ihn begrenzen die wahrhaft römischen Bauwerke der reichen Getreidespeicher. Dort, ganz im Hintergrund, verschwimmen die unregelmäßigen dunstigen Höhen von Belleville mit ihrer Fülle von Häusern und Mühlen in bizarren Wolkenfiguren. Und doch liegt da eine Stadt, die man nicht sieht, dort zwischen der den Talgrund säumenden Dächerreihe und jenem Horizont, der wie eine dämmerhafte Kindheitserinnerung ist; eine riesenhafte Stadt, wie in einem Abgrund versunken zwischen den Dachspitzen des Hospitals und den Wipfeln des Ostfriedhofs, zwischen Krankheit und Tod. Sie läßt ein dumpfes Brausen hören, das dem Rauschen des Ozeans gleicht, welcher hinter einer Felswand grollt, als wollte er sagen: »Hier bin ich.« Wenn die Sonne ihre Lichtbogen über dieses Antlitz von Paris schüttet; wenn sie seine Konturen veredelt, fließen läßt; wenn sie sich in den glühenden Fensterscheiben spiegelt, die Dachziegel in freundliches Licht taucht, die goldenen Kreuze in Flammen setzt, die Mauern mit Weißglut belegt und durch die Lüfte einen Dunstschleier zieht; wenn sie üppige Gegenfarben zu den bizarren Schatten erzeugt; wenn der Himmel in Azurblau erstrahlt und die Erde erschauert; wenn die Glocken reden – dann könnt ihr von hier vorn eins jener sprechenden Märchenbilder bewundern, die die Phantasie nie mehr vergißt, in die ihr euch närrisch verliebt wie in ein wundervolles Panorama von Neapel, von Stambul oder Florida. Kein Ton fehlt diesen Harmonien. Da raunt der Lärm der geschäftigen Welt und der zauberische Frieden der Einsamkeit, die Stimme von Millionen Geschöpfen und die Stimme Gottes. Da liegt eine Weltstadt, zu Füßen der friedlichen Zypressen des Père-Lachaise.

An einem Frühlingsmorgen, gerade als die Sonne alle Schönheiten der Landschaft aufschimmern ließ, war ich in Bewunderung versunken, ich lehnte an einer starken Ulme, die dem Winde ihre gelben Blüten bot. Dann, beim Anblick dieser üppigen, erhabenen Bilder, dachte ich voller Bitterkeit daran, welche Verachtung wir doch, sogar in unseren Büchern, für unser heutiges Vaterland bekunden. Ich verwünschte die armseligen Reichen, die, unseres herrlichen Frankreich überdrüssig, sich um feiles Gold das Recht erkaufen wollen, mit Geringschätzung auf ihr Heimatland herabzusehen und die Landstriche jenes so alltäglich gewordenen Italien durchjagen und durch ein Lorgnon betrachten. Voller Zärtlichkeit sah ich auf das moderne Paris, ich träumte, als plötzlich das Geräusch eines Kusses meine Einsamkeit störte und alles Denken und Grübeln davonscheuchte. Jenseits der Gobelinbrücke, in der Seitenallee, die oben auf dem jähen Hang über den zitternden Wassern dahinläuft, erblickte ich eine Frau, die mir noch recht jung schien: sie war mit schlichter Eleganz gekleidet, auf ihrem zarten Gesicht schien sich die glückliche Heiterkeit der Landschaft widerzuspiegeln. Ein schöner junger Mann stellte gerade den hübschesten kleinen Buben, den man sich vorstellen kann, auf die Erde nieder, so daß ich niemals erfahren habe, ob der Kuß auf die Wange der Mutter oder die des Kindes gegeben wurde. Aus Auge, Gebärde und Lächeln der beiden jungen Menschen leuchtete eine gleiche innige und rege Sinnesart. Fröhlich und lebhaft hatten sie ihre Arme ineinandergehakt und schmiegten sich in einer wundervoll aufeinander abgestimmten Regung aneinander, so daß sie in ihrer Versunkenheit meine Gegenwart gar nicht bemerkten. Aber ein anderes Kind, das ihnen mißgestimmt und trotzig den Rücken zukehrte, warf mir Blicke zu, die mich zutiefst ergriffen. Während ihr Bruder allein bald vor, bald hinter seiner Mutter und dem jungen Manne einhersprang, blieb dieses Kind – das übrigens wie das andere gekleidet und ebenso anmutig, nur von zarterer Gestalt war – stumm, unbeweglich, in der Haltung einer schlaferstarrten Schlange stehen. Es war ein kleines Mädchen. Der Spaziergang der reizenden Frau und ihres Gefährten hatte etwas Mechanisches. Sie begnügten sich, vielleicht aus Gedankenlosigkeit, die knappe Strecke zu durchmessen, die zwischen der kleinen Brücke und einem an der Straßenbiegung haltenden Wagen lag, und begannen immer wieder von neuem ihren kurzen Gang, blieben stehen, sahen sich an, lachten, je nachdem wie ihre abwechselnd angeregte, schleppende, närrische oder ernste Unterhaltung es fügte. Von der stämmigen Ulme verdeckt, betrachtete ich bewundernd diese liebliche Szene, und ich hätte ohne Zweifel ihr Geheimnis respektiert, wenn ich nicht auf dem Gesicht des schweigsamen und träumerischen kleinen Mädchens die Spuren eines nachdenklichen Ernstes entdeckt hätte, der nicht zu ihrem Alter paßte. Fast jedesmal, wenn ihre Mutter und der junge Mann sich bei ihrem Hinundhergehen von ihr wegwandten, senkte sie heimtückisch den Kopf und warf ihnen sowie ihrem Bruder einen verstohlenen Blick zu, der wahrhaft ungewöhnlich war. Doch nichts vermag die durchdringende Schlauheit, die arglistige Unschuld, die wilde Aufmerksamkeit wiederzugeben, die das kindliche Gesicht mit den zarten Schatten unter den Augen jedesmal belebten, wenn die hübsche Frau oder ihr Begleiter die blonden Locken des kleinen Buben streichelten, über seinen blanken Nacken, seinen weißen Kragen strichen, sooft er aus Spieltrieb mit ihnen Schritt zu halten suchte. Wahrhaftig, eine männliche Leidenschaft lag in dem schmalen Gesicht dieses seltsamen kleinen Mädchens. Sie litt, oder sie dachte schon zuviel. Was deutet bei diesen blühenden Geschöpfen wohl sicherer auf den Tod? Ist es der Schmerz, der im Körper wohnt, ist es das frühe Denken, das ihre kaum erwachte Seele erstickt? Eine Mutter weiß das vielleicht. Ich für mein Teil, ich kenne im Augenblick nichts Schrecklicheres als ein greisenhaftes Denken hinter einer Kinderstirn; selbst der Fluch auf den Lippen einer Jungfrau ist weniger scheußlich. Daher interessierte mich alles an diesem so nachdenklichen jungen Mädchen, ihre fast stumpfsinnige Haltung, ihre knappen

Bewegungen. Ich beobachtete sie neugierig. Aus einer dem Beobachter eingegebenen Laune heraus verglich ich sie mit ihrem Bruder, um die Ähnlichkeiten und die Verschiedenheiten zu entdecken, die zwischen ihnen waren. Die eine hatte braunes Haar, schwarze Augen und eine frühreife, kräftige Statur, was in lebhaftem Gegensatz stand zu dem blonden Haarschopf, den meergrünen Augen und der anmutig-zarten Körperkonstitution des jüngeren. Die ältere mochte etwa sieben bis acht Jahre alt sein, der andere kaum vier. Sie waren beide gleich gekleidet. Bei näherem Hinsehen jedoch bemerkte ich in ihrem Hemdkragen einen Unterschied, der zwar geringfügig war, mir aber später einen ganzen vergangenen Roman, ein ganzes zukünftiges Drama enthüllte. Es war im Grunde herzlich wenig. Ein schlichter Saum lief um den Kragen des kleinen braunhaarigen Mädchens, zierliche Stickereien schmückten den des jüngeren und verrieten ein Herzensgeheimnis, eine heimliche Vorliebe, die Kinder in der Seele ihrer Mutter lesen, als wäre Gottes Geist in ihnen. Unbekümmert und fröhlich glich der Blonde einem kleinen Mädchen, so frisch war seine weiße Haut, so anmutig seine Bewegungen, so lieblich seine Züge; indes die ältere trotz ihrer Kraft, ihres schönen Gesichts und ihrer blühenden Hautfarbe eher den Eindruck eines kränklichen kleinen Knaben machte. Ihre lebhaften Augen, die nicht den feuchten Schimmer hatten, welcher dem Kinderblick so viel Reiz verleiht, waren etwa wie die von einem inneren Feuer ausgebrannten Augen der Höflinge. Überdies hatte die Weiße ihrer Haut den matten Ton der Olive, das deutete auf einen kraftvollen Charakter. Zweimal schon war ihr jüngerer Bruder zu ihr gekommen und hatte ihr mit rührender Anmut, mit niedlichem Blick, mit einer ausdrucksvollen Gebärde, die einen Charlet entzückt hätte, das kleine Jagdhorn hingehalten, in das er von Zeit zu Zeit blies; aber jedesmal hatte sie auf die mit bittender Stimme vorgebrachte Aufforderung »Da, Helene, willst du?« nur mit einem wilden Blick geantwortet. Und so finster und drohend das Mädchen hinter ihrer scheinbaren Gleichgültigkeit dreinsah, sie erzitterte und errötete sogar ziemlich lebhaft, wenn ihr Bruder herankam; doch der jüngere schien den Mißmut seiner Schwester nicht wahrzunehmen. Seine mit Interesse gepaarte Unbekümmertheit ließ die Gegensätzlichkeit der Charaktere vollends hervortreten, das wahre Wesen des Kindes und das sorgenvolle Wissen des Erwachsenen, das schon auf dem Gesicht des kleinen Mädchens geschrieben stand und es bereits mit seinen düsteren Wolken umschattete.

»Mama, Helene will nicht mitspielen«, rief der Kleine, der für seine Klage einen Augenblick abpaßte, da seine Mutter und der junge Mann auf der Gobelinbrücke schweigend stehengeblieben waren.

»Dann laß sie, Charles! Du weißt doch, daß sie immer muffig ist.«

Diese leichthin gesprochenen Worte der Mutter, die sich darauf mit dem jungen Manne brüsk abwandte, entlockten Helene Tränen. Sie schluckte sie schweigend hinunter, warf ihrem Bruder einen jener tiefgründigen Blicke zu, die ich mir nicht erklären konnte, und betrachtete auf unheimlich gescheite Art zuerst die Böschung, auf der er stand, sodann das Bièvreflüßchen, die Brücke, die Landschaft und mich.

Ich fürchtete, das glückliche Paar könne mich bemerken; ohne Zweifel hätte ich ihr trautes Zwiegespräch gestört. Vorsichtig zog ich mich zurück und barg mich hinter einigen Holunderbüschen, deren Blätter mich völlig der Sicht entzogen. Ich ließ mich behaglich oben auf der Böschung nieder und sah schweigend bald auf die stets wechselnden Schönheiten der Gegend, bald auf das wilde kleine Mädchen, das ich durch die Lücken der Sträucher und der Holunderstämmchen, gegen die ich meinen Kopf fast zu ebener Erde gelehnt hielt, gerade noch erkennen konnte. Als Helene mich nicht mehr sah, schien sie unruhig zu werden; ihre schwarzen Augen suchten mich mit einer unerklärlichen Neugier weit hinten in der Allee, hinter den Bäumen. Was mochte ich für sie bedeuten? In diesem Augenblick schallte Charles' unschuldiges Lachen wie ein Vogelruf in die Stille. Der schöne junge Mann, blond wie er selber, ließ ihn auf seinem Arm hüpfen, küßte ihn und überschüttete ihn mit all den zerstreuten, sinnlosen kleinen Worten, die wir den Kindern so voller Herzlichkeit schenken. Die Mutter lächelte zu diesem Spiel; ohne Zweifel sagte sie von Zeit zu Zeit einige leise, tiefempfundene Worte, denn ihr Begleiter blieb ganz beglückt stehen und sah den Kleinen aus seinen blauen Augen an, in denen eine abgöttische Liebe brannte. Ihre Stimmen, die mit der des Kindes zusammenklangen, hatten etwas Zärtliches. Sie waren alle drei reizend anzusehen. Diese wundervolle Szene inmitten der großartigen Landschaft strömte eine unsagbare Lieblichkeit aus. Eine Frau, schön, von weißer Haut, lachend, ein Kind der Liebe, ein Mann von strahlender Jugend, ein makelloser Himmel, kurz, alle harmonischen Naturklänge tönten zusammen, um die Seele zu erfreuen. Ich ertappte mich bei einem Lächeln, es war, als ob dies Glück auch das meine wäre. Da hörte der schöne junge Mann neun Glockenschläge. Er küßte innig seine Begleiterin, die ernst, beinahe traurig geworden war, und kehrte sodann zu seinem Tilbury zurück, den ein alter Diener langsam nach vorn fuhr. Das fröhliche Geplapper des geliebten Kindes ging in den letzten Küssen unter, die ihm der junge Mann gab. Dann, als dieser in den Wagen gestiegen war, stand die Frau unbeweglich da, horchte auf das Rollen der Räder und folgte mit den Augen der von den Staubwolken gezeichneten Spur bis in die grüne Allee. Charles lief währenddessen zu seiner Schwester, fast bis zur Brücke, und ich vernahm, wie er zu ihr mit silberheller Stimme sagte: »Warum hast du denn meinem lieben Freunde nicht auf Wiedersehen gesagt?«

Als Helene ihren Bruder auf dem Böschungshang stehen sah, warf sie ihm den furchtbarsten Blick zu, der jemals in Kinderaugen flackerte, und stieß ihn mit zorniger Hand weg. Charles glitt auf dem jähen Abhang aus, verfing sich in einigen Wurzeln, schlug heftig gegen die scharfen Steine der Brückenmauer und zertrümmerte sich daran den Schädel; dann rutschte er blutüberströmt in die schlammigen Fluten des Flusses hinab. Unter seinem hübschen blonden Schopf teilte sich die Welle in tausend schmutzigbraune Wasserspritzer. Ich hörte die gellenden Schreie des unglücklichen Kleinen; doch bald darauf erstickten seine Rufe im Schlamm, er verschwand darin und gab noch einen dumpfen Laut von sich, der von einem untersinkenden Stein hätte herrühren können. Der Blitz ist nicht schneller, als dieser Sturz es war. Ich hatte mich sofort erhoben und eilte auf einem schmalen Wege hinab. Helene, völlig bestürzt, schrie wild auf: »Mama! Mama!« Die Mutter war da, neben mir. Wie ein Vogel war sie herbeigeflogen. Aber weder die Augen der Mutter noch die meinen vermochten die genaue Stelle ausfindig zu machen, wo das Kind ins Grab gesunken war. Die schwarzen Fluten wallten über einer weiten Fläche. An dieser Stelle hat das Bett der Bièvre zehn Fuß tiefen Schlamm. Das Kind mußte darin umkommen, jede Hilfe war unmöglich. Um diese Stunde – es war ein Sonntag – ruhte noch alles. Auf der Bièvre gibt es weder Boote noch Fischer. Auch entdeckte ich keine Stangen, um den übelriechenden Fluß abzustaken, weit und breit war niemand zu sehen. Warum wohl sollte ich von diesem unglückseligen Vorfall gesprochen oder das Geheimnis dieses Unglücks verraten haben? Vielleicht hatte Helene ihren Vater gerächt. Ihre Eifersucht war ohne Zweifel das Schwert Gottes. Trotzdem schauderte es mich, als ich die Mutter ansah. Welch entsetzliches Verhör würden nicht ihr Gatte, ihr ewiger Richter mit ihr anstellen? Und sie hatte einen unbestechlichen Zeugen bei sich. Kinder haben eine klare Stirn, eine durchsichtige Haut; bei ihnen ist die Lüge wie ein Licht, das selbst ihren Blick erröten läßt. Noch dachte die unglückselige Frau nicht an die Qualen, die sie zu Hause erwarteten. Sie starrte immerfort in die Bièvre.

Ein solcher Vorfall mußte im Leben einer Frau schrecklichen Nachhall finden, und im folgenden zeigte sich einer der furchtbarsten Nachklänge, die von Zeit zu Zeit Juliettes Liebeswonnen beunruhigten.

Es war ein paar Jahre später, an einem Abend nach dem Essen, beim Marquis von Vandenesse Er trug damals gerade Trauer um seinen Vater und hatte eine

Erbschaftssache zu regeln; ein Notar befand sich bei ihm. Dieser Notar war nicht der kleine Notar von Lawrence Sterne, vielmehr ein dicker, fetter Notar von Paris, einer jener schätzenswerten Männer, die mit Gemessenheit eine Dummheit begehen, ihren plumpen Fuß in eine ihnen unbekannte Wunde setzen und dann fragen, worüber man sich beklagt. Wenn sie zufällig das Wieso ihrer mörderischen Eselei erfahren, dann erklären sie: »Bei Gott, das wußte ich nicht!« Kurz, es war ein biederer Schafskopf von Notar, der in seinem Leben nichts anderes als Aktenstücke sah. Der Diplomat hatte Frau d'Aiglemont bei sich. Der General war höflicherweise vor dem Ende des Essens aufgebrochen, um seine beiden Kinder ins Theater zu führen, auf die Boulevards, ins ›Ambigu-Comique‹ oder in die ›Gaieté‹. Obwohl die Melodramen das Gemüt überreizen, sind die Pariser der Meinung, daß sie, weil die Unschuld darin immer siegt, für Kinder verständlich und gefahrlos seien. Der Vater war fortgegangen, ohne das Dessert abzuwarten, so sehr hatten ihn Sohn und Tochter gepeinigt, vor Beginn der Vorstellung im Theater zu sein.

Der Notar, der unverwüstliche Notar, der sich nicht die Frage vorzulegen vermochte, warum wohl Frau d'Aiglemont Kinder und Gatten ins Theater schickte, ohne sie dorthin zu begleiten, der Notar blieb nach dem Essen wie festgenagelt auf seinem Stuhle sitzen. Das Dessert hatte sich infolge einer Besprechung in die Länge gezogen, und die Bedienten servierten erst spät den Kaffee. Diese Umstände, die eine zweifellos kostbare Zeit verschlangen, entlockten der reizenden Frau Zeichen von Ungeduld: Man hätte sie mit einem Vollblutpferd vergleichen können, das vor dem Rennen unmutig stampft. Der Notar, der sich weder auf Pferde noch auf Frauen verstand, hielt die Marquise ganz einfach für eine sehr lebhafte, quecksilbrige Frau. Entzückt, sich in der Gesellschaft einer eleganten Dame von Welt und eines angesehenen Politikers zu befinden, zeigte der Notar seinen Witz; das geheuchelte Lächeln der Marquise, die er in beträchtliche Ungeduld versetzte, nahm er als Anerkennung und fuhr in seiner Art fort. Schon hatte der Hausherr, im Einvernehmen mit seiner Besucherin, sich zu wiederholten Malen Stillschweigen auferlegt, wo der Notar auf eine salbungsvolle Antwort wartete; doch dieser verteufelte Kerl schaute während solcher bezeichnender Pausen ins Feuer und suchte nach Anekdoten. Dann hatte der Diplomat Zuflucht zu seiner Uhr genommen. Endlich setzte die hübsche Frau ihren Hut auf, als wolle sie aufbrechen, und sie blieb. Der Notar sah, hörte nichts; er war von sich selber entzückt und dessen sicher, daß er die Marquise hinreichend angenehm unterhalte, um sie daselbst festzunageln. ›Ganz sicher wird diese Frau meine Klientin‹, sagte er bei sich. Die Marquise stand da, zog ihre Handschuhe an, spreizte die Finger und sah abwechselnd auf den Marquis von Vandenesse, der ihre Ungeduld teilte, und auf den Notar, der jeden seiner witzigen Einfälle breitwalzte. Bei jeder Atempause, die der würdige Mann einlegte, atmete das liebliche Paar auf und sah sich bedeutungsvoll an: ›Endlich geht er!‹ Mitnichten. Es war ein seelischer Alpdruck, der schließlich die beiden leidenschaftlichen Personen erbittern und zu irgendeiner Schroffheit zwingen mußte; der Notar wirkte auf sie wie die Schlange auf die Vögel. Gerade erging er sich über die gemeinen Mittel, vermöge deren

Du Tillet, ein damals in Ansehen stehender Geschäftsmann, zu Vermögen gekommen war – seine Schandtaten zerpflückte der geistreiche Notar bis in alle Einzelheiten. In diesem Augenblick hörte der Diplomat die Standuhr die neunte Stunde schlagen; er merkte, daß sein Notar ein entschiedener Dummkopf war, den man ganz einfach fortschicken mußte, und er unterbrach ihn mit einer entschlossenen Handbewegung.

»Sie wünschen die Feuerzange, Herr Marquis?« fragte der Notar und reichte die Zange seinem Klienten.

»Nein, aber ich muß Sie verabschieden. Die gnädige Frau will ihre Kinder abholen, und ich habe die Ehre, sie zu begleiten.«

»Schon neun Uhr! In so reizender Gesellschaft vergeht die Zeit wie im Fluge«, meinte der Notar, der seit einer Stunde nur noch ganz allein redete.

Er suchte seinen Hut, dann pflanzte er sich vor dem Kamin auf, hielt mit Mühe einen Schlucken zurück und sagte zu seinem Klienten, ohne die niederschmetternden Blicke, die ihm die Marquise zuwarf, zu bemerken: »Fassen wir also zusammen, Herr Marquis! Die Geschäfte gehen vor. Morgen also stellen wir Ihrem Herrn Bruder eine Ladung zu, um ihn in Verzug zu setzen; wir schreiten zur Vermögensaufnahme, und dann sollte doch der Teufel . . .«

Der Notar hatte die Intentionen seines Klienten derart falsch verstanden, daß er die Weisungen, die ihm dieser gegeben hatte, in das gerade Gegenteil verkehrte. Dieser Umstand war zu heikel, als daß Vandenesse – ob er wollte oder nicht – nicht die Ansichten des tölpelhaften Notars geradebiegen mußte, und es folgte eine Besprechung, die eine geraume Weile dauerte.

»Hören Sie!« sagte der Diplomat schließlich auf ein Zeichen der jungen Frau hin. »Sie regen mich auf. Kommen Sie morgen um neun Uhr mit meinem Anwalt wieder her!«

»Gestatten Sie mir jedoch die Bemerkung, Herr Marquis, daß wir nicht sicher sind, Herrn Desroches morgen anzutreffen, und wenn die Inverzugsetzung bis Mittag nicht in Gang gebracht wird, läuft die Frist ab, und . . .«

In diesem Augenblick fuhr ein Wagen im Hofe vor; als die arme Frau ihn hörte, wandte sie sich verstimmt ab, um die Tränen zu verbergen, die ihr in die Augen stiegen. Der Marquis läutete, um sagen zu lassen, er sei ausgegangen; aber der General, der unvermutet aus der ›Gaieté‹ zurückkehrte, ging schon dem Diener voraus und erschien im Zimmer, an der einen Hand seine Tochter, die glühende Augen hatte, an der andern seinen kleinen Jungen, der ganz verdrießlich und unmutig dreinschaute.

»Was ist denn passiert?« fragte die Frau ihren Gatten.

»Das sage ich dir später«, entgegnete der General und ging in ein anstoßendes Gemach, dessen Tür offenstand und in dem er die Zeitungen erblickte.

Die Marquise, deren Geduld fast am Ende war, warf sich verzweifelt auf ein Sofa.

Der Notar sah sich genötigt, zu den Kindern nett zu sein, setzte eine steife Miene auf und sagte zu dem Jungen: »Ei nun, mein kleiner Mann, was gab man denn im Theater?«

»›Das Tal des Wildbachs‹«, erwiderte Gustav mürrisch.

»Auf Ehre«, sagte der Notar, »unsere heutigen Schriftsteller sind halb verrückt! ›Das Tal des Wildbachs‹!

Warum nicht ›Der Wildbach des Tals‹? Es kann sein, daß ein Tal gar keinen Wildbach hat; aber wenn der Verfasser gesagt hätte ›Der Wildbach des Tals‹, hätte er etwas ganz Bestimmtes herausgehoben, etwas Eindeutiges, Charakteristisches, Verständliches. Aber lassen wir das! Vor allem, was für ein Drama kann schon an einem Wildbach und in einem Tal passieren? Ihr werdet mir entgegenhalten, daß heutzutage der größte Reiz von derlei Schaustücken in der Dekoration liegt, und dieser Titel läßt freilich auf gar prächtige Dinge schließen. Du hast dich also gut unterhalten, mein kleiner Kerl?« fügte er hinzu und setzte sich zu dem Kind.

In dem Augenblick, als der Notar fragte, was schon Aufregendes an einem entlegenen Wildbach passieren könnte, hatte sich die Tochter der Marquise langsam abgewandt, sie weinte. Die Mutter war jedoch derart verärgert, daß sie die innere Bewegung ihrer Tochter nicht gewahr wurde.

»O ja, es war sehr schön«, antwortete das Kind. »In dem Stück war ein niedlicher kleiner Junge, der ganz allein auf der Welt war; sein Papa konnte nämlich nicht sein Vati sein. Und das war nun so. Als er oben auf die Brücke kommt, die über den Bach geht, wirft ihn ein großer garstiger Mann mit einem Bart und ganz schwarzen Kleidern ins Wasser. Da fing Helene an zu weinen und zu schluchzen, der ganze Saal schimpfte auf uns, und Vati hat uns da mit einem Male ganz schnell weggeführt . . .«

Herr von Vandenesse und die Marquise standen beide betroffen da, wie von einem plötzlichen Schmerz befallen, der ihnen alle Kraft zum Denken und Handeln raubte.

»Gustav, schweig still!« schrie der General. »Ich habe dir doch verboten, über das zu sprechen, was im Theater vorgefallen ist, und schon vergißt du wieder meine Ermahnungen.«

»Euer Gnaden mögen entschuldigen«, sagte der Notar, »ich war schuld, ich fragte ihn, aber ich wußte nicht, wie ernst . . .«

»Er sollte nicht antworten«, versetzte der Vater und sah seinen Sohn streng an.

Der Diplomat und die Marquise schienen also nun zu wissen, warum die Kinder und ihr Vater so plötzlich zurückgekehrt waren. Die Mutter betrachtete ihre Tochter, sah ihre Tränen und stand auf, um zu ihr hinzugehen; dann aber verschloß sich ihr Gesicht und zeigte unnachgiebige Strenge.

»Genug, Helene«, sagte sie zu ihr, »geh ins Damenzimmer und trockne deine Tränen!«

»Was hat sie denn angestellt, das arme Ding?« fragte der Notar, der den mütterlichen Zorn wie den Kummer der Tochter besänftigen wollte. »Sie ist so reizend, sie ist bestimmt das klügste Geschöpf auf der ganzen Welt; ich bin überzeugt, gnädige Frau, sie bereitet Ihnen nur Freude. Nicht wahr, mein Engel?«

Helene sah ihre Mutter ängstlich an, trocknete ihre Tränen, zwang sich zur Ruhe und ging ins Damenzimmer.

»Wahrhaftig, gnädige Frau«, sprach der Notar immer weiter, »Sie sind eine zu gute Mutter, als daß Sie nicht alle ihre Kinder gleich liebhaben könnten. Zudem sind Sie zu tugendhaft, als daß Sie ein Kind vorzuziehen vermöchten, so wie gerade wir Notare es an den verhängnisvollen Folgen erleben. Die ganze Gesellschaft geht durch unsere Hände; daher sehen wir auch die menschlichen Leidenschaften in ihrer scheußlichsten Gestalt, dem selbstsüchtigen Interesse. Hier will eine Frau die Kinder ihres Mannes enterben zugunsten ihrer eigenen Kinder, die sie jenen vorzieht; der Ehemann seinerseits will zuweilen sein Vermögen dem Kinde sichern, das sich den mütterlichen Haß zugezogen hat. Dann gibt es Kämpfe, Aufregung, Akten, Gegenverschreibungen, Scheinveräußerungen, Fideikommisse; mit einem Wort, jämmerlichen Schmutz; auf mein Wort, ein jämmerlicher Schmutz! Dann wieder bringen Väter ihr Leben damit zu, ihre Kinder zu enterben, indem sie das Vermögen ihrer Ehefrauen stehlen. Jawohl, stehlen! Wir sprachen von Dramen. Oh, ich versichere Ihnen: Wenn wir über manche Schenkungsurkunden ausplaudern dürften, könnten unsere Schriftsteller daraus entsetzliche bürgerliche Tragödien machen. Ich weiß nicht, über welche Kräfte die Frauen verfügen, um zu erreichen, was sie wollen; denn trotz ihrer scheinbaren Schwachheit sind sie es immer, die die Oberhand behalten. Oh, mich zum Beispiel legen sie nicht hinein. Ich errate immer den Grund für solches Bevorzugen eines Kindes, das man in der Gesellschaft höflicherweise mit dem Prädikat des Unerklärbaren belegt. Die Ehemänner indessen kommen niemals dahinter, diese Gerechtigkeit muß man ihnen widerfahren lassen. Sie werden dem entgegenhalten, es sei wohl eine Huld . . .«

Helene, die mit ihrem Vater wieder aus dem Damenzimmer in den Salon getreten war, hörte dem Notar aufmerksam zu; sie verstand ihn so vollkommen, daß sie ihrer Mutter einen furchtsamen Blick zuwarf – sie mochte mit dem ganzen Instinkt des Kindes ahnen, daß dieser Vorfall die Strenge, die auf sie niedersauste, noch verdoppeln mußte. Die Marquise erblaßte und zeigte dem Grafen mit einer Gebärde des Entsetzens ihren Gatten, der nachdenklich das Blumenmuster des Teppichs anstarrte. In diesem Augenblick konnte sich der Diplomat, trotz seines gesellschaftlichen Anstands, nicht mehr beherrschen, er schleuderte dem Notar einen vernichtenden Blick zu.

»Kommen Sie!« sagte er zu ihm und ging rasch auf das Zimmer zu, das vor dem Salon lag.

Zitternd, ohne seinen angefangenen Satz beendet zu haben, folgte der Notar nach.

»Mein Herr«, sagte der Marquis von Vandenesse ingrimmig zu ihm, nachdem er die Tür zum Salon, wo Mann und Frau zurückgeblieben waren, zugeschlagen hatte, »seit dem Essen haben Sie nichts als Dummheiten begangen, nichts als albernes Zeug geredet. In Gottes Namen, gehen Sie, Sie würden sonst noch das größte Unheil anrichten. Wenn Sie ein vortrefflicher Notar sind, dann bleiben Sie in Ihrem Büro; wenn Sie sich aber zufällig wieder einmal in Gesellschaft befinden, dann bemühen Sie sich, etwas rücksichtsvoller zu sein . . .!«

Darauf ließ er den Notar ohne Gruß stehen und ging in den Salon zurück. Der Notar war für einen Augenblick völlig verdutzt, wie gelähmt und wußte nicht, wie ihm geschah. Als das Sausen in seinen Ohren nachließ, glaubte er in dem Salon, in dem heftig geschellt wurde, Stöhnen und lebhaftes Hinundherlaufen zu hören. Er fürchtete, dem Marquis nochmals zu begegnen, und nahm die Beine unter den Arm, um sich aus dem Staube zu machen und die Treppe hinunterzukommen; aber an der Wohnungstür stieß er mit der Dienerschaft zusammen, die heraufstürzte, um die Befehle ihres Herrn entgegenzunehmen.

›So sind sie alle, die noblen Herrschaften‹, sagte er schließlich zu sich, als er auf der Straße war und nach einer Kutsche Ausschau hielt, ›sie nötigen einen zum Reden, fordern einen mit verbindlichen Worten dazu auf; man glaubt sie zu unterhalten. Nichts von alledem! Sie kommen unsereinem grob, halten sich uns vom Leibe und setzen uns sogar ganz unverfroren vor die Tür. Schließlich war ich doch sehr geistreich; ich habe nichts gesagt, was nicht vernünftig, besonnen, schicklich gewesen wäre. Potztausend, er rät mir, ich solle rücksichtsvoller sein; das bin ich doch wahrhaftig. Zum Teufel, ich bin Notar und gehöre der Kammer an. Ach was, das ist eine Botschafterlaune, nichts ist diesen Leuten heilig. Morgen muß er mir erklären, wieso ich bei ihm nur Dummheiten begangen und albernes Zeug geredet habe. Ich werde Rechenschaft fordern, das heißt, ich werde ihn um eine Erklärung bitten. Alles in allem, ich habe möglicherweise unrecht ... Verdammt, ein Schafskopf bin ich, daß ich mir den Kopf zerbreche! Was macht mir das alles schon aus!«

Der Notar kehrte nach Hause zurück und überließ die Lösung des Rätsels seiner Notarin, indem er ihr die Ereignisse des Abends Punkt für Punkt auseinandersetzte.

»Mein lieber Crottat, Seine Exzellenz war vollkommen im Recht, wenn er dir sagte, daß du nichts als Dummheiten begangen und albernes Zeug geredet hättest.«

»Wieso?«

»Mein Lieber, ich würde dir's sagen, wenn ich dich

daran hindern könnte, morgen woanders wieder von neuem anzufangen. Nur das eine will ich dir noch empfehlen: Sprich in Gesellschaft nur von Geschäften!«

»Wenn du es mir nicht sagen willst, dann frage ich morgen eben . . .«

»Mein Gott, die größten Dummköpfe bemühen sich, solche Dinge zu verbergen, und du meinst, ein Botschafter wird sie dir sagen! Aber Crottat, ich habe dich noch nie so einfältig gesehen«

»Danke, meine Teure!«

V
DIE BEIDEN BEGEGNUNGEN

EIN ORDONNANZOFFIZIER NAPOLEONS (WIR wollen ihn kurz ›den Marquis‹ oder ›den General‹ nennen), der es unter der Restauration zu einem beträchtlichen Vermögen gebracht hatte, war nach Versailles gekommen, um dort einen Teil des Jahres zu verbringen. Er bewohnte ein Landhaus, das zwischen der Kirche und dem Tor von Montreuil lag, an dem Wege, der zur Straße nach Saint-Cloud führt. Sein Dienst am Hofe ließ es nicht zu, daß er sich von Paris entfernte.

Einstmals errichtet, um den wechselvollen Liebesaffären irgendeines hohen Herrn als Liebesnest zu dienen, stand dieses Landhaus in einem recht ausgedehnten Grundstück. Die Gärten ringsherum hielten es gleichermaßen nach rechts und nach links von den ersten Häusern von Montreuil und von den in der Nähe des Stadttores erbauten Bauernhütten fern; auf diese Weise konnten die Eigentümer dieses Besitztums, ohne allzu abgeschlossen zu sein, nur wenige Schritte von einer Stadt entfernt, alle Wonnen der Einsamkeit genießen. In seltsam widersinniger Weise gingen Vorderseite und Eingangstor des Hauses unmittelbar auf den Weg hinaus; vielleicht war der früher wenig begangen worden. Diese Annahme scheint recht glaubhaft, wenn man bedenkt, daß der Weg zu dem von Ludwig XV. für Fräulein von Romans erbauten Gartenhaus führte. Überdies werden wißbegierige Gemüter, ehe sie dahin kommen, manch ein ›Kasino‹ entdecken, dessen Inneneinrichtung und äußere Aufmachung Zeugnis ablegen von den geistvollen Ausschweifungen unserer Vorfahren, welche bei aller Zügellosigkeit, die man ihnen vorwirft, doch immer das Dunkel und das Geheimnis suchten.

An einem Winterabend befanden sich der Marquis, seine Frau und seine Kinder allein in diesem einsamen Hause. Die Dienstboten hatten Ausgang erhalten, um in Versailles die Hochzeit eines der Ihren feiern zu können; und in der Annahme, die Weihnachtsfeier, in Verbindung mit diesem Fest, würde für die Herrschaft einen stichhaltigen Grund abgeben, machten sie sich kein Gewissen daraus, der Festlichkeit ein wenig mehr Zeit zukommen zu lassen, als die Hausordnung ihnen bewilligt hatte. Immerhin, da der General als ein Mann bekannt war, der mit äußerster Gewissenhaftigkeit zu seinem Wort stand, gaben sich die widerspenstigen Sünder, als der Zeitpunkt der Rückkehr überschritten war, nicht ohne einige Gewissensbisse dem Tanze hin. Eben hatte es elf Uhr geschlagen, und noch war kein Diener nach Hause gekommen. In der tiefen Stille, die auf dem Lande herrschte, konnte man hören, wie von Zeit zu Zeit der Nordwind durch das schwarze Geäst der Bäume pfiff, um das Haus heulte oder die langen Gänge entlangbrauste. Der Frost hatte die Luft so rein, die Erde so fest und das Straßenpflaster so klirrend glatt gemacht, daß alles jenen vollen spröden Klang hatte, der uns immer wieder in der Natur überrascht. Der schwere Tritt eines späten Zechers oder das Rasseln einer nach

Paris zurückkehrenden Kutsche gaben einen kräftigeren Ton und waren länger zu vernehmen als sonst. Die abgestorbenen Blätter, von einigen jähen Windstößen aufgewirbelt, raschelten über die Steine des Hofes, sie verliehen der Nacht Stimme, immer wenn sie verstummen wollte. Mit einem Wort, es war einer jener rauhen Abende, die unserer Selbstsucht zugunsten der Armen oder der unterwegs Befindlichen eine nutzlose Klage abringen und uns den Platz am Kamin so recht behaglich machen. In diesem Augenblick kümmerte sich die im Salon versammelte Familie weder um die noch abwesende Dienerschaft noch um die obdachlosen Menschen, noch um den Zauber, der über winterlichen Abendstunden funkelt. Ohne überflüssige Gespräche zu führen, unter dem schützenden Arm eines ehemaligen Soldaten, überließen sich Frau und Kinder ganz den köstlichen Freuden, die das Seelenleben dann erzeugt, wenn die Gefühle dabei nicht vergewaltigt werden und zärtliche Zuneigung und Offenheit Wort, Blick und Spiel beseelen.

Der General saß – oder richtiger – war vergraben in einen hohen, mächtigen Lehnstuhl am Kamin, in dem ein kräftiges Feuer brannte; es verbreitete jene prickelnde Hitze, welche stets von einer ungewöhnlichen Kälte draußen zeugt. Gegen die Sessellehne zurückgebogen und leicht zur Seite geneigt, zeigte der Kopf dieses wackeren Familienvaters eine Entspannung, die eine völlige innere Ruhe, eine sanft aufströmende Freude verriet. Seine lässig neben dem Stuhl herabhängenden, fast eingeschlafenen Arme bekundeten vollends seine glückliche Stimmung. Er sah dem kleinsten seiner Kinder zu, einem Jungen von kaum fünf

Jahren, der, halbnackt, sich weigerte, sich von seiner Mutter ausziehen zu lassen. Der Kleine riß vor dem Nachthemd oder der Nachtmütze, mit der die Marquise ihm bisweilen drohte, ständig aus; er hatte noch seinen Stickereikragen um und lachte seiner Mutter, wenn sie ihn rief, ins Gesicht, da er merkte, daß sie selber über diese kindliche Aufsässigkeit lachen mußte. Dann begann er wieder mit seiner Schwester zu spielen, die ebenso drollig, nur mutwilliger war als er; auch sprach sie schon deutlicher als er, dessen unsichere Worte und verworrenen Einfälle selbst seine Eltern manchmal kaum verstanden. Die kleine, um zwei Jahre ältere Moina rief mit ihren schon recht weiblichen Schäkereien endloses Gelächter hervor, das unbändig schallte und scheinbar keinen Grund hatte. Aber wenn man sah, wie sich beide vor dem Kamin hin und her wälzten, ohne Scheu ihre reizenden, rundlichen Körperchen, ihre weißen, zarten Glieder zeigten, wie sie ihre schwarzen und blonden Haarlocken ineinanderwuschelten, mit ihren rosigen Gesichtern, auf welche das Jauchzen neckische Grübchen zeichnete, zusammenstießen, dann verstand gewiß wohl ein Vater und vor allem eine Mutter diese kleinen Herzchen, die für sie schon so ausgeprägte, leidenschaftliche Sinnesart offenbarten. Mit ihren blanken, schimmernden Augen, ihren glänzenden Wangen, ihrer weißen Haut ließen diese beiden süßen Kinderchen das Blumenmuster des weichen Teppichs erblassen, des Tummelplatzes, auf dem sie gefahrlos übereinanderstürzten, sich überschlugen, sich balgten, sich wälzten. An der anderen Kaminecke, ihrem Gatten gegenüber, saß auf einem Sofa die Mutter, zwischen verstreuten Kleidungsstücken, einen roten Schuh in der Hand, in völlig zwangloser Haltung. Ihre schon schwankende Strenge schmolz dahin in einem sanften Lächeln, das um ihre Lippen spielte. Etwa sechsunddreißig Jahre alt, war sie immer noch von einer Schönheit, die sie der seltenen Vollendung ihrer Gesichtszüge verdankte; ihnen verliehen die Wärme, das Licht und die glückliche Zufriedenheit in diesem Augenblick einen übernatürlichen Glanz. Oftmals schaute sie von den Kindern weg und ließ ihr zärtliches Auge auf dem ernsten Gesicht ihres Mannes ruhen; und manchmal, wenn sich die Blicke der beiden Ehegatten trafen, tauschten sie stumme Glücksgefühle und tiefe Gedanken aus. Der General hatte ein tief sonnenverbranntes Gesicht. In seine breite, klare Stirn fielen einige halbergraute Haarsträhnen. Das männliche Feuer seiner blauen Augen, die Tapferkeit, die in den Falten seiner welken Wangen eingeschrieben stand, deuteten darauf hin, daß er das Kreuz der Ehrenlegion, welches seinen Rock zierte, durch harte Anstrengungen erworben hatte. In dieser Stunde spiegelten sich die unschuldigen Freuden seiner beiden Kinder auf seinem energischen, entschlossenen Gesicht und ließen auf ihm eine unbeschreibliche Gutherzigkeit und Offenheit durchschimmern. Ohne daß es ihn viel Überwindung kostete, war dieser ehemalige Hauptmann wieder zum Kinde geworden. Die Soldaten, die die Wechselfälle des Lebens genugsam erfahren haben, um die Jämmerlichkeit der Stärke und die Vorzüge der Schwäche voll erkennen zu können, haben nicht gerade sie sich für die Kinder immer eine besondere Liebe bewahrt? – Weiter weg, an einem runden Tisch, beleuchtet von Astrallampen, deren greller Schein mit dem fahlen Lichtschimmer der auf dem Kaminsims stehenden Kerzen wetteiferte, saß ein dreizehnjähriger Junge, der hastig die Seiten eines dicken Buches umblätterte. Ihn vermochte das Schreien seiner Geschwister nicht abzulenken, jugendliche Wißbegierde stand auf seinem Gesicht. Diese tiefe Versunkenheit erschien durch die spannenden Abenteuer aus ›Tausendundeine Nacht‹ sowie durch die Tracht eines Gymnasiasten gerechtfertigt. Er saß reglos, sinnend da, einen Ellbogen auf den Tisch gestemmt und den Kopf auf eine Hand gestützt, wobei die weißen Finger scharf von dem braunen Haarschopf abstachen. Das Licht fiel voll auf sein Gesicht, während der übrige Körper im Dunkel lag; so glich er der Gestalt auf jenen düsteren Bildnissen, auf denen Raffael sich selbst in gespannter, leicht vorgebeugter, nachdenklicher Haltung dargestellt hat. Zwischen dem Tisch und der Marquise saß ein hochgewachsenes, schönes junges Mädchen arbeitend vor einem Stickrahmen; einmal beugte sie den Kopf herab, dann hob sie ihn wieder, wobei sich die Lichtstrahlen in dem kunstvoll glattgekämmten ebenholzfarbigen Haar fingen. Schon Helene allein bot ein herrliches Schauspiel. Ihr Schönheit zeichnete sich durch eine seltsame Mischung von Kraft und Lieblichkeit aus. Obwohl ihr Haar nach oben gestrafft war, so daß es die feingeschnittenen Züge ihres Gesichts freigab, war es doch so üppig, daß es dem Kamm widerstand und sich am Halsansatz stark kräuselte. Ihre sehr dichten, regelmäßig geschwungenen Brauen hoben sich von ihrer klaren, weißen Stirn ab. Sogar auf der Oberlippe, unter einer griechischen Nase, deren Linien von höchster Vollendung waren, deutete ein schwacher rußbrauner Ton der Haut auf einen mutigen Charakter. Jedoch, die bestrickend runden Formen, die Reinheit ihrer sonstigen Züge, die durchsichtig zarte Haut, die weichen, sinnlichen Lippen, ihr edelgeformtes ovales Gesicht und vor allem ihr frommer, jungfräulicher Blick, all das verlieh dieser kraftvollen Schönheit den echt weiblichen Liebreiz, die betörende Sittsamkeit, die wir von diesen Engeln des Friedens und der Liebe verlangen. Schwächlich war bei diesem jungen Mädchen allerdings nichts, und ihr Herz mußte ebenso sanft, ihre Seele ebenso stark sein, wie ihr Wuchs herrlich und ihr Gesicht lieblich war. Sie schwieg wie ihr Bruder, der Gymnasialschüler, und schien in eine jener schicksalsschweren, mädchenhaften Betrachtungen versunken, die dem forschenden Blick des Vaters oder auch gar dem Scharfsinn der Mutter oftmals verschlossen bleiben. Man konnte also unmöglich wissen, ob man die mutwilligen Schatten, die über ihr Gesicht gingen wie dünne Wolkenschleier über einen klaren Himmel, dem Spiel des Lichts oder einem geheimen Kummer zuschreiben sollte.

Die beiden älteren waren in diesem Augenblick von den Eltern völlig vergessen. Mehrmals jedoch hatte der prüfende Blick des Generals die stumme Szene umfaßt, die im Hintergrunde in wohlgefälliger Weise all das verwirklichte, was an Hoffnungen dem kindlichen Treiben im Vordergrunde dieses Familienbildes eingeprägt war. Wenn man das menschliche Leben durch unmerkliche Stufen erklären will, dann fügten sich diese Gestalten gleichsam zu einem lebenden Gedicht. Die ganze prächtige Inneneinrichtung des Salons, die Verschiedenheit der menschlichen Haltung, die Gegensätzlichkeit in der ganz verschiedenfarbigen Kleidung, die kontrastreiche Wirkung der Gesichter, welche durch das verschiedene Alter sowie durch die vom Licht hervorgezauberten mannigfachen Konturen ihre Prägung erhielten, all das breitete über die Seiten des Menschheitsbuches jene Schätze aus, die man vom Bildhauer, vom Maler, vom Schriftsteller fordert. Schließlich senkten die Stille und der Winter, die Einsamkeit und die Nacht ihre Hoheit in dieses reine, erhabene Bild – ein wundervolles Werk der Natur. Das Eheleben ist reich an solchen Weihestunden, ihr unerklärlicher Reiz rührt vielleicht von einer vagen Rückerinnerung an eine bessere Welt her. Strahlen himmlischen Lichts fallen ohne Zweifel auf solche Szenen, die dem Menschen einen Teil seines Kummers vergelten, ihn zur freudigen Annahme seines Daseins bewegen sollen. Es scheint, daß das ganze Universum in berückender Gestalt da vor uns liegt, daß es seine erhabenen Ordnungsbegriffe entwickelt, daß für diese seine Gesetze das gesellschaftliche Leben eintritt, wenn es von der Zukunft spricht.

Indessen, wenn Helene auch auf Abel und Moina, sooft einer ihrer Freudenschreie ertönte, einen Blick der Rührung warf; wenn sich auf ihrem klaren Gesicht, sooft sie ihren Vater heimlich ansah, das Glück malte, so sprach doch aus ihren Bewegungen, aus ihrer Haltung und besonders aus ihren von langen Wimpern beschatteten Augen eine tiefe Schwermut. Ihre weißen, kräftigen Hände, denen das Licht, wenn es über sie hinglitt, eine durchsichtige und fast feucht schimmernde Röte verlieh, ja, ihre Hände zitterten. Ein einziges Mal begegneten ihre Augen denen der Marquise, ohne einander auszuweichen. Dann verstanden sich die beiden Frauen, durch einen matten, kalten, achtungsvollen Blick von seiten Helenes, durch einen finsteren, drohenden von seiten der Mutter. Gleich darauf beugte sich Helene wieder über ihren Stickrahmen, zog behende die Nadel, und für lange Zeit hob sie nicht wieder den Kopf; man hätte meinen können, er wäre ihr zu schwer geworden. War die Mutter zu streng gegen ihre Tochter, und erachtete sie diese Strenge für notwendig? Was sie eifersüchtig auf Helenes Schönheit, mit der sie noch wetteifern konnte, wenn auch freilich unter Aufbietung aller Toilettenkünste? Oder war die Tochter – wie so viele Mädchen, wenn sie einen schärferen Blick bekommen – Geheimnissen auf die Spur gekommen, die diese ihren Pflichten scheinbar so treu ergebene Frau in ihrem Herzen begraben glaubte wie in einer tiefen Gruft?

Helene war in ein Alter gekommen, wo die Reinheit der Seele zu einer Strenge führt, die das rechte Maß, in dem sich Gefühle halten sollen, übersteigt. Für manche Gemüter nehmen die Verfehlungen die Ausmaße von Verbrechen an, die Phantasie wirkt alsdann auf das Gewissen zurück; oftmals übertreiben dann junge Mädchen die Strafe, je nach dem Gewicht, das sie den Übeltaten beimessen. Helene schien sich für keines Menschen würdig zu halten. Ein Geheimnis der Vergangenheit, eine Zufälligkeit vielleicht, die anfangs nicht ganz begriffen, dann aber von ihrem eindrucksfähigen Verstand unter dem Einfluß religiöser Vorstellungen aus der Hülle herausgeholt wurde, schien sie seit kurzem in überspannter Weise in ihren eigenen Augen gleichsam herabgesetzt zu haben. Diese Veränderung in ihrem Wesen hatte an dem Tage begonnen, an dem sie in der neuen Übersetzung ausländischer Bühnenstücke Schillers schöne Tragödie ›Wilhelm Tell‹ gelesen hatte. Als die Mutter die Tochter einmal schalt, weil sie den Band hatte fallen lassen, wurde sie darauf aufmerksam, daß der innere Aufruhr, den die Lektüre in Helenes Seele verursachte, von der Szene herrührte, wo der Dichter zwischen Wilhelm Tell, der das Blut eines Menschen vergießt, um ein ganzes Volk zu retten, und Johann Parricida eine Art Freundschaftsbande knüpft. Demütig, fromm, in sich versponnen, wollte Helene nun nicht mehr zum Ball gehen. Niemals zuvor hatte sie sich ihrem Vater gegenüber so anschmiegsam gezeigt, wie sie es jetzt war, besonders wenn die Mutter nicht Zeuge ihrer jungmädchenhaften Liebkosungen war. Wenn sich Helenes Zuneigung zu ihrer Mutter abgekühlt hatte, so deutete sich dies jedoch so behutsam an, daß es der General, so sehr er auch auf die Eintracht in seiner Familie bedacht war, nicht gewahr wurde. Niemand hätte ein so scharfes Auge gehabt, daß er die Tiefe dieser beiden Frauenherzen hätte ergründen können: das eine jung und großherzig, das andere reizbar und stolz; das eine ein Hort der Duldsamkeit, das andere voller Arglist und Leidenschaft. Wenn die Mutter ihre Tochter mit einem echt weiblichen raffinierten Despotimus quälte, so war dieser nur von dem Opfer zu spüren. Im übrigen hat erst das folgende Ereignis diese völlig unentwirrbaren Vermutungen hervorgerufen. Bis zu dieser Nacht war diesen beiden Seelen kein anklagender Funke entsprungen; aber es war gewiß, daß zwischen ihnen beiden und Gott irgendein finsteres Geheimnis wob.

»Komm, Abel!« rief die Marquise, die einen Augenblick nutzte, da Moina und ihr Bruder still und erschöpft dasaßen. »Komm, komm, mein Junge, du mußt schlafen gehen . . .!« Und mit einem gebieterischen Blick zog sie ihn schnell auf ihren Schoß.

»Wie!« sagte der General. »Schon ein halb elf, und noch keiner unserer Leute ist da? Oh, diese verflixten Burschen! Gustav«, wandte er sich an seinen Sohn, »ich habe dir das Buch nur unter der Bedingung gegeben, daß du um zehn Uhr aufhörst; du hättest es selber um diese Zeit schließen und zu Bett gehen müssen, so wie du es mir versprochen hast. Wenn du ein tüchtiger Mann werden willst, dann mußt du aus deinem Wort eine zweite Religion machen und dich daran halten wie an deine Ehre. Fox, einer der größten Redner Englands, zeichnete sich vor allem durch die Schönheit seines Charakters aus. Die Treue zum gegebenen Wort war seine vorzüglichste Eigenschaft. Als er noch ein Junge war, hatte ihm sein Vater, ein Engländer vom alten Schlage, eine denkwürdige Lehre erteilt, die auf ein kindliches Gemüt einen unauslöschlichen Eindruck machen mußte. Als Fox so alt war wie du, kam er während der Ferien zu seinem Vater, der, wie alle wohlhabenden Engländer, um sein Schloß herum einen recht ansehnlichen Park hatte. In dem Park stand ein alter Pavillon, der abgerissen und an einem anderen Platz, wo eine großartige Aussicht war, wieder aufgebaut werden sollte. Bei solchen Abbauarbeiten sehen Kinder gerne zu. Um bei dem Abtragen des Pavillons dabeizusein, wollte der kleine Fox seine Ferien um einige Tage verlängern; sein Vater jedoch verlangte, daß er am Tage des Unterrichtsbeginns zur Schule zurückkehre; auf diese Weise kam es zu einer Spannung zwischen Vater und Sohn. Die Mutter – wie alle Mütter – stärkte dem kleinen Fox den Rücken. Schließlich versprach der Vater seinem Sohne, daß er mit dem Abbruch des Pavillons bis zu den nächsten Ferien warten wolle. Fox kehrte zum Gymnasium zurück. Der Vater glaubte, ein von seinen Schularbeiten in Anspruch genommener kleiner Junge würde diese Begebenheit vergessen, er ließ den Pavillon abreißen und baute ihn an anderer Stelle wieder auf. Der eigensinnige Junge aber dachte an nichts anderes als an jenen Pavillon. Als er wieder seinen Vater besuchte, war sein erster Gang der zu dem alten Bauwerk; aber er erschien ganz betrübt beim Frühstück und sagte zu seinem Vater: ›Du hast mich betrogen.‹ Da sagte der alte englische Edelmann betroffen und ernst zugleich: ›Du hast recht, mein Junge, aber ich werde meinen Fehler wiedergutmachen. Man muß zu seinem Wort stehen, mehr als zu seinem Vermögen; denn zu seinem Wort stehen bringt erst Reichtum, und aller Reichtum tilgt nicht den Makel, den ein Wortbruch dem Gewissen aufprägt.‹ Der Vater ließ den alten Pavillon wieder aufbauen, so wie er gewesen war; dann, nach dem Wiederaufbau, befahl er, man solle ihn vor den Augen seines Sohnes abreißen. Das, Gustav, möge dir eine Lehre sein!«

Gustav, der seinem Vater aufmerksam zugehört hatte, klappte sofort das Buch zu. Einen Augenblick herrschte Schweigen, währenddem der General nach der gegen die Müdigkeit ankämpfenden Moina langte und sie auf seine Knie legte. Die Kleine ließ ihr taumeliges Köpfchen auf die Brust des Vaters fallen und schlief sodann fest ein, eingehüllt in die goldenen Locken ihres reizenden Haares. In diesem Augenblick erklangen draußen auf der Straße schnelle Schritte, die über den festen Boden jagten; gleich darauf scheuchten drei Schläge gegen das Tor das Echo des Hauses auf. Diese anhaltenden Schläge konnten nicht mißgedeutet werden, sie waren wie der Schrei eines in Todesgefahr befindlichen

Menschen. Der Wachhund schlug wütend an. Helene, Gustav, der General und seine Frau fuhren heftig zusammen; nur Abel, dem die Mutter endlich die Nachtmütze übergezogen hatte, und Moina wachten nicht auf.

»Er hat es eilig, der da draußen«, rief der Soldat und legte seine Tochter im Lehnstuhl nieder.

Er verließ rasch den Salon, ohne die Bitten seiner Frau angehört zu haben.

»Geh nicht hinaus, mein Lieber . . .!«

Der Marquis ging in sein Schlafzimmer, steckte ein paar Pistolen zu sich, zündete seine Blendlaterne an, stürzte zur Treppe, eilte wie der Blitz hinab und stand sogleich am Haustor; sein Sohn kam beherzt hinterher.

»Wer ist draußen?« fragte er.

»Machen Sie auf!« gab eine atemlos keuchende Stimme zurück.

»Sind Sie Freund?«

»Ja, Freund.«

»Sind Sie allein?«

»Ja, aber so machen Sie doch auf, denn man kommt!«

Der General hatte kaum das Tor ein wenig geöffnet, als ein Mann mit der gespenstischen Geschwindigkeit eines Schattens in die Vorhalle huschte; und ohne daß er sich dem widersetzen konnte, zwang ihn der Unbekannte, die Tür loszulassen, und schlug sie mit einem kräftigen Fußtritt hinter sich zu; darauf lehnte er sich entschlossen dagegen, als wolle er verhindern, daß man sie erneut öffne. Der General richtete plötzlich Pistole und Laterne auf die Brust des Fremden, um ihn in Schach zu halten, dabei konnte er einen Mann von mittlerem Wuchs unterscheiden, der in einen weiten, schleppenden Pelzmantel – das Kleidungsstück eines

Greises – gehüllt war, welcher nicht für ihn gemacht zu sein schien. Mochte es Vorsicht oder Zufall sein, der Flüchtling hatte den Hut tief in die Stirn gezogen, er bedeckte fast seine Augen.

»Mein Herr«, sagte er zum General, »nehmen Sie Ihre Pistole herunter! Nicht ohne Ihre Einwilligung will ich in Ihrem Hause bleiben; aber müßte ich gehen, erwartet mich am Stadttor der Tod. Und was für ein Tod! Sie müßten sich vor Gott dafür verantworten. Ich bitte Sie für zwei Stunden um Ihre Gastfreundschaft. Bedenken Sie wohl: wie hilfeflehend ich auch erscheinen mag – ich muß mit dem Zwang der Notwendigkeit fordern! Ich begehre das Gastrecht des Orients. Ich muß für Sie unantastbar sein; wenn nicht, dann öffnen Sie, dann werde ich den Tod finden. Ich brauche Stillschweigen, einen Unterschlupf und Wasser. Oh, Wasser!« wiederholte er mit röchelnder Stimme.

»Wer sind Sie?« fragte der General, betroffen von der fieberhaften Geschwindigkeit, mit der der Unbekannte sprach.

»Oh, wer ich bin? Nun wohl, machen Sie auf, ich gehe!« versetzte der Mann mit teuflischer Ironie.

Wie geschickt auch der Marquis den Schein seiner Laterne über den Fremden führte, er konnte nur den unteren Teil des Gesichts sehen, und nichts darin sprach dafür, daß man eine so eigenartig geforderte Gastfreundschaft gewähren solle: Die zitternden Wangen waren aschfahl, die Züge schrecklich verzerrt. Aus dem vom Hutrand geworfenen Schatten stachen die Augen wie zwei Funken hervor, so daß selbst das matte Kerzenlicht fast davor erbleichte. Indessen, die Antwort stand noch aus.

»Mein Herr«, sagte der General, »Ihre Sprache ist so ungewöhnlich, daß Sie an meiner Stelle wohl . . .«

»Sie haben mein Leben in der Hand«, unterbrach der Fremde mit fürchterlicher Stimme seinen Gastgeber.

»Zwei Stunden?« fragte unschlüssig der Marquis.

»Zwei Stunden«, wiederholte der Mann.

Aber plötzlich schob er mit einer verzweifelten Gebärde seinen Hut zurück, entblößte die Stirn und schoß, als wollte er einen letzten Versuch machen, auf den General einen Blick, dessen durchdringende Helle diesem bis ins Mark drang. Diese Flamme von Intelligenz und Willenskraft glich einem Blitzstrahl, sie schmetterte nieder wie der Blitz – denn es gibt Augenblicke, wo den Menschen eine unerklärliche Gewalt zu Gebote steht.

»Kommen Sie! Wer Sie auch sind, Sie werden unter meinem Dache sicher sein«, erwiderte der Hausherr feierlich; er glaubte einer jener instinkthaften Regungen zu gehorchen, die der Mensch nicht immer zu deuten weiß.

»Gott vergelte es Ihnen!« setzte der Unbekannte hinzu und ließ einen tiefen Seufzer hören.

»Haben Sie Waffen?« fragte der General.

Statt einer Antwort tat der Fremde kurz seinen Pelzmantel auseinander und schlug ihn geschwind wieder zusammen; er hatte dem General noch kaum Zeit gelassen, einen Blick auf seine Kleidung zu werfen. Er war ohne sichtbare Waffen, gekleidet wie ein junger Mann, der vom Ball kommt. Wie schnell auch die Prüfung des mißtrauischen Offiziers vor sich ging, er sah genug, um auszurufen: »Wie zum Teufel haben Sie sich bei solch trockenem Wetter derart beschmutzen können?«

»Immer wieder Fragen!« gab der andere hochmütig zurück.

In diesem Augenblick bemerkte der Marquis seinen Sohn und dachte an die Lehre, die er ihm soeben in bezug auf die unbedingte Einhaltung des einmal gegebenen Wortes erteilt hatte; darüber war er dermaßen verärgert, daß er, nicht ohne Zorn, zu ihm sagte:

»Was, du Schlingel, du bist noch hier, anstatt im Bett zu sein?«

»Ich glaubte, daß ich dir in der Gefahr nützlich sein könnte«, antwortete Gustav.

»Los, geh auf dein Zimmer!« gebot der Vater, durch die Antwort seines Sohnes milde gestimmt. »Und Sie«, wandte er sich an den Unbekannten, »folgen Sie mir!«

Sie schwiegen nunmehr wie zwei Spieler, die einander mißtrauen. Dem General kamen bereits schlimme Vorahnungen. Der Unbekannte lag ihm schon schwer auf dem Herzen, wie ein Alpdruck; aber gebunden durch seinen Eid, führte er ihn durch Gänge und über Treppen und hieß ihn in ein großes Zimmer eintreten, das im zweiten Stock genau über dem Salon lag. Dieser unbewohnte Raum diente im Winter als Trockenkammer, war mit keinem anderen Zimmer verbunden und wies an seinen vier vergilbten Wänden keinen anderen Zierat auf als einen elenden Spiegel, den der frühere Besitzer auf dem Kamin zurückgelassen hatte; ein großer Spiegel war, da man seit dem Einzug des Marquis für ihn noch keine Verwendung gefunden hatte, vorderhand gegenüber dem Kamin aufgestellt worden. Der Fußboden dieses geräumigen Dachzimmers war niemals gefegt worden, die Luft darin war eisig, zwei alte Stühle mit herausgerissenem Sitz bildeten das ganze Mobiliar. Als der General seine Laterne auf dem Kaminsims niedergestellt hatte, sagte er zu dem Unbekannten:

»Ihre Sicherheit verlangt, daß Ihnen diese elende Dachstube als Zuflucht dient. Und da Sie mein Wort haben hinsichtlich meiner Verschwiegenheit, erlauben Sie mir, daß ich Sie hier einschließe.«

Der Mann nickte zum Zeichen des Einverständnisses.

»Ich habe nur um Unterkunft, um Verschwiegenheit und um Wasser gebeten«, ergänzte er.

»Ich bringe Ihnen welches«, versetzte der Marquis, verschloß sorgfältig die Tür und tappte im Finstern in den Salon, wo er einen Leuchter ergriff, um selber in der Anrichtestube eine Wasserkaraffe zu holen.

»Hallo, Mann, was ist los?« fragte die Marquise ihren Gatten.

»Nichts, meine Teure«, sagte er frostig.

»Aber wir haben doch recht gehört, du hast jemanden nach oben gebracht . . .«

»Helene«, entgegnete der General und sah seine Tochter an, die wandte den Kopf zu ihm, »bedenke, die Ehre deines Vaters hängt von deiner Verschwiegenheit ab! Du darfst nichts gehört haben.«

Das junge Mädchen antwortete mit einem bejahenden Kopfnicken. Die Marquise war völlig sprachlos und zutiefst gekränkt von der Art, wie ihr Mann mit ihr verfahren war und ihr Schweigen geboten hatte. Der General holte eine Karaffe und ein Glas und stieg wieder hoch in das Zimmer, in dem sich der Gefangene befand. Dieser stand da, gegen die Wand gelehnt, nahe am Kamin, mit entblößtem Haupt – seinen Hut hatte er auf einen der beiden Stühle geworfen. Ohne Zweifel war der Fremde nicht darauf gefaßt, daß man ihm so plötzlich wieder ins Gesicht leuchtete. Seine Stirn zog sich in Falten, und sein Gesicht wurde bekümmert, als seine

Augen den scharfen Augen des Generals begegneten, aber er besann sich und setzte eine freundliche Miene auf, um seinem Beschützer zu danken. Als letzterer Glas und Karaffe auf den Kaminsims gestellt hatte, heftete der Unbekannte seinen Flammenblick auf ihn und brach dann das Schweigen.

»Mein Herr«, sagte er mit angenehmer Stimme, die nicht mehr die hohlen, krampfhaften Laute aufwies wie vordem, noch immer jedoch eine innere Erregung verriet, »ich werde Ihnen wunderlich erscheinen. Entschuldigen Sie diese Schrullen, sie sind notwendig! Wenn Sie hier bleiben, bitte ich Sie, mir beim Trinken nicht zuzusehen.«

Verärgert darüber, daß er einem Manne, der ihm mißfiel, ständig Folge leisten mußte, wandte sich der General sofort um. Der Fremde zog aus seiner Tasche ein weißes Taschentuch, wickelte es um die rechte Hand; dann ergriff er die Wasserkaraffe und trank sie mit einem Zuge leer. Ohne daß er die Absicht hatte, seinen stillschweigenden Eid zu brechen, schaute der Marquis unwillkürlich in den Spiegel; dank der entsprechenden Stellung der beiden Spiegel zueinander konnte er den Unbekannten ganz ins Auge fassen, er bemerkte, wie sich das Taschentuch infolge der Berührung mit den blutüberströmten Händen plötzlich rot färbte.

»Ah, Sie haben mich beobachtet«, rief der Mann, als er, nachdem er getrunken und sich in seinen Mantel gehüllt hatte, den General argwöhnisch forschend ansah. »Ich bin verloren. Sie kommen. Da sind sie!«

»Ich höre nichts«, meinte der Marquis.

»Sie haben kein Interesse daran wie ich, in die Ferne hinauszuhören.«

»Sie haben sich wohl duelliert, da Sie so blutbespritzt sind?« fragte der General ziemlich erregt, als er die Farbe der großen Flecke, mit denen die Kleidung seines Gastes durchtränkt war, ausmachen konnte.

»Ja, ein Duell, Sie sagen es«, wiederholte der Fremde und ließ um seine Lippen ein bitteres Lächeln spielen.

In diesem Augenblick ertönte von fern der Hufschlag mehrerer in gestrecktem Galopp daherjagender Pferde; aber das Geräusch war noch schwach wie der erste Morgenschimmer. Der General, mit seinem geübten Ohr, erkannte an dem Gang der Pferde, daß sie durch die Zucht und Schule der Schwadron gegangen waren.

»Das ist die Gendarmerie«, sagte er.

Er warf einen schnellen Blick auf seinen Gefangenen; dieser Blick mußte die Zweifel, die er ihm durch eine ungewollte Indiskretion hätte einflößen können, verjagen. Dann ergriff er das Licht und stieg in den Salon hinab. Kaum hatte er den Schlüssel zu dem Oberzimmer auf den Kamin gelegt, als das Pferdegetrappel stärker wurde und sich mit einer Geschwindigkeit, die ihn erzittern ließ, dem Landhaus näherte. Tatsächlich hielten die Pferde vor dem Haustor an. Ein Reiter stieg vom Pferd, nachdem er mit seinen Kameraden einige Worte gewechselt hatte, klopfte heftig ans Tor und zwang den General zu öffnen. Beim Anblick der sechs Gendarmen, deren silberbestickte Hüte im Mondschein glitzerten, konnte der General kaum seine innere Erregung niederhalten.

»Euer Gnaden«, sprach ihn ein Korporal an, »haben Sie nicht soeben einen Mann in Richtung des Stadttors laufen hören?«

»In Richtung des Stadttors? Nein.«

»Sie haben niemandem die Tür geöffnet?«

»Pflege ich denn selber die Tür zu öffnen?«

»Verzeihung, Herr General, in diesem Augenblick, so scheint mir . . .«

»Ach was«, rief der Marquis zornig, »wollen Sie mich zum Narren halten? Haben Sie das Recht . . .?«

»Durchaus nicht, Euer Gnaden«, beschwichtigte der Korporal, »Sie entschuldigen unseren Eifer. Wir wissen wohl, daß ein Pair von Frankreich sich nicht dem Wagnis aussetzt, zu dieser nächtlichen Stunde einen Mörder bei sich aufzunehmen; aber der Wunsch, einige Auskünfte zu erhalten . . .«

»Einen Mörder!« rief der General aus. »Und wer ist denn . . .?«

»Baron von Mauny ist soeben mit einer Axt erschlagen worden«, versetzte der Gendarm. »Aber die Verfolgung des Mörders ist sofort aufgenommen worden. Wir sind überzeugt, er hält sich hier in der Nähe auf, und wir werden ihn zur Strecke bringen. Ich bitte um Verzeihung, Herr General.«

Der Reiter war schon wieder zu Pferde gestiegen, während er noch sprach; so konnte er glücklicherweise das Gesicht des Generals nicht sehen. Gewöhnt, alles für möglich zu halten, hätte der Korporal beim Anblick des unbeherrschten Gesichts, auf dem sich der innere Aufruhr so deutlich widerspiegelte, vielleicht Verdacht geschöpft.

»Kennt man den Namen des Mörders?« fragte der General.

»Nein«, erwiderte der Reiter. »Das Gold und die Banknoten, die sich im Schreibtisch befanden, hat er nicht angerührt.«

»Ein Racheakt«, meinte der Marquis.

»Glauben Sie? An einem Greis? ... Nein, nein, der Bursche wird nur nicht die Zeit gehabt haben, seine Tat ganz auszuführen.«

Und der Gendarm eilte seinen Kameraden nach, die schon wieder davongejagt waren. Einen Augenblick lang war der General wie vor den Kopf geschlagen, begreiflicherweise. Gleich darauf hörte er seine Dienstboten nach Hause kommen; die stritten sich heftig, ihre Stimmen schallten von der Straße nach Montreuil herüber. Als sie vor ihm standen, prasselte sein Zorn, der ein Ventil brauchte, um sich Luft zu machen, wie ein Gewitter auf sie nieder. Seine Stimme hallte durch das ganze Haus. Dann, als der dreisteste, der gerissenste unter ihnen, sein Kammerdiener, ihre Verspätung damit entschuldigte, daß sie vor Montreuil von auf der Suche nach einem Mörder begriffenen Gendarmen und Polizisten festgehalten worden wären, beruhigte sich der General. Er schwieg plötzlich. Doch sogleich erinnerte ihn das Wort ›Mörder‹ daran, daß er seiner seltsamen Lage etwas schuldig war, und er befahl kurz allen seinen Dienstboten, sofort schlafen zu gehen – wobei diese nur erstaunt darüber waren, wie leicht er über die Lüge des Dieners hinweggegangen war.

Während diese Ereignisse sich im Hofe abspielten, hatte ein scheinbar ziemlich belangloser Umstand die Lage der anderen an unserer Geschichte beteiligten Personen verändert. Kaum war nämlich der Marquis aus dem Zimmer gegangen, als seine Frau ihre Augen abwechselnd über den Dachkammerschlüssel und über Helene gleiten ließ und schließlich, sich zu ihrer Tochter beugend, leise zu ihr sagte: »Helene, dein Vater hat auf dem Kamin den Schlüssel liegenlassen.«

Das junge Mädchen hob verwundert den Kopf und blickte verstört die Mutter an, deren Augen vor Neugierde funkelten.

»Ja, und – Mama?« gab sie befangen zurück.

»Ich möchte gern wissen, was da oben vor sich geht. Wenn dort jemand ist, dann hat er sich jedenfalls noch nicht gerührt. Geh doch hinauf . . .!«

»Ich?« fragte das junge Mädchen erschrocken.

»Hast du Angst?«

»Nein, Mutter, aber mir war, als ob ich den Schritt eines Menschen gehört hätte.«

»Wenn ich selbst gehen könnte, hätte ich dich nicht hinaufsteigen heißen, Helene«, fuhr die Mutter mit steifer Würde fort. »Wenn dein Vater zurückkäme und mich hier nicht anträfe, würde er mich vielleicht suchen, wohingegen ihm deine Abwesenheit nicht auffallen wird.«

»Wenn du es mir befiehlst, Mutter«, erwiderte Helene, »gehe ich; aber ich werde die Achtung meines Vaters verlieren . . .«

»Ah so!« sagte die Marquise mit leichter Ironie. »Aber da du für Ernst nimmst, was nur ein Scherz war, so befehle ich dir nunmehr, nachzuschauen, wer da oben ist. Da ist der Schlüssel, meine Tochter. Wenn dir auch dein Vater Stillschweigen auferlegte über das, was im Augenblick im Hause vor sich geht, so hat er dir doch keineswegs untersagt, in dieses Zimmer hinaufzusteigen. Geh – und merke dir, daß eine Tochter sich niemals über ihre Mutter ein Urteil erlauben darf . . .!«

Nachdem die Marquise die letzten Worte mit der ganzen Strenge beleidigten Mutterstolzes ausgesprochen hatte, nahm sie den Schlüssel und reichte ihn Helene; die stand auf, ohne ein Wort zu sagen, und ging aus dem Salon.

›Meine Mutter wird stets seine Verzeihung erlangen können; ich aber werde in den Augen meines Vaters für immer gesunken sein. Will sie mir also die Liebe entziehen, die er für mich empfindet, mich aus seinem Hause jagen?‹

Diese Gedanken wirbelten ihr plötzlich durch den Sinn, während sie im Finstern den Gang entlangschritt, an dessen Ende die Tür zu dem geheimnisumwitterten Zimmer lag. Als sie dort anlangte, hatte die Verwirrung ihrer Gedanken etwas Bedrohliches angenommen. Derart verschwommene Überlegungen sind dazu angetan, tausenderlei bislang im Herzen unterdrückte Empfindungen hervorquellen zu lassen. Wenn sie vielleicht auch schon nicht mehr an ein gütiges Schicksal glaubte, so verzweifelte sie in diesem grauenvollen Augenblick vollends am Leben. Ein krampfhaftes Zittern befiel sie, als sie den Schlüssel dem Schloß näherte, und ihre Erregung wurde so mächtig, daß sie für einen Augenblick innehielt, um die Hand auf ihr Herz zu legen – als wenn es in ihrer Macht stünde, seine lauten, heftigen Schläge zu beruhigen. Schließlich schloß sie die Tür auf. Das Ohr des Mörders schien das Kreischen der Türangeln nicht vernommen zu haben. Obwohl er ein sehr scharfes Gehör hatte, blieb er wie festgenagelt an der Wand stehen, reglos und wie in Gedanken versunken. Der Lichtkegel, den die Laterne warf, erhellte ihn notdürftig. Und in diesem Helldunkel glich er jenen dunklen Ritterfiguren, die in gotischen Kapellen immer in den Nischen einer finsteren Gruft stehen. Über seine breite, gelbe Stirn rannen Tropfen kalten Schweißes. Eine unglaubliche Kühnheit blitzte aus diesem stark verzerrten Gesicht. Seine starren, harten Flammenaugen schienen einem Kampfe zuzusehen, der sich im Dunkel um ihn herum abspielte. Aufrührerische Gedanken stürmten über das Antlitz, dessen entschlossener, glasklarer Ausdruck eine überlegene Natur verriet. Haltung und Körperwuchs standen im Einklang mit seinem fessellosen Geist. Dieser Mann war ganz Kraft und ganz Macht, er durchdrang die Finsternis, als wäre sie ein lebendiges Bild seiner Zukunft. Der General, daran gewöhnt, die willensstarken Riesengestalten aus napoleonischer Zeit zu sehen, und beunruhigt durch eine ausschließlich geistige Neugierde, hatte nicht auf die körperlichen Besonderheiten dieses außergewöhnlichen Mannes geachtet; aber Helene, wie alle Frauen für äußere Eindrücke höchst empfänglich, wurde gepackt von der Mischung aus Licht und Schatten, von Großartigkeit und dunkler Leidenschaft, von einem romantischen Chaos, das dem Unbekannten das Aussehen des von seinem Fall sich erhebenden Luzifer verlieh. Plötzlich legte sich wie durch Zauberwirkung der auf seinem Gesicht wetterleuchtende Sturm, und die unerklärliche Macht, von der der Fremde, vielleicht ohne sein Wissen, Ursache und Wirkung war, brach aus den Fesseln, so wie sich eine Überschwemmung in wachsender Schnelligkeit fort ergießt. Ein Strom von Gedanken floß ihm von der Stirn im Augenblick, da seine Züge wieder ihre natürliche Gestalt annahmen. Wie behext von der seltsamen Begegnung und von dem Geheimnis, in das sie hier eindrang, konnte das junge Mädchen nun ein sanftes, anziehendes Gesicht bewundern. Eine geraume Zeit verharrte sie in einem wunderbaren Schweigen, in einem Aufruhr der Gefühle, der ihrer jungen Seele bislang fremd gewesen war. Aber mochte nun Helene einen leisen Ruf ausgestoßen, eine Bewegung gemacht haben, mochte der Mörder bei seiner Rückkehr aus der Gedankenwelt in die Wirklichkeit andere Atemstöße als die seinen vernehmen – er wandte alsbald den Kopf der Tochter seines Wirtes zu und erblickte im Schatten undeutlich das erhabene Gesicht und die hoheitsvolle Gestalt eines Wesens, das er, als er es so reglos und nebelhaft wie eine Erscheinung vor sich stehen sah, für einen Engel halten mußte.

»Mein Herr«, sagte sie mit stockender Stimme.

Der Mörder fuhr zusammen.

»Eine Frau«, stieß er leise hervor. »Ist es möglich? Entfernen Sie sich! Ich erkenne niemandem das Recht zu, mich zu bedauern, mich freizusprechen oder mich zu verurteilen. Ich muß für mich allein bleiben. Gehen Sie, mein Kind!« fügte er mit einer Herrschergeste hinzu. »Ich würde den Dienst, den mir der Herr dieses Hauses erweist, schlecht lohnen, wenn ich auch nur einen einzigen seiner Bewohner die gleiche Luft atmen ließe, die ich atme. Ich muß mich den Gesetzen der Welt unterwerfen.«

Der letzte Satz wurde mit leiser Stimme gesprochen. Während er in seiner tiefen Erkenntnis der Dinge all das Unglück, das jene trübe Vorstellung wachrief, restlos überschaute, heftete er auf Helene einen Schlangenblick und wirbelte im Herzen dieses eigenartigen jungen Mädchens eine Welt von Gedanken auf, die in ihr noch schlummerte. Es war, als hätte eine Lichtfülle unbekannte Gefilde freigelegt. Ihre Seele wurde überwältigt, niedergezwungen, ohne daß sie die Kraft fand, sich gegen diesen Blick zu wehren, der – so ungewollt er auch war – eine magnetische Gewalt ausstrahlte. Beschämt und zitternd verließ sie den Raum und betrat den Salon nur wenige Sekunden früher als ihr Vater, so daß sie ihrer Mutter nichts berichten konnte.

Der General, ganz in Gedanken versunken, lief schweigend, mit über der Brust verschränkten Armen, hin und her, immer wieder zwischen den Fenstern der Straßenseite und denen der Gartenseite hin und her. Seine Frau hielt den eingeschlafenen Abel im Arm. Moina, die im Lehnstuhl hockte wie ein Vogel in seinem Nest, schlummerte sorglos. Die ältere Schwester hatte in der einen Hand einen Seidenknäuel, in der andern eine Nadel und starrte ins Feuer. Die tiefe Stille, die im Salon, draußen und im ganzen Hause herrschte, wurde nur unterbrochen von den schleppenden Schritten der sich nach und nach zur Ruhe begebenden Dienstboten, von dem gelegentlichen Gekicher, dem letzten Nachklang des fröhlichen Hochzeitsfestes; schließlich hörte man noch, wie die Zimmertüren von den tuschelnden Dienstboten geöffnet und wieder geschlossen wurden. Einige dumpfe Laute kamen noch von den Betten her. Ein Stuhl fiel um. Das Husten eines alten Kutschers drang schwach ans Ohr und verstummte. Und bald war alles erfüllt von der dunklen Majestät, die zu mitternächtlicher Stunde in der schlafenden Natur erwacht. Nur die Sterne funkelten. Die Kälte hatte die Erde gepackt. Kein lebendes Wesen redete, rührte sich. Nur das Feuer knisterte, als solle man die tiefe Stille um so mehr gewahr werden. Die Turmuhr von Montreuil schlug die erste Stunde. In diesem Augenblick ließen sich im oberen Stockwerk äußerst leichte, schwache Schritte vernehmen. Der Marquis und seine Tochter, die überzeugt waren, den Mörder des Herrn von Mauny eingeschlossen zu haben, schrieben diese Geräusche einem der weiblichen Dienstboten zu; sie waren deshalb nicht weiter verwundert, als sie hörten, wie die Türen des dem Salon benachbarten Zimmers geöffnet wurden. Plötzlich erschien der Mörder unter ihnen. Nachdem die Bestürzung des Marquis, die lebhafte Neugier der Mutter und die Betroffenheit der Tochter ihm gestattet hatten, fast bis in die Mitte des Salons zu kommen, sagte er zum General mit seltsam ruhiger, wohlklingender Stimme: »Euer Gnaden, die zwei Stunden laufen ab.« »Sie hier!« rief der General aus. »Wie geht das zu?« Und mit fürchterlich prüfendem Blick sah er seine Frau und seine Kinder an. Helene wurde rot wie Feuer. »Sie«, fuhr der Soldat in scharfem Tone fort, »Sie hier in unserer Mitte. Ein blutbefleckter Mörder hier unter uns! Sie schänden dieses Bild. Gehen Sie! Gehen Sie!« setzte er wütend hinzu.

Bei dem Worte ›Mörder‹ stieß die Marquise einen Schrei aus. Was Helene betraf, so schien das Wort über ihr Leben zu entscheiden, ihr Gesicht verriet nicht die leiseste Bestürzung. Es war, als hätte sie diesen Mann erwartet. Nunmehr bekamen ihre so schweifenden Gedanken eine Richtung. Das Strafgericht, das der Himmel für ihre Schuld aufsparte, brach an. Da sich das junge Mädchen für ebenso verworfen hielt, wie es dieser Mann war, sah sie ihn ruhig an: Sie war seine Gefährtin, seine Schwester. Für sie wurde in diesem Ereignis Gottes Gebot sichtbar. Einige Jahre später hätte die Vernunft ihre Gewissensqualen in die rechte Bahn gelenkt, in diesem Augenblick jedoch brachten diese sie von Sinnen. Der Fremde stand unbeweglich und ungerührt da. Ein Lächeln der Verachtung malte sich in seinen Zügen und glitt um seine vollen, roten Lippen.

»Schlecht lohnen Sie mein großmütiges Verhalten Ihnen gegenüber«, sagte er langsam. »Ich habe mit meinen Händen nicht das Glas berühren wollen, in dem Sie mir zu trinken gaben, damit ich meinen Durst stillte. Ich habe nicht einmal meine blutigen Hände unter Ihrem Dache waschen wollen, und ich gehe und lasse von meinem *Verbrechen*«, bei diesem Worte preßten sich seine Lippen aufeinander, »nichts als die Idee zurück, bemüht, von hier zu scheiden, ohne eine Spur zu hinterlassen. Ich habe schließlich nicht einmal Ihrer Tochter erlaubt . . .«

»Meine Tochter!« schrie der General und warf Helene einen Blick des Entsetzens zu. »Ah, Unglücklicher, geh oder ich bringe dich um!«

»Die zwei Stunden sind noch nicht vorüber. Sie können mich weder töten noch ausliefern, ohne Ihre Selbstachtung und – meine Achtung zu verlieren.«

Bei dem letzten Wort versuchte der verblüffte Soldat den Verbrecher anzusehen; aber er wurde gezwungen, die Augen niederzuschlagen, er fühlte sich außerstande, das unerträgliche Feuer eines Blicks auszuhalten, der zum zweiten Male seine Seele aufwühlte. Er fürchtete, wieder nachgeben zu müssen, zumal er wahrnahm, daß sein Wille schon schwächer wurde.

»Einen Greis ermorden! Sie haben wohl niemals im Leben eine Familie gekannt?« sagte er dann und wies mit einer väterlichen Gebärde auf seine Frau und seine Kinder.

»Ja, einen Greis«, wiederholte der Unbekannte und zog sacht die Brauen zusammen.

»Fliehen Sie!« rief der General, ohne daß er es wagte, seinen Gast anzusehen. »Unser Pakt ist gebrochen. Ich werde Sie nicht töten. Nein, ich werde mich niemals zum Handlanger des Schafotts machen. Aber gehen Sie, Sie flößen uns Entsetzen ein!«

»Ich weiß«, erwiderte der Verbrecher gelassen, »es gibt in Frankreich keinen Landstrich, wohin ich meinen Fuß gefahrlos setzen könnte. Aber wenn die Justiz – wie Gott – die besonderen Fälle zu richten verstünde, wenn sie danach forschen wollte, wer von beiden der Mörder oder sein Opfer, das Ungeheuer ist, dann würde ich stolz unter den Menschen wohnen bleiben. Verstehen Sie nicht, daß ein Mensch, den man erschlagen hat, vorher Verbrechen begangen hat? Ich habe mich zum Richter und zum Henker gemacht, ich habe die ohnmächtige Justiz der Menschen in die eigenen Hände genommen. Das ist mein Verbrechen. Leben Sie wohl! Trotz des bitteren Tropfens, den Sie in Ihre Gastfreundschaft warfen, werde ich Sie nie vergessen. Ich werde im Herzen noch ein Gefühl der Dankbarkeit bewahren für einen Menschen auf der Welt, und dieser Mensch sind Sie ... Aber ich hätte gewollt, daß Sie großmütiger wären.«

Er ging zur Tür. In diesem Augenblick beugte sich das junge Mädchen zu seiner Mutter und flüsterte ihr etwas ins Ohr.

»Oh!« ... Der Schrei, der sich seiner Frau entrang, ließ den General zusammenfahren, als hätte er Moina tot daliegen sehen. Helene stand steif, und der Mörder hatte sich instinktiv umgedreht, auf seinem Gesicht lag so etwas wie Besorgnis für diese Familie.

»Was hast du, meine Teure?« fragte der General.

»Helene will mit ihm gehen«, sagte sie.

Der Mörder errötete.

»Da meine Mutter ein fast unfreiwillig ausgesprochenes Wort so schlecht wiedergibt«, sagte Helene leise, »werde ich ihre Wünsche erfüllen.«

Nachdem das junge Mädchen mit beinahe wildem Stolz um sich geblickt hatte, senkte es die Augen und verharrte in einer bewunderswert sittsamen Haltung.

»Helene«, sagte der General, »du bist hinaufgegangen in das Zimmer, wo ich den . . .«

»Ja, Vater.«

»Helene«, fragte er mit krampfhaft zitternder Stimme, »ist es das erstemal, daß du diesen Mann gesehen hast?«

»Ja, Vater.«

»Dann ist es unnatürlich, daß du die Absicht hast . . .«

»Wenn es auch unnatürlich ist, so ist es zumindest wahr, Vater.«

»Ah, meine Tochter!« sagte die Marquise leise, aber so, daß ihr Mann sie verstehen konnte. »Helene, allen Grundsätzen der Ehrenhaftigkeit, der Sittsamkeit, der Tugend, die ich stets in dein Herz zu pflanzen suchte, sprichst du hohn. Wenn du bis zu dieser verhängnisvollen Stunde nichts als Lüge warst, dann bist du nicht zu bedauern. Ist es die moralische Vollkommenheit dieses Unbekannten, die dich reizt? Ist es etwa jene sonderbare Macht, die denen zu Gebote steht, die ein Verbrechen begehen? . . . Ich schätze dich zu hoch ein, als daß ich annehmen könnte . . .«

»Oh, nimm alles an, Mutter!« sagte Helene kalt.

Aber so willensstark sie sich auch in diesem Augenblick zeigte, ihre flackernden Augen konnten nur mühsam die Tränen zurückhalten, die ihr in die Augen stiegen. An den Tränen des jungen Mädchens erriet der Fremde, was hinter den Worten der Mutter stand; er heftete seinen Adlerblick auf die Marquise, so daß sie durch eine unwiderstehliche Gewalt gezwungen wurde, diesen schrecklichen Versucher anzusehen. Als nun die Augen der Frau sich mit den hellen, leuchtenden Augen des Mannes kreuzten, ging ein Schauer durch ihren Körper, so wie uns ein Schlag trifft, wenn wir einem Reptil gegenüberstehen oder eine Leydener Flasche anfassen.

»Mein Lieber«, schrie sie ihren Mann an, »das ist der Teufel! Er errät alles . . .«

Der General stand auf, um nach einer Klingelschnur zu greifen.

»Er vernichtet Sie«, sagte Helene zu dem Mörder.

Der Unbekannte lächelte, tat einen Schritt nach vorn, fiel dem Marquis in den Arm, zwang ihn, einen hypnotischen Blick auszuhalten, und lähmte seine Widerstandskraft.

»Ich werde Ihnen Ihre Gastfreundschaft vergelten«, sagte er, »und wir sind quitt. Indem ich mich selber stelle, erspare ich Ihnen eine ehrlose Handlung. Was sollte ich nach alledem jetzt noch im Leben wollen?«

»Sie können bereuen«, erwiderte Helene und ließ vor seinem Auge einen Hoffnungsschimmer aufglänzen, wie ihn nur die Augen eines jungen Mädchens auszustrahlen vermögen.

»Ich werde niemals bereuen«, entgegnete der Mörder mit lauter Stimme und hob stolz den Kopf.

»Seine Hände sind blutbefleckt«, sagte der Vater zu seiner Tochter.

»Ich werde das Blut wegwischen«, erwiderte sie.

»Aber«, wandte der General ein, ohne indessen den Mut zu haben, auf den Unbekannten hinzudeuten, »weißt du denn, ob er dich auch haben will?«

Der Mörder tat einen Schritt auf Helene zu. Deren Schönheit, so keusch und züchtig sie auch war, wurde wie von einem inneren Licht durchstrahlt, dessen Funken die leisesten Züge, die zartesten Linien färbten und sie gleichsam scharf hervortreten ließen. Nachdem der Unbekannte auf dieses entzückende Geschöpf einen milden, noch immer heftig glühenden Blick geworfen hatte, sagte er in starker Erregung: »Mich Ihrer Opferwilligkeit zu versagen, heißt das nicht Sie um Ihrer selbst willen lieben und meine Schuld einlösen für zwei Stunden meines Lebens, die mir Ihr Vater erkauft hat?«

»So stoßen auch Sie mich von sich!« rief Helene in herzzerreißendem Ton. »Dann lebt alle wohl, ich gehe in den Tod!«

»Was soll das bedeuten?« sagten Vater und Mutter gleichzeitig.

Helene schwieg und schlug die Augen nieder, nachdem sie die Marquise mit einem bedeutungsvollen Blick fragend angesehen hatte. Von dem Augenblick an, da der General und seine Frau durch ihre Rede und ihr Handeln das seltsame Privileg, das sich der Unbekannte mit seinem Verweilen in ihrer Mitte anmaßte, zu brechen suchten und wo letzterer das schwindeln machende Licht, das aus seinen Augen sprang, ihnen entgegenschleuderte, waren sie einer unerklärlichen Betäubung zum Opfer gefallen. Ihr erschlaffter Verstand leistete ihnen nur schlechte Dienste, um die übernatürliche Gewalt, der sie zu erliegen drohten, abzuschütteln. Für sie war die Luft dumpf und schwül geworden, und sie atmeten nur mühsam; indessen, sie waren nicht imstande, den, der sie solchermaßen bannte, schuldig zu sprechen, wie wohl eine innere Stimme sie nicht im Zweifel darüber ließ, daß dieser Zauberer die Ursache ihrer Ohnmacht war. Inmitten dieses Todeskampfes der Seele spürte der General, er müsse seine Anstrengungen darauf richten, auf die schwankende Vernunft seiner Tochter einzuwirken: Er legte den Arm um sie und führte sie von dem Mörder weg in eine Fensternische.

»Mein liebes Kind«, begann er leise, »wenn irgendeine seltsame Liebe plötzlich in deinem Herzen aufgebrochen wäre, so haben mir dein unschuldiges Leben, deine fromme, reine Seele genügend Charakterproben gegeben, als daß ich nicht annehmen könnte, du würdest die nötige Willenskraft aufbringen, um eine Wahnsinnsregung niederzukämpfen. Hinter deinem Verhalten steckt also ein Geheimnis. Nun, mein Herz ist ein Herz voller Nachsicht, ihm kannst du alles anvertrauen; selbst wenn du es zerfleischst, so weiß ich meinen Kummer zu verbergen und dein Bekenntnis getreu in mir zu bewahren. Also, bist du eifersüchtig auf unsere Liebe zu deinen Brüdern oder zu deiner kleinen Schwester? Birgt dein Herz einen Liebeskummer? Bist du hier unglücklich? Sprich, erkläre mir die Gründe, die dich dazu bewegen, dich von deiner Familie abzuwenden, sie aufzugeben, sie ihrer lieblichsten Wonnen zu berauben, deine Mutter, deine Brüder, deine kleine Schwester zu verlassen!«

»Mein Vater«, erwiderte sie, »ich bin weder eifersüchtig noch in irgend jemanden verliebt, nicht einmal in deinen Freund, den Diplomaten, Herrn von Vandenesse.«

Die Marquise erbleichte, und ihre Tochter, die sie beobachtete, hielt inne.

»Muß ich mich nicht früher oder später unter den Schutz eines Mannes begeben?«

»Ja, gewiß.«

»Wissen wir jemals«, fuhr sie fort, »wem wir unser Schicksal anvertrauen? Ich für mein Teil, ich glaube an diesen Mann.«

»Mein Kind«, sagte der General mit erhobener Stimme, »du denkst nicht an alle die Leiden, die auf dich einstürmen werden.«

»Ich denke an die seinen . . .«

»Was für ein Leben!« sagte der Vater.

»Ein Frauenleben«, gab die Tochter flüsternd zurück.

»Du sprichst sehr weise«, rief die Marquise dazwischen, die endlich die Sprache wiedergefunden hatte.

»Die Fragen fordern die Antworten heraus, Mutter; doch wenn du es wünschst, werde ich offener reden.«

»Sag alles, mein Kind, ich bin Mutter!« Hier sah die Tochter die Mutter an, und dieser Blick ließ die Marquise einen kurzen Augenblick innehalten. »Helene, eher werde ich deine Vorwürfe – sofern du mir welche zu machen hast – ertragen, als daß ich zusehe, wie du einem Manne nachfolgst, dem alle Welt voller Entsetzen aus dem Wege geht.«

»Du siehst, Mutter, daß er ohne mich ganz allein dastünde.«

»Genug, Frau!« rief der General. »Wir haben also nur noch eine Tochter!« Und er sah zu der immer noch schlafenden Moina. »Ich werde dich in ein Kloster sperren«, sagte er weiter, zu Helene gewendet.

»Gut, Vater«, erwiderte diese mit hoffnungsloser

Ruhe, »dort werde ich sterben. Du bist für mein Leben und *seine* Seele nur Gott verantwortlich.«

Tiefe Stille folgte auf einmal diesen Worten. Die Zeugen dieser Szene, in der alles gegen die hergebrachten Gefühle des gesellschaftlichen Lebens verstieß, wagten nicht, einander anzusehen. Plötzlich erspähte der Marquis seine Pistolen, ergriff eine von ihnen, entsicherte sie schnell und legte auf den Fremden an. Beim Knacken des Schlosses drehte sich der Mann herum, warf seinen ruhigen, stechenden Blick auf den General; dessen Arm wurde von einer unwiderstehlichen Schlaffheit gelähmt und sank schwer herab; die Pistole fiel auf den Teppich ...

»Meine Tochter«, sagte da der Vater, der von diesem furchtbaren Kampfe völlig erschöpft war, »du bist frei. Umarme deine Mutter, sofern sie nichts dagegen hat! Ich für mein Teil, ich will dich nicht mehr sehen noch hören ...«

»Helene«, sagte die Mutter zu dem Mädchen, »bedenke doch, du wirst im Elend leben.«

Ein rasselnder Ton kam aus der mächtigen Brust des Mörders, alle sahen zu ihm hin. Ein Ausdruck der Verachtung lag auf seinem Gesicht.

»Die Gastfreundschaft, die ich Ihnen schenkte, kommt mich teuer zu stehen«, rief der General aus und stand auf. »Soeben haben Sie einen Greis umgebracht, jetzt ermorden Sie eine ganze Familie. Was auch geschehen mag, dies Haus wird ein Haus des Unglücks bleiben.«

»Und wenn Ihre Tochter glücklich wird?« fragte der Mörder und faßte den Offizier scharf ins Auge.

»Wenn sie mit Ihnen glücklich wird«, antwortete der

Vater in übermenschlicher Anstrengung, »werde ich sie nicht beweinen.«

Helene kniete zaghaft vor ihrem Vater nieder und sagte mit schmeichelnder Stimme zu ihm: »Sei es, daß du mir die Schätze deiner Güte schenkst, sei es, daß du mir die Härten deiner Ungnade widerfahren läßt – ich liebe und verehre dich ... Aber ich flehe dich an: Laß deine letzten Worte nicht Worte des Zorns sein!«

Der General wagte nicht, seiner Tochter in die Augen zu schauen. In diesem Augenblick trat der Fremde auf Helene zu und schenkte ihr ein Lächeln, in dem etwas Höllisches und Himmlisches zugleich lag. »Du, die du vor einem Mörder nicht zurückschreckst, du Engel der Barmherzigkeit, komm«, sagte er, »da du darauf bestehst, dein Schicksal in meine Hände zu geben!«

»Unbegreiflich«, rief der Vater aus.

Die Marquise warf ihrer Tochter einen ungewöhnlichen Blick zu und breitete die Arme nach ihr aus. Helene stürzte weinend an ihre Brust.

»Leb wohl«, sagte sie, »leb wohl, Mutter!«

Helene nickte dem Fremden entschlossen zu, dieser fuhr zusammen. Sie küßte ihrem Vater die Hand, küßte schnell, aber ohne Bedauern Moina und den kleinen Abel und verschwand mit dem Mörder.

»Wo sind sie hin?« rief der General, als er dem fliehenden Schritt der beiden nachlauschte. »Frau«, wandte er sich an die Marquise, »mir ist, als träumte ich; dieses Abenteuer birgt ein Geheimnis. Du mußt es kennen.«

Die Marquise schauderte es.

»Seit einiger Zeit schon«, antwortete sie, »war deine Tochter außerordentlich schwärmerisch und seltsam überspannt. Obwohl ich mit aller Kraft gegen diese Richtung ihres Wesens ankämpfte . . .«

»Das verstehe ich nicht . . .«

Da der General jedoch in seiner Einbildung die Schritte seiner Tochter und die des Fremden zu hören glaubte, unterbrach er sich, um eilends das Fenster zu öffnen.

»Helene!« schrie er.

Der Ruf verhallte in der Nacht wie eine vergebliche Prophezeihung. Indem der General jenen Namen, auf den nichts in der Welt mehr Antwort gab, aussprach, brach er – als würde er durch einen Zauberstab berührt – den Bann, unter den ihn eine Gewalt der Hölle gestellt hatte. Eine Art Erleuchtung glitt über sein Gesicht. Er sah deutlich die Szene vor sich, die sich soeben abgespielt hatte, und verfluchte seine Ohnmacht; sie war ihm unbegreiflich. Eine Hitzewelle schlug von seinem Herzen aus durch den ganzen Körper; er wurde wieder er selbst, schrecklich, rachedürstend, und stieß einen fürchterlichen Schrei aus.

»Zu Hilfe! Zu Hilfe!«

Er lief zu den Klingelschnuren, ließ anfangs ein seltsames Gebimmel durchs Haus schallen und zog sie dann so heftig, daß sie zerrissen. Die gesamte Dienerschaft fuhr aus dem Schlafe hoch. Er aber, er öffnete, immerfort schreiend, die Fenster nach der Straße, rief nach der Polizei, griff nach seinen Pistolen, feuerte sie ab, um den Ritt der Gendarmen, das Aufstehen des Dienstpersonals und das Herbeieilen der Nachbarn zu beschleunigen. Die Hunde erkannten alsbald die Stimme ihres Herrn und bellten, die Pferde wieherten und stampften. Es war ein schrecklicher Tumult in dieser stillen Nacht. Als der

General die Haustreppe hinunterrannte, um seiner Tochter nachzulaufen, sah er seine erschreckten Dienstboten von allen Seiten herbeieilen.

»Meine Tochter! Helene ist entführt! Durchsucht den Garten! Bewacht die Straße! Macht der Gendarmerie das Tor auf! Faßt den Mörder!«

Kurz darauf riß er in einem Anfall von Raserei die Kette ab, die den starken Wachhund zurückhielt.

»Helene! Helene!« schrie er ihn an.

Der Hund sprang los wie ein Löwe, bellte wütend und stürzte so schnell in den Garten, daß ihm der General nicht folgen konnte. In diesem Augenblick ertönte von der Straße her der Hufschlag galoppierender Pferde, und der General beeilte sich, selber zu öffnen.

»Korporal«, schrie er, »schneiden Sie dem Mörder des Herrn von Mauny den Rückzug ab! Sie entwichen aus meinen Gärten. Rasch, umstellen Sie die Wege nach der Pikardiehöhe, ich werde alle Äcker und Wiesen, alle Parks, alle Häuser durchsuchen! – Ihr«, wandte er sich an seine Dienstboten, »bewacht die Straße und behaltet die Strecke vom Stadttor bis nach Versailles im Auge! Vorwärts alle!«

Er ergriff ein Gewehr, das ihm sein Kammerdiener brachte, und stürzte in die Gärten, immerfort dem Hund nachrufend: »Such!« Aus der Ferne antwortete ihm wütendes Geheul, und er wandte sich nach der Richtung, aus der das Hundeschnaufen zu kommen schien.

Um sieben Uhr morgens wurde die Suche der Gendarmerie, des Generals, der Dienstboten und der Nachbarn erfolglos abgebrochen. Der Hund war nicht zurückgekehrt. Von Müdigkeit übermannt und schon gealtert durch seinen Schmerz, trat der Marquis wieder in seinen

Salon, der für ihn öde und verlassen dalag, wiewohl seine anderen drei Kinder darin waren.

»Du bist sehr kalt gegen deine Tochter gewesen«, sagte er und sah seine Frau an. »Das ist nun alles, was uns von ihr bleibt«, setzte er hinzu und wies auf den Stickrahmen, wo er eine angefangene Blume erblickte. »Eben noch war sie da, und jetzt ist sie verloren, verloren für immer!«

Er weinte, schlug die Hände vors Gesicht und schwieg einen Augenblick; er wagte nicht mehr, sich im Salon umzusehen, der ihm noch vor kurzem das lieblichste Bild häuslichen Glücks dargeboten hatte. Der Schimmer der Morgenröte kämpfte mit den erlöschenden Lampen, die Kerzen brannten auf die geschweiften Hülsen nieder, alles stand im Einklang mit der Verzweiflung des Vaters.

»Man muß ihn zerstören«, sagte er nach einem kurzen Schweigen und zeigte auf den Stickrahmen. »Ich könnte nichts mehr sehen von dem, was uns an sie erinnert . . .« – –

Die furchtbare Weihnachtsnacht, in der der Marquis und seine Frau von dem Unglück betroffen wurden, ihre älteste Tochter zu verlieren – ohne daß sie sich dem seltsamen Zwang, den ihr unfreiwilliger Entführer auf Helene ausübte, hätten widersetzen können –, war wie ein Fingerzeig des Schicksals gewesen. Der Bankerott eines Wechselagenten brachte den Marquis um Hab und Gut. Er belastete die Güter seiner Frau mit Hypotheken, um eine Spekulation zu wagen, deren Gewinn seiner Familie ihr ganzes früheres Vermögen zurückgeben sollte; dieses Unternehmen ruinierte ihn vollends. Von seiner Verzweiflung dazu getrieben, das Letzte zu versuchen, wanderte der General aus. –

Nunmehr waren sechs Jahre seit seinem Fortgang verflossen. Wiewohl seine Familie nur selten eine Nachricht von ihm erhalten hatte, so kündigte er schließlich, kurz bevor Spanien die Unabhängigkeit der amerikanischen Republiken anerkannte, seine Rückkehr an.

So befanden sich an einem prächtigen Morgen, wenige Meilen von Bordeaux entfernt, an Bord einer spanischen Brigg einige französische Kaufleute, die darauf brannten, ihre Heimat wiederzusehen. Sie waren mit Reichtümern versehen, die sie um den Preis unentwegter Anstrengungen und gefahrvoller Reisen nach Mexiko oder Kolumbien erworben hatten. An der Reling lehnte ein Mann, der infolge der Entbehrungen und Kümmernisse vorzeitig gealtert war, er schien unempfindlich für das Schauspiel, das die in Gruppen auf dem Oberdeck stehenden Fahrgäste boten. Den Gefahren der Schiffsreise glücklich entronnen und von der Schönheit dieses Tages heraufgelockt, waren sie alle an Deck gestiegen, gleichsam um ihre Heimaterde zu begrüßen. Die meisten von ihnen wollten in der Ferne unbedingt die Leuchttürme erkennen, den Turm von Cordouan, die Bauwerke der Gascogne, die in den bizarren weißen Wolkengebilden am Horizont verschwammen. Wenn nicht der silberschimmernde Saum, der sich um den Bug der Brigg spielerisch kräuselte, und die langgezogene, stets schnell verlöschende Furche, die jene am Heck durchs Wasser zog, gewesen wären, hätten die Reisenden meinen können, sie lägen völlig reglos auf dem weiten Ozean – so ruhig war das Meer. Der Himmel war von hinreißender Klarheit. Die satten Farben seines Doms gingen in unmerklichen Abstufungen in die bläulichen Töne der Wasserfluten über; die Linie, wo beide aufeinanderstießen, flimmerte in sternenhaft leuchtender Helle. Die Sonne ließ über der ungeheuren Weite des Meeres Millionen von Facetten auffunkeln, so daß die riesigen Wasserflächen vielleicht lichtheller waren als die Himmelsfluren. Alle Segel der Brigg blähten sich in einem wunderbar sanften Winde, die schneeweißen Laken, die wehenden gelben Flaggen, das labyrinthische Takelwerk, alles hob sich in scharfen Konturen vom leuchtenden Grunde der Luft, des Himmels und des Ozeans ab, ohne daß andere Farbtöne darauf glitten als die von den luftigen Segeln geworfenen Schatten. Ein herrlicher Tag, eine frische Brise, die ferne heimatliche Küste, ein ruhiges Meer, ein melancholisches Säuseln, eine einsame stattliche Brigg, die über den Ozean glitt wie eine zu einem Stelldichein eilende Frau, all das formte sich zu einem überaus harmonischen Gemälde, zu einer Szene, in der die Menschenseele von einem Punkte aus, der in ständiger Bewegung war, unveränderliche Räume überschauen konnte. Da war ein seltsamer Gegensatz von Einsamkeit und Leben, von Stille und Ton, ohne daß man sagen konnte, wo Ton und Leben, wo Nichts und Stille war; und keine menschliche Stimme brach diesen himmlischen Zauber. Der spanische Kapitän, seine Matrosen, die Franzosen, alle saßen oder standen in frommer, erinnerungsschwerer Verzückung. Die Luft war träge. Die freudestrahlenden Gesichter kündeten von einem völligen Vergessen überstandener Leiden, diese Menschen schaukelten auf dem lieblichen Schiff wie in einem märchenhaften Traum. Der bejahrte Fahrgast jedoch, der an der Reling lehnte, sah von Zeit zu Zeit mit leichter Besorgnis nach dem Horizont. In allen seinen Gesichtszügen stand ein Mißtrauen in das Schicksal, und er schien zu befürchten, daß er nicht so bald seinen Fuß auf Frankreichs Erde würde setzen können. Dieser Mann war der Marquis. Das Schicksal hatte sich seinen verzweifelten Rufen und Anstrengungen gegenüber nicht taub gezeigt. Nach fünf Jahren harter Beschwerden und Mühen sah er sich im Besitz eines ansehnlichen Vermögens. Von sehnsüchtigem Verlangen getrieben, sein Heimatland wiederzusehen und seiner Familie das Glück zu bringen, war er dem Beispiel einiger französischer Kaufleute aus Havanna gefolgt und hatte sich zusammen mit ihnen auf einem spanischen Schiff mit Fracht für Bordeaux eingeschifft. Und nun zauberte ihm die Phantasie, die der ständigen unheilvollen Ahnungen müde geworden war, die herrlichsten Bilder von seinem früheren Glück vor das Auge. Während er in der Ferne den dunklen Saum gewahrte, der Land kündete, glaubte er seine Frau und seine Kinder zu schauen. Er war wieder an seinem alten Platze, in seinem traulichen Heim und fühlte sich daselbst an die Brust gedrückt, mit Liebkosungen überschüttet. In seiner Vorstellung erschien Moina als großes, schönes, stattliches junges Mädchen. Als dieses Gaukelbild gleichsam greifbar geworden war, stiegen ihm die Tränen in die Augen; um seine innere Erregung zu verbergen, blickte er dann nach dem schwimmenden Horizont, der dem nebelhaften, landverheißenden Streifen entgegengesetzt war.

»Da ist es«, sagte er, »es folgt uns.«

»Was ist es?« rief der spanische Kapitän.

»Ein Schiff«, versetzte leise der General.

»Schon gestern habe ich es bemerkt«, erwiderte Kapitän Gomez. Dabei sah er den Franzosen beinahe prüfend an. »Es hat uns ständig verfolgt«, flüsterte er dem General ins Ohr.

»Ich wundere mich nur, warum es uns noch nicht eingeholt hat«, entgegnete der alte Soldat. »Es ist ein besserer Segler als Ihr verdammter ›Sankt Ferdinand‹.«

»Er wird Havarie, ein Leck gehabt haben.«

»Er kriegt uns schon«, rief der Franzose.

»Es ist ein kolumbischer Korsar«, sagte ihm der Kapitän ins Ohr. »Wir sind noch sechs Meilen vom Land entfernt, und der Wind läßt nach.«

»Er fährt nicht, er fliegt – als ob er wüßte, daß ihm seine Beute in zwei Stunden entkommen ist. Wie tollkühn!«

»Er!« rief der Kapitän aus. »Nicht umsonst nennt er sich ›Othello‹. Er kürzlich hat er eine spanische Fregatte in den Grund gebohrt, und dabei hat er nicht mehr als dreißig Kanonen. Mir bangte vor niemandem außer vor ihm, denn ich wußte wohl, daß er in den Antillen kreuzte . . . Ah, ah!« fuhr er nach einer Pause fort, währenddem er die Segel seines Schiffes gemustert hatte. »Der Wind kommt auf, wir werden es schaffen. Wir müssen, der Pariser wäre unerbittlich!«

»Auch er wird es schaffen!« gab der Marquis zurück.

Der ›Othello‹ war kaum mehr als drei Meilen entfernt. Obwohl die Schiffsmannschaft die Unterhaltung zwischen dem Marquis und Kapitän Gomez nicht gehört hatte, waren doch, als jener Segler auftauchte, die meisten Matrosen und Passagiere zu den beiden Sprechenden getreten. Fast alle aber hielten die Brigg für ein Handelsschiff und verfolgten interessiert sein Näherkommen, als plötzlich einer der Matrosen mit starker Stimme schrie: »Beim heiligen Jakob! Wir sind erledigt, das ist der Pariser Kapitän!«

Bei diesem schrecklichen Namen verbreitete sich Entsetzen auf der Brigg, ein unbeschreiblicher Tumult entstand. Der spanische Kapitän gab mit seiner festen Stimme den Matrosen für einen Augenblick die alte Willenskraft zurück. Angesichts der Gefahr entschlossen, die Küste um jeden Preis zu erreichen, versuchte er sofort, Backbord und Steuerbord alle oberen und unteren Leesegel zu setzen, um so dem Winde die volle Segelfläche zu bieten, die seine Rahen schmückte. Aber nur unter den größten Schwierigkeiten gelangen die Manöver; ihnen fehlte natürlicherweise jenes bewundernswerte exakte Zusammenspiel der Handgriffe, das uns bei einem Kriegsschiff fasziniert. Obwohl der ›Othello‹ dank der einwandfreien Stellung seiner Segel wie eine Schwalbe dahinflog, gewann er doch scheinbar so wenig an Boden, daß die unglücklichen Franzosen einer angenehmen Täuschung erlagen. Plötzlich, gerade im Augenblick, als der ›Sankt Ferdinand‹ nach unerhörten Anstrengungen infolge von geschickten Manövern, zu denen Gomez selber mit Stimme und Gebärde angefeuert hatte, erneut in Fahrt kam, legte der Steuermann durch ein falsches, aber wohl beabsichtigtes Steuermanöver die Brigg quer vor den Wind. Die Segel, in die der Wind von der Seite blies, schlugen nun so heftig hin und her, daß die Brigg drehte und den Wind von vorn bekam; die Luvbäume brachen, und das Schiff wurde völlig hilflos. Den Kapitän befiel eine unsagbare Wut, sein Gesicht war weißer als die Segel. Mit einem Satz stürzte er sich auf den Steuermann und zückte den Dolch so wild auf ihn, daß er ihn verfehlte; da warf er ihn ins

Meer. Darauf ergriff er das Steuerruder und versuchte des schrecklichen Wirrwarrs Herr zu werden, der sein wackeres, tapferes Schiff aufsässig machte. Tränen der Verzweiflung stiegen ihm in die Augen – denn mehr noch als der nahende Tod bekümmert uns ein Verrat, der uns um die Früchte unserer Bemühungen bringt. Doch je mehr der Kapitän fluchte, um so geringeren Erfolg hatte er. In der Hoffnung, von der Küste her gehört zu werden, gab er einen Alarmschuß ab. In diesem Augenblick antwortete der Korsar, der mit atemberaubender Schnelligkeit herangeschossen kam, mit einem Kanonenschuß; die Kugel schlug in einer Entfernung von zehn Klaftern ins Wasser.

»Alle Wetter!« rief der General aus. »Das war gezielt! Sie haben eigens dazu bestimmte Schiffskanonen.«

»Oh, der da! Ja, wenn der redet, muß man still sein«, versetzte ein Matrose. »Der Pariser würde selbst ein englisches Schiff nicht fürchten . . .«

»Es ist alles aus«, rief der Kapitän in verzweifeltem Tone. Er hatte sein Fernglas erhoben, konnte jedoch in Richtung der Küste nichts ausmachen.

»Wir sind von Frankreich noch weiter weg, als ich dachte.«

»Warum den Mut verlieren?« meinte der General. »Alle Ihre Passagiere sind Franzosen, sie haben Ihr Schiff gemietet. Sie sagen, der Korsar ist Pariser; nun also, hissen Sie die weiße Fahne, und . . .«

» . . . und er wird uns versenken«, ergänzte der Kapitän. »Muß er das nicht auch den Umständen nach tun, wenn er reiche Beute gewinnen will?«

»Ja, wenn er ein Seeräuber ist!«

»Seeräuber!« versetzte der Matrose wild. »O nein, er

hält sich immer ans Gesetz oder weiß es in seinem Sinne auszulegen.«

»Dann wollen wir uns also in das Unvermeidliche fügen«, rief der General und hob die Augen zum Himmel. Er vermochte gerade noch seine Tränen zurückzuhalten.

Er hatte eben zu Ende gesprochen, als ein zweiter, noch besser gezielter Kanonenschuß eine Kugel in den Rumpf des ›Sankt Ferdinand‹ jagte, und die schlug durch diesen hindurch.

»Das Schiff back legen!« befahl der Kapitän wehmütig.

Und der Matrose, der für die Ehrenhaftigkeit des Parisers eingetreten war, half mit klugem Geschick bei diesem Verzweiflungsmanöver. Eine tödliche halbe Stunde lang wartete die Besatzung des Schiffes in tiefster Bestürzung. Vier Millionen in Piastern hatte der ›Sankt Ferdinand‹ an Bord, sie bildeten das Vermögen von fünf Passagieren, und das Vermögen des Generals betrug elfhunderttausend Franken. Endlich zeigte der ›Othello‹, der jetzt zehn Flintenschüsse entfernt war, deutlich die drohenden Mäuler von zwölf feuerbereiten Kanonen. Er schien von einem Winde herangetragen, den der Teufel eigens für ihn blies; aber das Auge des kundigen Seemanns erriet mühelos das Geheimnis solcher Geschwindigkeit. Man brauchte nur für einen kurzen Augenblick das Vorwärtsjagen des Zweimasters ins Auge zu fassen, seine gestreckte Form, den schmalen Bau, die hohen Masten, den Schnitt der Segel, die erstaunliche Leichtigkeit der Takelung und die Gewandtheit, mit der die Gesamtheit der Matrosen, die wie ein Mann zusammenstanden, es fertigbrachte, die aus den einzelnen Segeln zusammengefügte weiße Fläche in der günstigsten Stellung zu halten. Alles auf diesem schnittigen Ding aus Holz, das ebenso schnell, ebenso klug war wie ein Rennpferd oder ein Raubvogel, sprach von einem unerhörten Machtbewußtsein. Die Mannschaft des Kaperschiffes war still und bereit, beim geringsten Widerstand das armselige Handelsschiff in den Grund zu bohren; dieses verhielt sich jedoch zu seinem Glück ruhig, wie ein Schüler, der von seinem Lehrer bei einem Vergehen ertappt wird.

»Wir haben Kanonen!« rief der General und drückte dem spanischen Kapitän die Hand. Letzterer warf dem alten Offizier einen zwischen Mut und Hoffnungslosigkeit schillernden Blick zu und sagte zu ihm: »Auch Männer?«

Der Marquis musterte die Mannschaft des ›Sankt Ferdinand‹, und es schauderte ihn. Die vier Kaufleute waren bleich und zitterten. Währenddessen standen die Matrosen um einen der ihren und schienen miteinander abzukarten, daß sie Partei für den ›Othello‹ ergreifen wollten; dabei schauten sie mit brennender Neugier zum Korsaren hinüber. Nur der Bootsmann, der Kapitän und der Marquis wechselten Blicke, die von Großherzigkeit sprachen.

»Ach, Kapitän Gomez! Einstmals schied ich von meinem Vaterlande und meiner Familie, das Herz abgestorben von Gram; muß ich sie ein zweites Mal verlassen, gerade in dem Augenblick, wo ich meinen Kindern Freude und Glück bringe?«

Der General wandte sich weg, eine Träne der Wut fiel ins Meer; dabei bemerkte er, wie der Steuermann auf das Kaperschiff zuschwamm.

»Dieses Mal«, antwortete der Kapitän, »werden Sie wahrscheinlich für immer von ihnen scheiden.«

Der einfältige Blick, mit dem der Franzose den Spanier anstarrte, ließ letzteren erschrecken. In diesem Augenblick lagen die beiden Schiffe fast Bord an Bord; und beim Anblick der feindlichen Schiffsmannschaft glaubte der General mit einem Male an die verhängnisvolle Prophezeiung von Gomez. Drei Männer standen an jedem Geschütz. Wenn man ihre athletenhafte Statur, ihre kantigen Gesichter, ihre sehnigen, nackten Arme sah, hätte man sie für Bronzestatuen halten können. Gewiß hätte der Tod sie ereilt, ohne sie zu fällen. Die Matrosen, alle schwer bewaffnet, tatkräftig, gewandt und stark, standen reglos da. Die willensgeladenen Gesichter waren alle tiefgebräunt von der Sonne, gestählt von Mühe und Anstrengung. Jedes Auge funkelte wie ein spitzes Brenneisen und verriet einen kraftvollen Verstand, teuflische Lüste. Die tiefe Stille, die auf dem von Menschen und Hüten schwarzen Oberdeck herrschte, legte Zeugnis ab von der unerbittlichen Disziplin, unter die ein mächtiger Wille diese Teufel in Menschengestalt beugte. Der Kommandant stand am Hauptmast, hochaufgerichtet, mit verschränkten Armen, ohne Waffen; nur eine Axt lag zu seinen Füßen. Auf dem Kopfe trug er, zum Schutz gegen die Sonne, einen breitrandigen Filzhut, dessen Schatten sein Gesicht im Dunkel ließ. Wie zu Füßen ihres Herrn liegende Hunde richteten Kanoniere, Soldaten und Matrosen ihre Blicke abwechselnd auf ihren Kapitän und auf das Handelsschiff. Als die beiden Zweimaster gegeneinander stießen, riß die Erschütterung den Korsaren aus seinem Sinnen, und er sagte einem jungen Offizier, der zwei Schritt von ihm stand, ein paar Worte ins Ohr.

»Die Enterhaken!« rief der Leutnant.

Und mit wunderbarer Schnelligkeit wurde der ›Sankt Ferdinand‹ vom ›Othello‹ geentert. Gemäß den leisen Befehlen des Korsaren, die von dem Leutnant wiederholt wurden, gingen die für jeden Dienst genau eingeteilten Männer wie zur Messe schreitende Seminaristen an Deck des gekaperten Schiffes, banden den Matrosen und Passagieren die Hände und bemächtigten sich der Schätze. Im Handumdrehen waren die piastergefüllten Tonnen, die Lebensmittel und die gesamte Besatzung des ›Sankt Ferdinand‹ an Deck des ›Othello‹ gebracht. Der General glaubte, ein Traum hielte ihn gefangen, als er seine Hände gebunden und sich – als wäre er selbst eine Ware – auf einen Ballen geworfen sah. Zwischen dem Korsaren, seinem Leutnant und einem Matrosen, der die Funktion eines Bootsmanns zu haben schien, fand eine Unterredung statt. Als sie nach kurzem beendet war, pfiff der Matrose seinen Leuten; auf seinen Befehl hin sprangen sie alle zum ›Sankt Ferdinand‹ hinüber, kletterten in die Takelung und gingen daran, dem Schiff Segelstangen, Segel und Taue ebenso geschwind zu nehmen, wie ein Soldat auf dem Schlachtfelde einen toten Kameraden auszieht, nach dessen Stiefeln und Rock es ihn gelüstet.

»Wir sind verloren«, sagte der spanische Kapitän gelassen zum Marquis – er hatte die Gebärden der drei Führer während der Beratung sowie die Bewegungen der Matrosen, die seine Brigg regelrecht zu plündern begannen, scharf beobachtet.

»Wieso?« fragte teilnahmslos der General.

»Was sollen sie denn mit uns machen?« gab der Spanier zurück. »Ohne Zweifel haben sie soeben festgestellt, daß sie den ›Sankt Ferdinand‹ in den französischen oder spanischen Häfen schwerlich verkaufen könnten; sie werden ihn versenken, um ihn nicht mit sich herumzuschleppen. Was uns angeht, so glauben Sie doch nicht, daß sie es noch auf sich nehmen könnten, uns durchzufüttern, wo sie nicht wissen, welchen Hafen sie anlaufen werden?«

Der Kapitän hatte gerade zu Ende gesprochen, als der General ein entsetzliches Zetergeschrei vernahm; dem folgte ein dumpfer Laut, welcher von dem Aufplumpsen mehrerer ins Meer fallender Körper herrührte. Er drehte sich um und sah alles andere, nur nicht die vier Kaufleute. Acht Kanoniere mit wilden Gesichtern hielten gerade noch die Arme in die Luft, als der Soldat sie entsetzt anstarrte.

»Sagte ich es Ihnen nicht?« versetzte der spanische Kapitän kaltblütig.

Der Marquis stand plötzlich auf. Die See war wieder ruhig geworden, er konnte nicht einmal mehr die Stelle ausfindig machen, wo seine unglückseligen Reisegefährten soeben untergegangen waren: Sie sanken, wenn sie nicht schon die Fische verschlungen hatten, in diesem Augenblick mit gefesselten Händen und Füßen die Fluten hinab. Ganz in der Nähe schlossen der falsche Steuermann und der Matrose des ›Sankt Ferdinand‹, der eben noch die Macht des Pariser Kapitäns gepriesen hatte, mit den Seeräubern Freundschaft; sie wiesen mit dem Finger auf diejenigen Matrosen der Brigg, die sie für würdig befunden hatten, der Mannschaft des ›Othello‹ eingegliedert zu werden. Was die anderen betraf, so banden ihnen zwei Schiffsjungen die Füße, trotz ihres wilden

Fluchens. Als die Auswahl beendet war, ergriffen die acht Kanoniere die Verurteilten und warfen sie kurzerhand ins Meer. Mit hämischer Neugierde beobachteten die Korsaren jeweils die Art und Weise, wie diese Männer hinabfielen, ihre verzerrten Gesichter, ihre letzte Folterpein; aber ihre Züge zeigten weder Spott noch Verwunderung, noch Mitleid. Es schien für sie ein ganz belangloser Vorfall zu sein, an dessen Anblick sie gewöhnt waren. Die älteren unter ihnen blicken von Zeit zu Zeit auf die am Hauptmast niedergesetzten Fässer, welche die Piaster enthielten; dabei lächelten sie finster und entschlossen. Der General und Kapitän Gomez, die auf einem Warenballen saßen, tauschten einen stummen, fast glanzlosen Blick. Bald waren sie die einzigen, die von der Besatzung des ›Sankt Ferdinand‹ noch übrigblieben. Die sieben Matrosen, welche von den beiden Verrätern aus den Reihen der spanischen Seeleute ausgewählt worden waren, hatten sich bereits frisch und fröhlich in echte Peruaner verwandelt.

»Diese abscheulichen Halunken!« rief plötzlich der General aus, bei dem eine gerechte und edle Empörung alles Leid und alle Vorsicht zurückdrängte.

»Sie gehorchen der Notwendigkeit«, erwiderte Gomez ungerührt. »Wenn Sie einem dieser Kerle einmal wiederbegegneten, würden Sie ihm da nicht Ihren Degen durch den Bauch rennen?«

»Kapitän«, sagte der Leutnant, indem er vor den Spanier hintrat, »der Pariser hat von Ihnen reden hören, Sie sind, so meint er, der einzige, der die Durchfahrten zwischen den Antillen und die Küsten Brasiliens genau kennt. Wollen Sie . . .?«

Der Kapitän unterbrach den jungen Leutnant mit einem Ausruf der Verachtung und entgegnete: »Ich werde als Seemann, als treuer Spanier und als Christ sterben. Verstehst du?«

»Ins Meer mit ihm!« schrie der junge Mann.

Bei diesem Befehl wurde Gomez von zwei Kanonieren ergriffen.

»Ihr seid Feiglinge!« rief der General und trat vor die beiden Seeräuber.

»Alterchen«, sagte der Leutnant zu ihm, »rege dich nicht zu sehr auf! Wenn auch dein rotes Band auf unseren Kapitän einigen Eindruck macht – ich, ich pfeife drauf . . . Auch wir werden gleich ein Wörtchen miteinander reden!«

In diesem Augenblick gab ein dumpfer Ton, in den sich kein Klageruf drängte, dem General zu wissen, daß der tapfere Gomez als Seemann gestorben war.

»Mein Vermögen oder den Tod!« schrie er in einem rasenden Wutanfall.

»Ah, du bist schlau«, versetzte der Korsar grinsend. »Jetzt glaubst du, von uns etwas zu bekommen . . .«

Darauf, auf ein Zeichen des Leutnants, beeilten sich zwei Matrosen, dem Franzosen die Füße zu fesseln. Aber dieser stieß sie mit unvermuteter Unerschrockenheit zurück, riß mit einer kaum erwarteten plötzlichen Bewegung dem Leutnant den Säbel von der Seite und ließ ihn – als alter Kavalleriegeneral, der sein Handwerk verstand – behende durch die Luft sausen.

»Ah, ihr Räuber, ihr werdet einen ehemaligen Soldaten Napoleons nicht wie eine Auster ins Wasser schmeißen.«

Einige aus nächster Nähe auf den widerspenstigen Franzosen abgegebene Pistolenschüsse erregten die

Aufmerksamkeit des Parisers, der gerade das Herüberschaffen des Takelwerkes, dessen Abbau er befohlen hatte, überwachte. Gelassen trat er heran, packte den mutigen General von hinten, zog ihn rasch fort, schleppte ihn zur Reling und schickte sich an, ihn wie einen nutzlosen Sparren ins Meer zu werfen. In diesem Augenblick begegnete das Auge des Generals dem fahlen Auge des Entführers seiner Tochter. Sofort erkannten sich Vater und Schwiegersohn. Der Kapitän hielt in dem Schwung inne, mit dem er den Marquis, als ob dieser kein Gewicht hätte, ausgehoben hatte, und setzte ihn, ohne daran zu denken, ihn ins Meer zu schleudern, nahe dem Hauptmast nieder. Ein Gemurmel erhob sich auf Deck; aber da warf der Korsar einen einzigen Blick auf seine Leute, und mit einem Male herrschte tiefste Stille.

»Es ist Helenes Vater«, sagte der Kapitän mit klarer, fester Stimme. »Wehe dem, der ihm keine Achtung erweisen sollte!«

Ein fröhliches Hurrarufen erscholl über das Deck und stieg zum Himmel auf wie ein Kirchengebet, wie der erste Anruf des Tedeums. Die Schiffsjungen schaukelten in den Tauen, die Matrosen warfen die Mützen in die Luft, die Kanoniere trampelten mit den Füßen, jeder rührte sich, brüllte, pfiff, fluchte. Dieser fanatische Ausbruch von Fröhlichkeit machte den General verstört und finster. Da er diesen Gefühlsüberschwang irgendeinem schrecklichen Geheimnis zuschrieb, war sein erster Ausruf, sobald er die Sprache wiedergefunden hatte: »Meine Tochter! Wo ist sie?« Der Korsar heftete auf den General einen jener tiefdringenden Blicke, die – ohne daß man zu sagen vermöchte, warum – selbst die unerschrockensten Gemüter immer aus der Fassung brachten. Er ließ den General verstummen, zur großen Genugtuung der Matrosen, die mit Freuden feststellten, daß sich die Macht ihres Vorgesetzten auf alle Wesen erstreckte. Darauf führte er ihn zu einer Treppe, hieß ihn hinabsteigen und geleitete ihn vor eine Kajütentür; diese stieß er heftig auf und sagte: »Da ist sie.«

Dann verschwand er und ließ den alten Soldaten allein; der stand wie betäubt da beim Anblick des Bildes, das sich seinem Auge bot. Als Helene hörte, daß die Zimmertür jäh geöffnet wurde, hatte sie sich von dem Diwan, auf dem sie ruhte, erhoben; da erblickte sie den Marquis und stieß einen Schrei der Betroffenheit aus. Sie hatte sich derart verändert, daß es schon der Augen eines Vaters bedurfte, um sie wiederzuerkennen. Die Tropensonne hatte ihrem weißen Gesicht einen braunen Ton, eine wundervolle Färbung gegeben, das verlieh ihm einen märchenhaften Glanz und machte es noch schöner. Aus seinen Zügen strahlten Hoheit, erhabene Selbstsicherheit, tiefes Gefühl; das rauheste Gemüt mußte davon beeindruckt werden. Ihr langes, reiches Haar, das in dichten Locken auf den edelgeformten Hals fiel, prägte ihrem stolzen Gesicht eine noch größere Machtsicherheit auf. In Haltung und Gebärde zeigte Helene das Wissen um ihre Macht. Eine überwältigende Zufriedenheit zitterte behutsam um ihre rosigen Nasenflügel, in ihrer ganzen vollerblühten Schönheit spiegelte sich ihr friedliches Glück. In ihr vereinten sich jungfräuliche Lieblichkeit und jener eigentümliche Stolz, den nur über alles geliebte Wesen kennen. Sklavin und Herrscherin zugleich, wollte sie gehorchen, weil sie herrschen konnte. Sie war mit einer Pracht gekleidet, aus der

Anmut und Eleganz sprach. Ihre gesamte Toilette bestand aus indischem Musselin, ihr Diwan mit den Kissen war aus Kaschmir, den Fußboden der geräumigen Kajüte schmückte ein Perserteppich, zu ihren Füßen spielten ihre vier Kinder und bauten wunderliche Schlösser aus Perlenhalsbändern, kostbaren Edelsteinen und anderen wertvollen Dingen. In mehreren Vasen aus Sèvresporzellan, die Frau Jaquotot bemalt hatte, steckten seltene duftende Blumen: Da waren Jasminblüten aus Mexiko, Kamelien, zwischen denen kleine zahme exotische Vögel schaukelten und wie Rubine, Saphire und lebendiges Gold aussahen. Ein Piano stand in dem Prunkgemach, und an seinen mit gelber Seide ausgeschlagenen Holzwänden sah man hier und da kleine von den berühmtesten Malern stammende Bilder: Ein Sonnenuntergang von Gudin hing neben einem Terburg; eine Madonna von Raffael wetteiferte mit einer Skizze von Girodet an Zauber; ein Gerard Dow versuchte einen Drolling in den Schatten zu stellen. Auf einem Lacktischchen aus China stand ein goldener Teller mit den köstlichsten Früchten. Mit einem Wort, Helene schien die Königin eines großen Reiches zu sein, in ihrem kleinen Damensalon, in dem ihr königlicher Geliebter die kostbarsten Dinge der Welt zusammengetragen haben mußte. Die Kinder blickten ihren Großvater aus lebhaften, scharfen Augen an; an das Leben inmitten von Kämpfen, Stürmen und Aufruhr gewöhnt, glichen sie jenen kleinen nach Kampf und Blut gierigen Römern, die David auf seinem Brutusbild dargestellt hat.

»Wie ist das möglich!« rief Helene aus und faßte ihren Vater an, als wolle sie sich vergewissern, daß sie nicht geträumt habe.

»Helene!«

»Vater!«

Sie stürzten einander in die Arme, und Helene drückte ihn fest und innig an ihre Brust.

»Du warst auf diesem Schiff?«

»Ja«, gab er betrübt zurück, indem er sich auf den Diwan setzte und die Kinder ansah, die um ihn herumstanden und ihn unschuldig gespannt musterten. »Ich wäre ums Leben gekommen ohne . . .«

». . . ohne meinen Mann«, unterbrach sie ihn, »ich weiß . . .«

»Ach«, rief der General, »warum muß ich dich so wiederfinden, meine Helene, dich, um derentwillen ich so viele Tränen vergossen habe! So werde ich dein Geschick also weiter beweinen müssen.«

»Warum?« fragte sie lächelnd. »So wirst du nicht zufrieden sein, wenn du erfährst, daß ich die glücklichste aller Frauen bin?«

»Glücklich!« rief er aus und sprang betroffen auf.

»Ja, lieber Vater«, erwiderte sie; sie faßte seine Hände, küßte sie, legte sie an ihr klopfendes Herz und nickte zu dieser Liebkosung leicht mit dem Kopfe, wobei ihre vor Freude funkelnden Augen die vielsagende Bedeutung dieses Nickens noch unterstrichen.

»Und wie ist das alles gekommen?« fragte er, voller Begier, das Leben seiner Tochter kennenzulernen; vor diesem strahlenden Gesicht vergaß er alles.

»Höre mir zu, Vater«, begann sie, »ich habe zum Geliebten, zum Gatten, zum Diener, zum Gebieter einen Mann, dessen Seele so ungeheuer weit ist wie dieses endlose Meer, so reich an Güte wie der Himmel, mit einem Wort, einen Gott! Seit sieben Jahren hat kein

Wort, kein Gefühl, keine Geste auch nur den leisesten Mißton in die göttliche Harmonie seiner Rede, seiner Zärtlichkeiten, seiner Liebe gebracht. Stets hat er mich angesehen, ein freundliches Lächeln auf den Lippen, einen Strahl der Freude in den Augen. Da oben übertönt seine Donnerstimme oftmals das Heulen des Sturms oder das Kampfgetümmel; aber hier unten ist sie weich und klangvoll wie die Musik Rossinis, dessen Werke bis zu mir kommen. Alles, was die Laune einer Frau nur ersinnen kann, dies alles bekomme ich. Bisweilen werden meine Wünsche sogar übertroffen. Kurz, ich herrsche auf dem Meer, und man gehorcht mir hier, wie man einer Herrscherin gehorcht. – Ach, glücklich!« fuhr sie fort, indem sie sich selber unterbrach. »Das ist nicht das Wort, das mein Glück auszudrücken vermag. Alle Frauen müßten mich beneiden! Eine Liebe, eine grenzenlose Ergebenheit empfinden für den, welchen man liebt, und in *seinem* Herzen einem unendlichen Gefühl begegnen, in dem eine Frauenseele versinkt, und das immerfort – sag, ist das kein Glück? Ich habe schon tausend Leben in mir erlebt. Hier bin ich allein, hier gebiete ich. Niemals hat ein weibliches Wesen seinen Fuß auf dieses stolze Schiff gesetzt, wo Viktor stets in meiner Nähe ist. Er kann sich nicht weiter von mir entfernen als bis zum Bug und Heck«, fuhr sie mit feinem, schalkhaftem Lächeln fort. »Sieben Jahre! Eine Liebe, die sieben Jahre lang dieser ständig lockenden Wonne widersteht, dieser immerwährenden Versuchung – ist das keine Liebe? Nein, nein, es ist mehr als alles, was ich vom Leben kenne . . . die Sprache der Menschen ist nicht imstande, solche Glückseligkeit des Himmels in Worte zu fassen.«

Ein Tränenstrom stürzte aus ihren glühenden Augen. Da stießen die vier Kinder einen Klageruf aus, eilten zu ihr hin wie Küken zur Henne, und der ältere schlug nach dem General, indem er ihn drohend ansah.

»Abel«, sagte Helene, »mein Engel, ich weine vor Freude.«

Sie zog ihn auf ihren Schoß, das Kind legte die Arme um ihren hoheitsvollen Hals, wie ein Löwenjunges, das mit seiner Mutter spielen will, und drückte sich zärtlich an sie.

»Und du langweilst dich nicht?« rief der General wie betäubt von der schwärmerischen Antwort seiner Tochter.

»Doch«, antwortete sie, »auf dem Lande, wenn wir an Land gehen; dabei verlasse ich meinen Mann niemals.«

»Aber du liebtest Feste, Bälle, Musik?«

»Die Musik, das ist seine Stimme; meine Feste, das ist der Schmuck und der Putz, den ich mir für ihn ausdenke. Wenn ihm ein Kleid gefällt, ist es dann nicht, als ob mich die ganze Welt bewunderte? Nur aus diesem Grunde werfe ich diese Diamanten nicht ins Meer, diese Halsketten, diese Juwelenkronen, diese Schätze, diese Blumen, diese Meisterwerke der Kunst, mit denen er mich überschüttet; und dann sagt er immer zu mir: ›Helene, weil du nicht in Gesellschaft gehst, soll die Gesellschaft zu dir kommen.‹«

»Aber hier an Bord sind Männer, verwegene, schreckliche Männer, deren Leidenschaften . . .«

»Ich verstehe, Vater«, sagte sie lächelnd, »beruhige dich! Niemals war eine Kaiserin von mehr Achtung umgeben, als man mir hier entgegenbringt. Diese Leute sind abergläubisch; sie glauben, ich sei der Schutzgeist dieses Schiffes, ihrer Unternehmungen, ihrer Erfolge. Aber er, er ist ihr Gott! Einmal, ein einziges Mal, erwies mir ein Matrose nicht die nötige Achtung . . . in Worten«, setzte sie lachend hinzu. »Ehe Viktor ihn zu fassen kriegte, warf ihn die Mannschaft schon ins Meer, obwohl ich ihm verziehen hatte. Sie verehren mich als ihren guten Engel, ich pflege sie, wenn sie krank sind, und ich hatte das Glück, einige von ihnen vom Tode zu erretten dadurch, daß ich mit weiblicher Unverdrossenheit und Geduld bei ihnen wachte. Diese armen Kerle sind Riesen und Kinder zugleich.«

»Und wenn es Kampf gibt?«

»Das bin ich gewöhnt«, entgegnete sie. »Nur das erste Mal zitterte ich . . . Jetzt ist meine Seele reif für solche Gefahren, und selbst . . . schließlich bin ich deine Tochter, und – ich liebe ihn.«

»Und wenn er umkäme?«

»Dann würde ich mit umkommen.«

»Und deine Kinder?«

»Sie sind Söhne des Ozeans und der Gefahr, sie teilen das Leben ihrer Eltern . . . Unser Dasein ist eins, es kann nicht gespalten werden. Wir leben alle das gleiche Leben, unsere Namen stehen im Buch des Lebens auf der gleichen Seite, wir werden vom gleichen Nachen getragen, wir wissen es.«

»Du liebst ihn also auf eine Weise, daß du ihn allem anderen vorziehst?«

»Allem«, wiederholte sie. »Doch wir wollen dieses Geheimnis nicht ergründen. Hier, dieses geliebte Kind, du siehst, es ist wieder *er*!«

Indem sie Abel mit ungewöhnlicher Heftigkeit an sich

drückte, gab sie ihm glühende Küsse auf die Wangen, auf das Haar . . .

»Aber«, rief der General aus, »ich kann nicht vergessen, daß er soeben neun Menschen ins Meer werfen ließ.«

»Er mußte es ohne Zweifel tun«, entgegnete sie, »denn er ist menschlich und großmütig. Er vergießt so wenig wie möglich Blut, um die Interessen der armen Leute, die er beschützt, und die Belange der heiligen Sache, die er verteidigt, zu wahren. Sprich mit ihm über das, was dir schlecht zu sein scheint, und du wirst sehen, er wird dich lehren, anders zu denken.«

»Und sein Verbrechen?« sagte der General wie zu sich selbst.

»Aber«, warf sie mit kalter Würde ein, »wenn es Tugend wäre? Wenn das Recht der Menschen ihn nicht hätte rächen können?«

»Selber die Rache in die Hand nehmen!« fuhr der General auf.

»Was ist denn die Hölle anderes«, fragte sie, »als eine ewige Vergeltung für die Fehltritte eines Tages?«

»Ah, du bist verloren. Er hat dich behext, verdorben. Du redest ohne Verstand.«

»Bleibe einen Tag hier, Vater, und wenn du ihn anhören, ansehen willst, wirst du ihn liebgewinnen!«

»Helene«, sagte der General schwer, »wir sind nur wenige Meilen von Frankreich entfernt . . .«

Sie zitterte, sah durch das Kajütenfenster hinaus, wies auf das Meer, das seinen unermeßlichen grünen Wogenteppich auseinanderrollte.

»Hier ist meine Heimat«, erwiderte sie und pochte mit der Fußspitze auf den Teppich.

»Aber willst du nicht deine Mutter, deine Schwester, deine Brüder wiedersehen?«

»Doch, ja«, sagte sie mit Tränen in der Stimme, »wenn er es will und wenn er mich begleiten kann.«

»Du hast also nichts mehr, Helene«, warf der Soldat in strengem Tone ein, »keine Heimat, keine Familie?«

»Ich bin seine Frau«, entgegnete sie stolz, voller Würde. »Seit sieben Jahren ist dies das erste Glück, das nicht von ihm kommt«, setzte sie hinzu, ergriff die Hand ihres Vaters und küßte sie, »und dies ist der erste Vorwurf, den ich höre.«

»Und dein Gewissen?«

»Mein Gewissen! Aber das ist *er*!« In diesem Augenblick fuhr sie heftig zusammen. »Er ist es«, sagte sie. »Selbst im Kampfe höre ich aus allen Schritten auf Deck seinen Schritt heraus.«

Und plötzlich ließ eine jähe Röte ihre Wangen erglühen, ihre Züge aufstrahlen, ihre Augen erglänzen, und über die Haut ging ein mattweißer Schimmer. Glückseligkeit und Liebe sprachen aus ihren Gliedern, ihren blauen Adern, aus dem unwillkürlichen Erzittern ihrer ganzen Gestalt. Diese Empfindsamkeit rührte den General. Und wirklich trat kurz darauf der Korsar ins Zimmer, setzte sich in einen Lehnsessel, bemächtigte sich seines ältesten Jungen und begann mit ihm zu spielen. Eine Weile herrschte Schweigen. Denn der General war in tiefes Sinnen versunken, das einem nebelhaften Traumbewußtsein vergleichbar war. Er sah sich in dem üppig eingerichteten Kajütenraum um, der einem Nest von Eisvögeln glich, in diesem Raum, in dem die Familie seit sieben Jahren auf dem Ozean dahinschwamm, zwischen Himmel und Welle, im Vertrauen auf einen

Menschen, durch alle Gefahren des Krieges und der Unwetter sicher hindurchgesteuert, so wie im Leben ein Hauswesen inmitten sozialer Übelstände von einem Familienoberhaupt regiert wird ... Voller Bewunderung lag sein Blick auf seiner Tochter: Sie war wie das märchenhafte Ebenbild einer Meeresgöttin, von lieblicher Schönheit, voll höchsten Glücksgefühls, und vor den Schätzen ihrer Seele, dem blitzenden Leuchten ihrer Augen und dem unbeschreiblichen verklärenden Zauber, den sie selber und ihre Nähe ausstrahlten, verblaßten alle Schätze um sie herum. Diese eigenartige Lage machte den General betroffen; an der Erhabenheit von leidenschaftlichem Gefühl und klarer Vernunft zerbrachen alle herkömmlichen Vorstellungen; vor diesem Bilde schwanden alle die kalten, jämmerlichen Rechenkünste der Gesellschaft dahin. Das alles spürte der alte Soldat, er verstand auch, daß seine Tochter niemals ein so großzügiges, abwechslungsreiches, von echter Liebe erfülltes Dasein aufgeben würde; überdies, wenn sie schon einmal die Gefahr gekostet hatte, ohne davor zurückzuschrecken, dann konnte sie nicht mehr auf den nichtigen Schauplatz einer armseligen und beschränkten Welt zurückkehren.

»Störe ich?« brach der Korsar das Schweigen und sah seine Frau an.

»Nein«, antwortete ihm der General. »Helene hat mir alles erzählt. Ich sehe, daß sie für uns verloren ist ...«

»Durchaus nicht«, entgegnete der Korsar rasch, »... noch ein paar Jahre, und nach der Verjährung meiner Tat werde ich nach Frankreich zurückkehren können. Wenn das Gewissen ohne Makel ist und wenn ein Mensch, indem er eure Gesellschaftsgesetze übertrat, einem anderen Gesetz gehorchte . . .«

Er schwieg, er verschmähte es, sich zu rechtfertigen.

»Und wie kann Ihnen«, unterbrach ihn der General, »nicht das Gewissen schlagen bei den neuen Morden, die vor meinen Augen geschahen?«

»Wir haben keine Lebensmittel«, versetzte der Korsar gelassen.

»Aber wenn man diese Menschen an der Küste absetzte . . .«

»Irgendein Schiff würde uns den Weg verlegen, und wir würden niemals nach Chile gelangen.«

»Ehe man«, warf der General ein, »von Frankreich aus die spanische Admiralität benachrichtigt hätte . . .«

»Aber Frankreich kann es übelnehmen, daß ein Mann, der zudem noch seinen Geschworenengerichten untersteht, sich einer Brigg bemächtigte, die von Leuten aus Bordeaux geheuert war. Im übrigen, haben Sie nicht auf dem Schlachtfelde manchmal einige Kanonenschüsse zuviel abgegeben?«

Vom Blick des Korsaren in die Enge getrieben, schwieg der General; und seine Tochter schenkte ihm einen Blick, in dem sowohl Triumph wie Traurigkeit schwang.

»General«, sagte der Korsar mit warmer Stimme, »ich habe es mir zum Gesetz gemacht, niemals etwas von dem erbeuteten Gut abzuziehen. Aber andererseits steht es auch fest, daß mein Gewinn beträchtlicher sein wird, als es Ihr Vermögen war. Erlauben Sie also, daß ich es Ihnen in anderem Geld zurückerstatte!«

Er entnahm einem Schubfach des Pianos eine Menge Banknoten, und ohne die Pakete zu zählen, reichte er dem Marquis eine Million.

»Sie werden verstehen«, begann er wieder, »daß ich kein Vergnügen daran finden kann, die Passanten auf der Straße nach Bordeaux zu betrachten. Sie müssen uns also verlassen – wofern es Ihnen nicht unser gefahrvolles Zigeunerleben, die Schönheiten Südamerikas, unsere Tropennächte, unsere Kämpfe und die Freude, die Flagge einer jungen Nation siegreich zu führen und den Namen Simon Bolivar hochzuhalten, antun. Ein Boot und zuverlässige Männer erwarten Sie. Hoffen wir, daß uns eine dritte Begegnung ein ungetrübteres Glück bereitet . . .!«

»Viktor, ich möchte meinen Vater gern noch einen Augenblick bei mir haben«, bat Helene in schmollendem Ton.

»Zehn Minuten mehr oder weniger, wir können jeden Augenblick auf eine Fregatte stoßen. Gut! Dann werden wir uns ein wenig mit ihr herumplänkeln. Unsere Leute haben Langeweile.«

»Oh, geh, Vater!« rief die Frau des Seemanns aus. »Bring meiner Schwester, meinen Brüdern, meiner – Mutter«, setzte sie nach kurzem Stocken hinzu, »dies Unterpfand meines Gedenkens!«

Sie nahm eine Handvoll Edelsteine, Halsketten, Geschmeide, hüllte alles in einen Kaschmirschal und reichte es scheu ihrem Vater.

»Und was soll ich ihnen von dir sagen?« fragte er, allem Anschein nach betroffen davon, daß seine Tochter gezögert hatte, das Wort ›Mutter‹ auszusprechen.

»Oh, kannst du an meiner Seele zweifeln? Ich wünsche ihnen jeden Tag Glück.«

»Helene«, begann der Greis wieder und blickte sie fest an, »soll ich dich nicht wiedersehen? Werde ich denn niemals erfahren, was dich zu dieser Flucht getrieben hat?«

»Dies Geheimnis gehört nicht mir allein«, sagte sie ernst. »Hätte ich auch das Recht, es dir zu offenbaren, würde ich es dir vielleicht auch dann nicht verraten. Ich habe zehn Jahre lang unerhörte Qualen erduldet . . .«

Sie sprach nicht weiter und streckte ihrem Vater die für die Familie bestimmten Erinnerungszeichen hin. Durch die Kriegsereignisse an eine erhebliche Großzügigkeit in puncto Beutegut gewöhnt, nahm der General die von seiner Tochter angebotenen Geschenke an; ihm war wohl bei dem Gedanken, daß der Pariser Kapitän unter dem Einfluß einer so reinen, so stolzen Seele bei allen seinen Kriegshandlungen gegen Spanien ein rechtschaffener Mann blieb. Seine Vorliebe für tapfere Männer siegte. Er dachte bei sich, daß jede Sprödigkeit lächerlich sei. Er drückte dem Korsaren kräftig die Hand, umarmte seine Helene, seine einzige Tochter, mit jener überströmenden Herzlichkeit, wie sie Soldaten eigen ist, und ließ eine Träne auf dieses Gesicht fallen, dessen Stolz, dessen männliche Züge ihn mehr als einmal erfreut hatten. Tiefbewegt reichte ihm der Seemann seine Kinder, daß er sie segne. Schließlich sagten sich alle mit einem langen Blick, der nicht ohne Rührung war, zum letzten Male Lebewohl.

»Seid immerfort glücklich!« rief der Großvater und eilte an Deck.

An Bord erwartete den General ein einzigartiges Schauspiel. Der ›Sankt Ferdinand‹, den Flammen übergeben, loderte wie ein riesiges Strohfeuer. Die Matrosen, die die spanische Brigg versenken sollten, hatten an Bord eine Ladung Rum entdeckt – wovon auf dem

›Othello‹ genügend vorhanden war – und machten sich ein Vergnügen daraus, auf offener See eine mächtige Punschbowle zu entzünden. Für Menschen, welche die offensichtliche Eintönigkeit des Meeres alle erdenklichen Möglichkeiten zur Erheiterung ihres Daseins ergreifen ließ, war dies ein wohl verzeihlicher Spaß. Während der General von Bord der Brigg in die von sechs kräftigen Matrosen bemannte Schaluppe des ›Sankt Ferdinand‹ hinabstieg, ließ er sein Auge unwillkürlich zwischen dem brennenden ›Sankt Ferdinand‹ und seiner gegen den Korsaren gelehnten Tochter – beide standen am Heck des Schiffes – hin und her gehen. Als er unter dem Druck so vieler Erinnerungen Helenes weißes Kleid sah, das, luftig wie ein überzähliges Segel, im Winde flatterte, als er auf dem Ozean die schöne, hohe, stattliche Gestalt wahrnahm, die alles, selbst das Meer zu beherrschen fähig war, da vergaß er mit der Unbekümmertheit des Soldaten ganz, daß er eben über das Grab des wackeren Gomez glitt. Über ihm schwebte wie eine braune Wolke eine riesige Rauchsäule, und die Sonnenstrahlen, die hier und da durchstießen, warfen märchenhafte Lichtbündel hinein. Das war gleichsam ein zweiter Himmel, ein düsterer Dom, unter dem es wie von Kronleuchtern funkelte und über dem das unwandelbare Blau des Firmaments hing, das durch diesen augenblicklichen Gegensatz noch tausendmal schöner schien. Die seltsamen Farbschatten dieser Rauchschwaden, gelbe, goldene, rote, schwarze, alle ineinanderfließend und verschwimmend, umhüllten das Schiff; das knisterte, krachte und schrie auf. Das Feuer zischte, als es die Taue faßte, es lief über das ganze Schiff, so wie ein Volksaufruhr durch die Straßen einer Stadt fliegt. Der Rum ließ blaue Flammen aufschießen, die hüpften, als hätte der Meergott selber diese grimmig wilde Flüssigkeit durcheinandergeschüttelt – so rührt auf einem Saufgelage die Hand eines Studenten den fröhlichen ›Abbrand‹ eines Punsches. Doch die Sonne verschwendete mehr Licht; eifersüchtig auf jenen dreisten Schimmer, ließ sie in ihren Strahlen kaum die Farben des Brandes sehen. Es war wie ein Netz, wie eine dünne Schärpe, die in ihrem Flammensturm flatterte. Der ›Othello‹ nutzte für seine Flucht das wenige an Wind, das er in der neuen Richtung erhaschen konnte, und neigte sich bald auf die eine, bald auf die andere Seite, wie ein in den Lüften schaukelnder Drachen. Die stattliche Brigg drehte nach Süden. Bald entzog sie sich dem Auge des Generals und verschwand hinter der steilen Feuersäule, deren Schatten gespenstisch auf die Fluten fiel, bald zeigte sie sich und hob sich, fliehend, voller Anmut aus dem Wasser. Immer wenn Helene ihren Vater wahrnehmen konnte, schwenkte sie ihr Taschentuch, um ihm nochmals einen Gruß zu senden. Bald danach sank der ›Sankt Ferdinand‹, und das zischende Gurgeln der Wasser verschluckte alsbald der Ozean. Ein im Winde sich schaukelndes Wölkchen war alles, was von diesem Schauspiel übrigblieb. Der ›Othello‹ war weit; die Schaluppe näherte sich der Küste; die kleine Wolke legte sich zwischen das schmale Boot und die Brigg. Durch einen Spalt in dem schwankenden Rauchwölkchen sah der General seine Tochter zum letzten Male. Eine prophetische Vision! Nur das weiße Taschentuch und das Kleid schimmerten noch einmal durch den rußbraunen Schleier. Die Brigg war schon nicht mehr zu sehen zwischen den grünen Wassern und dem blauen Himmel.

Helene war nur noch ein winzig kleiner Punkt, eine dünne, liebliche Linie, ein Engel im Himmel, ein Gedanke, eine Erinnerung. –

Nachdem der Marquis wieder zu Vermögen gekommen war, starb er, von Mühsal und Strapazen erschöpft. Einige Monate darauf sah sich die Marquise genötigt, Moina in die Pyrenäen-Bäder zu führen. Das eigensinnige Kind hatte die Schönheiten der Berge sehen wollen. Nun kehrten sie in den Badeort zurück, und bei ihrer Rückkehr geschah folgendes gräßliche Ereignis.

»Bei Gott!« sagte Moina. »Wir haben sehr übel daran getan, daß wir nicht noch einige Tage in den Bergen geblieben sind. Dort waren wir besser dran als hier. Hast du das dauernde Wimmern dieses vertrackten Kindes und die Plapperei der unglücklichen Frau gehört? Sie spricht wahrscheinlich Mundart, denn ich habe nicht ein einziges Wort verstanden von dem, was sie sagte. Was für Leute hat man uns da zu Nachbarn gegeben! Diese Nacht gehört zu den schrecklichsten meines Lebens.«

»Ich habe nichts gehört«, erwiderte die Marquise, »aber, mein liebes Kind, ich werde zur Wirtin gehen und das Nachbarzimmer verlangen, dort werden wir allein sein und nicht mehr gestört werden. Wie befindest du dich heute morgen? Bist du abgespannt?«

Während der letzten Worte war die Marquise aufgestanden und an Moinas Bett getreten.

»Laß sehen!« sagte sie und griff nach der Hand ihrer Tochter.

»Oh, laß, Mutter!« entgegnete Moina. »Du bist kalt.«

Bei diesen Worten kuschelte sie sich schmollend in ihr Kopfkissen, doch das war so niedlich, daß sich eine Mutter schwerlich darüber kränken konnte. In diesem

Augenblick drang aus dem Nachbarraum ein Klagen herüber, dessen sanfter, anhaltender Ton einer Mutter ins Herz schneiden mußte.

»Aber wenn du das die ganze Nacht über gehört hast, warum hast du mich dann nicht geweckt? Wir hätten . . .« Ein Wimmern, nachhaltiger als vorher, ließ die Marquise innehalten, sie rief: »Da liegt jemand im Sterben!« Und sie ging schnell hinaus.

»Schicke mir Pauline!« rief Moina. »Ich will mich ankleiden.«

Die Marquise stieg rasch hinunter und fand die Wirtin im Hofe, umringt von mehreren Personen, die ihr aufmerksam zuzuhören schienen.

»Sie haben da neben uns jemanden untergebracht, der sehr zu leiden scheint . . .«

»Oh, sprechen Sie nicht davon!« wehrte die Wirtin des Gasthauses. »Gerade habe ich nach dem Bürgermeister geschickt. Stellen Sie sich vor: Es ist eine Frau, eine arme, unglückliche Frau, die gestern abend zu Fuß hier angekommen ist; sie kommt aus Spanien, sie hat weder Paß noch Geld. Auf ihrem Rücken trug sie ein kleines Kind, das im Sterben liegt. Ich konnte doch nicht anders und mußte sie hierbehalten. Heute früh bin ich selber zu ihr hinaufgegangen; denn gestern, als sie hier herein verschlagen wurde, war es mir zu schrecklich. Arme kleine Frau! Sie lag neben ihrem Kinde, und alle beide kämpften sie mit dem Tode. ›Gnädige Frau‹, sagte sie und zog einen goldenen Ring von ihrem Finger, ›ich besitze nichts weiter als dies hier, nehmen Sie es als Bezahlung, es wird genug sein, ich werde nicht lange hier bleiben. Mein armer kleiner Liebling, wir sterben zusammen‹. So sprach sie und schaute auf ihr Kind. Ich habe den Ring genommen, ich habe sie gefragt, wer sie sei; aber sie wollte mir ihren Namen beileibe nicht sagen. Ich habe soeben nach dem Arzt und dem Bürgermeister geschickt.«

»Schnell«, rief die Marquise, »lassen Sie ihr alle Hilfe zukommen, die sie brauchen kann! Mein Gott, vielleicht ist noch Zeit, sie zu retten! Ich werde alle Kosten tragen.«

»Ach, gnädige Frau, sie sieht so aus, als wäre sie ganz hübsch stolz, und ich weiß nicht, ob sie will.«

»Ich werde zu ihr gehen.«

Und sogleich stieg die Marquise hinauf zu der Unbekannten, ohne zu bedenken, daß ihr Anblick – sie trug noch Trauerkleidung – dieser Frau weh tun mußte in einem Augenblick, wo sie, wie man sagte, im Sterben lag. Beim Anblick der Sterbenden erbleichte die Marquise. Obwohl die fürchterlichen Leiden Helenes schönes Gesicht entstellt hatten, erkannte sie ihre älteste Tochter. Beim Anblick der schwarzgekleideten Frau richtete sich Helene auf, stieß einen Schrei des Entsetzens aus und sank, als sie in dieser Frau ihre Mutter erkannte, langsam auf das Bett zurück.

»Meine Tochter!« sagte Frau d'Aiglemont. »Was fehlt dir? Pauline! ... Moina! ...«

»Mir fehlt nichts mehr«, antwortete Helene mit schwacher Stimme. »Ich hoffte meinen Vater wiederzusehen, doch deine Trauer sagt mir ...«

Sie vollendete nicht. Sie preßte ihr Kind an die Brust, als wollte sie es wärmen, küßte es auf die Stirn und warf ihrer Mutter einen Blick zu, in dem noch, wenn auch durch Verzeihen gemildert, der Vorwurf zu lesen war. Die Marquise wollte den Vorwurf nicht sehen. Sie vergaß, daß Helene ein Kind war, das einstmals unter Tränen und in Verzweiflung empfangen worden war, das Kind der Pflicht, ein Kind, das die Ursache ihrer schlimmsten Leiden gewesen war. Behutsam trat sie zu ihrer ältesten Tochter hin, sie dachte nur daran, daß Helene sie zum ersten Male die Freuden der Mutterschaft hatte kennenlernen lassen. Die Augen der Mutter waren voller Tränen; und indem sie ihre Tochter umarmte, schrie sie auf: »Helene! Meine Tochter!«

Helene schwieg. Sie hatte eben den letzten Seufzer ihres letzten Kindes aufgefangen.

In diesem Augenblick erschienen Moina, Pauline, ihre Zofe, die Wirtin und der Arzt. Die Marquise hielt die eisige Hand ihrer Tochter in ihren Händen und sah sie mit wahrhafter Verzweiflung an. Erbittert über das Unglück – sie war soeben einem Schiffbruch entronnen, aus dem sie nur ein einziges Kind ihrer ganzen stolzen Familie retten konnte –, sagte die Witwe des Seemanns mit schrecklicher Stimme zu ihrer Mutter: »Das alles ist dein Werk! Wenn du für mich gewesen wärest, was . . .«

»Moina, geh, geht alle hinaus!« rief Frau d'Aiglemont, indem sie mit ihrer lauten Stimme die Helenes übertönte.

»Um Gottes willen, meine Tochter!« begann sie wieder. »Erneuern wir jetzt nicht die traurigen Kämpfe . . .«

»Ich werde schweigen«, erwiderte Helene mit übermenschlicher Anstrengung. »Ich bin Mutter, ich weiß, daß Moina nicht . . . Wo ist mein Kind?«

Moina trat wieder ins Zimmer, von Neugier getrieben. »Liebe Schwester«, sagte das verwöhnte Kind, »der Arzt . . .«

»Es ist alles umsonst«, fing Helene wieder an. »Warum

bin ich nicht damals gestorben, mit sechzehn Jahren, als ich mich töten wollte! Das Glück ist niemals außerhalb der Gesetze zu finden . . . Moina . . . du . . .«

Sie starb; ihr Haupt fiel auf das Köpfchen ihres Kindes, das sie noch mit einem krampfhaften Druck an sich gepreßt hatte.

»Moina«, sagte Frau d'Aiglemont, als sie wieder in ihr Zimmer zurückgekehrt war, wo sie in Tränen ausbrach, »deine Schwester wollte dir wahrscheinlich sagen, daß sich für ein Mädchen das Glück niemals in einem romantischen Leben finden läßt, jenseits der hergebrachten Vorstellungen, und vor allem, fern seiner Mutter.«

VI
DAS ALTER EINER SCHULDIGEN MUTTER

AN EINEM DER ERSTEN JUNITAGE DES JAHRES 1844 ging eine etwa fünfzigjährige Dame, die jedoch noch älter erschien, als ihr wirkliches Alter betrug, um die Mittagsstunde auf einem Gartenwege einer großen, in der Rue Plumet in Paris gelegenen Villa in der Sonne spazieren. Einige Male war sie den leicht gewundenen Fußpfad auf und ab gelaufen, den sie nicht verließ, um nicht die Fenster einer Wohnung, die ihre ganze Aufmerksamkeit zu beanspruchen schien, aus den Augen zu verlieren. Schließlich ließ sie sich in einem der halb ländlichen Armstühle nieder, die aus jungen berindeten Zweigen hergestellt werden. Von dem Platze aus, wo dieser elegante Sessel stand, konnte die Dame durch eins der Gartengitter hindurch die inneren Boulevards überschauen, wo in der Mitte der herrliche Invalidendom thront, der seine goldene Kuppel über die Wipfel unzähliger Ulmen erhebt – ein wundervoller Anblick. Sie konnte aber auch die nicht ganz so großartige Schönheit ihres Gartens ins Auge fassen, der an die graue Stirnseite von einer der schönsten Villen des Faubourg Saint-Germain stieß. Alles ringsherum war still, die Nachbargärten, die Boulevards, der Invalidendom; denn in diesem vornehmen Viertel beginnt der Tag kaum vor Mittag. Um diese Stunde schläft alles, Dienerschaft und Herrschaft; es sei denn, daß jemand irgendeiner wunderlichen Laune nachgibt, daß eine junge Dame ausreiten will oder ein alter Diplomat ein Protokoll durcharbeiten muß.

Die zu so früher Stunde spazierengehende Dame war die Marquise d'Aiglemont, die Mutter der Frau von Saint-Héreen, der diese prachtvolle Villa gehörte. Zugunsten ihrer Tochter hatte die Marquise auf sie verzichtet; sie hatte ihr das ganze Vermögen überlassen und für sich nur eine Rente zurückbehalten. Gräfin Moina von Saint-Héreen war das letzte Kind von Frau d'Aiglemont. Um ihr die Heirat mit dem Erben eines der angesehensten Häuser Frankreichs zu ermöglichen, hatte die Marquise alles geopfert. Nichts war natürlicher, sie hatte nacheinander zwei Söhne verloren: der eine, Gustav, Marquis d'Aiglemont, war an Cholera gestorben, der andere, Abel, war vor Constantine gefallen. Gustav ließ Kinder und eine Witwe zurück. Aber die schon reichlich laue Liebe, die Frau d'Aiglemont ihren beiden Söhnen entgegengebracht hatte, war in dem Augenblick noch schwächer geworden, als sie auf die Enkel überging. Zwar vertrug sie sich mit Frau d'Aiglemont der Jüngeren recht gut; aber sie ließ es bei dem oberflächlichen Gefühl bewenden, das unseren Verwandten zu bezeigen uns der gute Geschmack und die Schicklichkeit vorschreiben. Da die Frage des Vermögens ihrer toten Kinder völlig geklärt war, hatte sie ihrer geliebten Moina ihre Ersparnisse und ihr Privateigentum zugedacht. Schon immer war Moina, die von Kindheit an schön und bezaubernd war, für Frau d'Aiglemont der Gegenstand einer besonderen Bevorzugung gewesen, wie sie in der

Natur der Mütter liegt, wenn sie sich dessen auch nicht bewußt sind. Diese verhängnisvolle Sympathie scheint unerklärlich, und doch weiß sie der aufmerksame Beobachter nur allzu gut zu deuten. Moinas reizende Gestalt, der Klang der geliebten Stimme, ihr Auftreten, ihr Gang, ihr Gesichtsausdruck, ihre Gebärden, alles an ihr weckte in der Marquise die tiefsten Gefühle, die das Mutterherz beleben, beunruhigen oder bezaubern können. Der Urquell ihres gegenwärtigen, ihres zukünftigen, ihres vergangenen Lebens lag im Herzen dieser jungen Frau verborgen; darein hatte sie alle ihre Schätze gesenkt. Vier Kinder, die älter waren als sie, hatte Moina glücklicherweise überlebt. Tatsächlich hatte Frau d'Aiglemont auf die unglücklichste Art und Weise – wie die Leute der Gesellschaft behaupteten – eine reizende Tochter, deren Geschick man kaum kannte, und einen kleinen Jungen, der mit fünf Jahren durch einen schrecklichen Unglücksfall ums Leben gekommen war, verloren. Ohne Zweifel erblickte die Marquise eine Vorsehung des Himmels darin, daß das Schicksal sich gegenüber der Tochter ihres Herzens so gnädig zu zeigen schien; nur ein recht oberflächliches Gedächtnis bewahrte sie ihren schon dem tückischen Tod zum Opfer gefallenen Kindern, die auf dem Grunde ihrer Seele ruhten, so wie die auf einem Schlachtfelde errichteten Gräber fast ganz von den Feldblumen überwuchert sind. Über diese Gleichgültigkeit wie über diese Bevorzugung hätte die Gesellschaft von der Marquise strenge Rechenschaft fordern können; aber die Pariser Gesellschaft wird von einem derartigen Wirbel von Ereignissen, Modeerscheinungen, neuen Ideen fortgerissen, daß darin das ganze Leben von Frau d'Aiglemont gleichsam der Vergessenheit anheimfallen mußte. Niemand dachte daran, ihr eine Gefühlskälte, ein Vergessen, das keinen Menschen interessierte, als Verbrechen anzurechnen, wohingegen ihre zärtliche Liebe zu Moina viele Leute interessierte und die ganze Heiligkeit eines Vorurteils annahm. Im übrigen ging die Marquise wenig in Gesellschaft; und für die meisten Familien, die sie kannten, schien sie voller Güte, Sanftmut, Frömmigkeit und Nachsicht zu sein. Mußte man also nicht ein ganz besonderes Interesse haben, um durch diesen äußeren Schein, mit dem sich die Gesellschaft zufriedengibt, hindurchdringen zu wollen? Und weiter, was verzeiht man nicht alles alten Leuten, wenn sie wie Schatten zurückweichen und selber nichts weiter als Erinnerung sein wollen? Kurz, Frau d'Aiglemont war eine musterhafte Frau, von der die Kinder ihren Vätern, die Schwiegersöhne ihren Schwiegermüttern gegenüber mit Wohlgefallen sprachen. Sie hatte schließlich vorzeitig ihr Vermögen an Moina abgetreten, begnügte sich damit, die junge Gräfin glücklich zu wissen, und lebte nur durch sie und für sie. Wenn einige alte Schlauberger oder Griesgrame dieses Verhalten tadelten und sagten: »Vielleicht wird Frau d'Aiglemont es eines Tages bereuen, daß sie zugunsten ihrer Tochter ihr Vermögen aus den Händen gegeben hat; denn wenn sie auch das Herz von Frau von Saint-Héreen wohl kennt, kann sie sich auf die Moral ihres Schwiegersohnes ebenso sicher verlassen?«, dann schrie man Zeter und Mordio gegen diesen Propheten, und von allen Seiten regnete es Lobsprüche auf Moina.

»Die Gerechtigkeit muß man Frau von Saint-Héreen widerfahren lassen«, sagte eine junge Frau, »ihre Mutter hat sich in keiner Weise umstellen müssen. Frau d'Aiglemont wohnt wundervoll; sie hat einen Wagen zu ihrer Verfügung und kann, wie ehedem, in Gesellschaft und überall hingehen . . .«

»Nur nicht in die Italienische Oper«, entgegnete sehr leise ein alter Schmarotzer, einer jener Leute, die sich das Recht nehmen, ihre Feunde unter dem Vorwande, Freisinnigkeit zu beweisen, mit boshaften Spötteleien zu belästigen. »Die alte Dame liebt kaum etwas so sehr wie die Musik, was dem verwöhnten Kinde völlig abgeht. – Sie war zu ihrer Zeit eine hervorragende Sängerin! – Da aber die Loge der Gräfin ständig von jungen Schmetterlingen umschwärmt wird und sie dabei der kleinen Person, von der man schon wie von einer großen Kokette spricht, höchst ungelegen käme, geht die arme Mutter niemals in die Italienische . . .«

»Frau von Saint-Héreen«, meinte ein heiratsfähiges Mädchen, »gibt für ihre Mutter reizende Gesellschaften, hält einen Salon, wo sich ganz Paris trifft.«

»Einen Salon, wo niemand die Marquise beachtet«, warf der Schmarotzer ein.

»Tatsache ist, daß Frau d'Aiglemont niemals allein ist«, versetzte ein Geck, indem er Partei für die jungen Damen ergriff.

»Am Morgen«, begann der alte Beobachter mit leiser Stimme wieder, »am Morgen schläft die teure Moina. Um vier Uhr ist die teure Moina im Bois de Boulogne. Am Abend geht die teure Moina zum Ball oder in die Italienische. Allerdings hat dann Frau d'Aiglemont die Möglichkeit, die teure Tochter zu sehen, wenn sie sich ankleidet oder während des Diners – wenn die teure Moina zufällig einmal mit ihrer teuren Mutter speist. – Es ist noch nicht acht Tage her«, sagte der Schmarotzer, indem er einen schüchternen Hauslehrer beim Arme faßte, der eben erst neu in das Haus, in dem er wohnte, gekommen war, »daß ich diese bedauernswerte Mutter traurig und verlassen am Kamin sitzen sah. ›Was ist Ihnen?‹ fragte ich sie. Die Marquise sah mich lächelnd an, aber sicher hatte sie geweint. ›Ich dachte‹, sprach sie, ›daß es doch recht sonderbar ist, nunmehr allein zu sein, nachdem man fünf Kinder gehabt hat. Aber das ist unser Los! Und dann bin ich so glücklich, wenn ich weiß, daß sich Moina amüsiert!‹ Sie konnte sich mir offenbaren, ich kannte einst ihren Gatten. Das war ein armer Tropf, der konnte von Glück reden, daß er sie zur Frau hatte; ganz sicher verdankte er ihr allein seine Pairswürde und seine Stellung am Hofe Karls des Zehnten.«

Aber in die Unterhaltungen der Gesellschaft schleichen sich so viele Irrtümer ein, es wird in ihr auf leichtfertige Weise so großes Unheil angerichtet, daß der Sittenschilderer gezwungen ist, sorgsam alle Behauptungen zu wägen, die von so vielen sorglosen Menschen höchst sorglos vorgebracht werden. Letzten Endes kann man vielleicht niemals sagen, wer recht, wer unrecht hat: das Kind oder die Mutter. Zwischen diesen beiden Herzen kann nur ein einziger richten. Dieser Richter ist Gott! Gott, der oftmals seine Vergeltung in den Schoß der Familie legt und sich ewig der Kinder gegen die Mütter, der Väter gegen die Söhne, der Völker gegen die Könige, der Fürsten gegen die Nationen, aller Dinge gegen alle Dinge bedient; Gott, der in der moralischen Welt die Gefühle durch andere Gefühle ablösen läßt, so wie im Frühling die jungen Blätter die alten vom Baume stoßen; Gott, der nach einem unwandelbaren Ordnungsplan handelt, zu einem Zweck, den er allein kennt.

Es gibt keinen Zweifel, jedes Ding geht in seinen Schoß, oder richtiger, kehrt dorthin zurück.

Diese religiösen Gedanken, denen sich das Herz alter Leute so gern öffnet, ruhten verstreut in Frau d'Aiglemonts Seele; sie traten nicht völlig ans Licht, bald lagen sie auf dem Grunde, bald breiteten sie sich herrlich aus, wie Blumen, die vom Sturm über die Wasserfläche getrieben werden. Sie saß da, müde, erschöpft vom langen Brüten, von einer jener Grübeleien, bei denen das ganze Leben aufsteht und vor den Augen derer abrollt, die den Tod vorahnen.

Für einen Dichter, der über den Boulevard geht, hätte diese vorzeitig gealterte Frau ein anziehendes Bild abgegeben. Wenn man sie so im schlanken, mittäglichen Schatten einer Akazie sitzen sah, hätte man tausenderlei Dinge auf diesem Gesicht lesen können, das selbst unter den heißen Strahlen der Sonne bleich und kalt war. In ihren ausdrucksvollen Zügen lag etwas, was von nachdenklicherem Ernst zeugte, als ihn ein sich neigendes Leben kennt, von größerer Tiefe, als sie nur eine von reicher Lebenserfahrung ermattete Seele aufweist. Dies Gesicht war von der Art, daß es euch – inmitten von tausend Gesichtern, die man nicht beachtet, weil sie inhaltslos sind – einen Augenblick verweilen heißt, zum Nachdenken zwingt. Auf ähnliche Weise werdet ihr, zwischen den zahllosen Bildern eines Museums, von dem erhabenen Kopf, auf dem Murillo das Mutterleid darstellt, gefesselt oder von dem Antlitz Beatrice Cencis, auf dem Guido Reni inmitten des entsetzlichsten Verbrechens die rührendste Unschuld zum Ausdruck zu bringen vermag, oder von dem finsteren Gesicht Philipps II., dem Velázquez für immer den majestätischen

Schrecken, den uns das Königtum einflößen muß, aufgeprägt hat. Manche menschlichen Gesichter üben einen despotischen Zwang aus, sie reden zu euch, forschen euch aus, geben Antwort auf eure geheimen Gedanken; sie sind sogar ganze Dichtungen. Das eiskalte Gesicht von Frau d'Aiglemont war eins jener furchtbaren Dichtwerke, eins jener Gesichter, wie sie in der ›Göttlichen Komödie‹ von Dante Alighieri zu Tausenden auftauchen.

Während der kurzen Lebensspanne, in der die Frau vollerblüht ist, fördern die Wesenszüge ihrer Schönheit in bewundernswerter Weise die Verstellung, zu der sie ihre naturgegebene Schwachheit und unser Gesetz verurteilen. Unter der Farbenpracht ihres frischen Gesichts, unter dem Feuer ihrer Augen, unter dem lieblichen Netz ihrer feinen Züge, ihrer vielfältigen Linien, die gebogen oder gerade, aber immer rein und vollendet klar sind, können alle ihre Gefühle verborgen bleiben: Die Röte vermag alsdann nichts zu offenbaren, wenn sie schon so lebensvolle Farben noch stärker tönt; alle inneren Feuer verschmelzen so vollkommen mit dem Licht dieser von Leben flackernden Augen, daß die vorübergehende Flamme eines Leids darin nur noch anmutig-lieblicher wirkt. Daher ist nichts so verschwiegen wie ein junges Gesicht, weil nichts unbeweglicher ist. Das Gesicht einer jungen Frau hat die Ruhe, die Glätte, die unberührte Frische eines Wasserspiegels. Der wahre Gesichtsausdruck der Frau beginnt erst mit dreißig Jahren. Bis zu diesem Lebensalter findet der Maler in diesen Gesichtern nichts als Rosa und Weiß, als Lächeln und Ausdrucksäußerungen, die immer den gleichen Gedanken wiedergeben, den Gedanken von Jugend und Liebe, einen gleichförmigen, tiefelosen Gedanken. Aber im Alter ist alles bei der Frau Sprache geworden, haben sich die Leidenschaften in ihr Gesicht eingekerbt; sie ist Geliebte, Gattin, Mutter gewesen; die gewaltigsten Äußerungen von Freude und Leid haben dann ihre Züge durchglüht, durchquält, haben sich schließlich in tausend Fältchen darin eingenistet, die alle eine Sprache reden; und ein Frauenkopf wird dann erhaben von Grauen, schön von Melancholie oder großartig von Ruhe. Der ausgetrocknete See – wenn es erlaubt ist, dieses merkwürdige Gleichnis weiterzuführen – legt alsdann die Spuren all der Bäche frei, die ihn gefüllt haben. Der Kopf einer alten Frau gehört dann nicht mehr der Gesellschaft, die leichtfertig davor zurückschreckt, auf ihm alle hergebrachten Vorstellungen von Eleganz zerstört zu sehen; er gehört auch nicht den Alltagskünstlern, die nichts auf ihm zu entdecken wissen; er gehört vielmehr den wahren Dichtern, die sich über alle konventionellen Formen, auf die sich in Dingen der Kunst und der Schönheit so viele Vorurteile gründen, zu erheben verstehen.

Obwohl Frau d'Aiglemont einen modischen Kapotthut auf dem Kopfe trug, konnte man unschwer sehen, daß ihr ehemals schwarzes Haar durch qualvolle Erschütterungen weiß geworden war. Jedoch die Art, wie sie es glatt scheitelte, verriet ihren guten Geschmack, offenbarte die anmutsvollen Gewohnheiten der eleganten Frau und ließ die welke, faltige Stirn, auf der sich noch einige Spuren ihres früheren Glanzes fanden, vollendet hervortreten. Ihr feingeschnittenes Gesicht, ihre regelmäßigen Züge gaben eine wenn auch noch so schwache Vorstellung von der Schönheit, auf die sie einst hatte stolz sein müssen. Aber noch mehr kündeten diese Spuren von dem Leid, das unbarmherzig genug gewesen war, dieses Antlitz auszuhöhlen, seine Schläfen einzutrocknen, seine Wangen einfallen zu lassen, die Augenlider wund zu machen und ihnen die Wimpern zu nehmen, die dem Blick so viel Anmut verleihen. Alles an dieser Frau war irgendwie still und unauffällig: Ihr Gang, ihre Bewegungen hatten jene bedächtige Gemessenheit, die uns Ehrfurcht einflößt. Ihre bis zur Furchtsamkeit gesteigerte Bescheidenheit schien seit einigen Jahren von der Gewohnheit herzurühren, vor ihrer Tochter in den Hintergrund zu treten. Dann sprach sie wenig, und ihr Wort war sanft wie die Sprache all derer, die nachdenken, sich sammeln, für sich selbst leben müssen. Diese Haltung und dieses Benehmen riefen ein unbestimmbares Gefühl hervor, das weder Furcht noch Mitleid war, in dem jedoch auf geheimnisvolle Weise alle die Ideen ineinanderflossen, die diese verschiedenartigen Eindrücke wachriefen. Die Eigentümlichkeiten ihrer Falten und Furchen endlich, der erloschene, schmerzumflorte Blick, all das legte beredtes Zeugnis ab von Tränen, die, da sie vom Herzen hinuntergewürgt werden, niemals zu Boden fallen. Besonders die unglücklichen Menschen, die ständig zum Himmel schauen, um angesichts ihres leidvollen Daseins seine Hilfe zu erbitten, hätten in den Augen dieser Mutter leicht die aufreibende Gewohnheit stündlichen Betens sowie die sanften Spuren der geheimen Wunden, die schließlich die Blüte der Seele und sogar das Muttergefühl zerstören, erkennen können. Maler haben Farben für solche Bildnisse, aber Ideen und Worte sind nicht imstande, sie getreulich wiederzugeben. In den Tönen der Haut, den Mienen des Gesichts begegnen wir unerklärbaren Besonderheiten, die die Seele vom Anschauen her erfaßt; aber der Dichter kann, um die entsetzlichen Erschütterungen hinter dem Gesichtsausdruck sichtbar zu machen, nur die Ereignisse schildern, die zu jenen geführt haben. Das Antlitz kündete von einem stillen, kalten Gewittersturm, von einem geheimen Kampfe zwischen dem Heroismus mütterlichen Leids und der Ohnmacht unserer Gefühle, die endlich sind wie wir selber und in denen es nichts Unendliches gibt. Die unaufhörlich niedergekämpften Leiden hatten dieser Frau mit der Zeit etwas zehrend Krankhaftes gegeben. Ohne Zweifel hatte manche allzu starke Erregung dieses Mutterherz physisch geschwächt, und irgendeine schleichende Krankheit, vielleicht eine Herzerweiterung, bedrohte die Frau, ohne daß sie es gewahr wurde. Wirkliche Qualen verhalten sich scheinbar ruhig in dem tiefen Bett, das sie sich gegraben haben; sie scheinen dort zu schlafen, in Wahrheit jedoch nagen sie unaufhörlich an der Seele, so wie jene entsetzliche Säure sich durch das Kristall frißt. In diesem Augenblick rannen zwei Tränen über die Wangen der Marquise, und sie erhob sich, als wenn ihr irgendein Gedanke, der hartnäckiger war als alle bisherigen, eine starke Wunde geschlagen hätte. Sie mochte Moinas Zukunft ins Auge gefaßt haben. Als sie so die Leiden, die ihre Tochter erwarteten, voraussah, waren ihr wieder alle Widerwärtigkeiten des eigenen Lebens aufs Herz gefallen.

Wir werden die Lage der Mutter besser verstehen, wenn wir die der Tochter schildern.

Seit etwa einem halben Jahre war Graf von Saint-Héreen unterwegs, um einen politischen Auftrag durchzuführen. Während seiner Abwesenheit hatte Moina, die mit allen Eitelkeiten des Luxusweibchens die launischen Wünsche des verwöhnten Kindes verband, sich ein Vergnügen daraus gemacht – sei es aus Leichtsinn, sei es um den tausend koketten Eitelkeiten der Frau nachzugeben und vielleicht deren Macht zu erproben –, mit der Leidenschaft eines klugen, aber herzlosen Mannes zu spielen, der von sich sagte, er sei trunken von Liebe; aber es war nur jene Liebe, mit der sich alle die kleinen ehrgeizigen und selbstgefälligen gesellschaftlichen Strebereien des Stutzers verknüpfen. Frau d'Aiglemont, die eine reiche Erfahrung gelehrt hatte, das Leben zu ergründen, die Menschen zu beurteilen und die Gesellschaft zu fürchten, hatte den Fortgang dieser Liebesaffäre beobachtet, und als sie sah, daß ihre Tochter einem Manne in die Hände gefallen war, dem nichts heilig war, ahnte sie voraus, daß Moina daran zugrunde gehen würde. Mußte es für sie nicht entsetzlich sein, in dem Manne, dem Moina mit Vergnügen Gehör schenkte, einen Roué zu finden? Ihr geliebtes Kind stand vor einem Abgrund. Das war ihr zur furchtbaren Gewißheit geworden, und doch hatte sie nicht den Mut, sie davon zurückzuhalten, denn sie zitterte vor der Gräfin. Sie wußte schon im voraus, daß Moina keine ihrer besonnenen Warnungen beachten würde; denn sie hatte keine Gewalt über ihr Herz, das wohl anderen gegenüber biegsam und weich, ihr gegenüber jedoch hart wie Stahl war. Einer unglücklichen Liebe, die durch die vornehme Gesinnung des Verführers gerechtfertigt würde, hätte sie ohne weiteres ihre wohlwollende Anteilnahme entgegengebracht; aber ihre Tochter folgte einer bloßen Regung eitler Gefallsucht, und die Marquise verachtete Graf Alfred von

Vandenesse, da sie wußte, daß dieser Mann seinen Kampf mit Moina nur als eine Schachpartie betrachtete. Obwohl Alfred von Vandenesse der unglücklichen Mutter Abscheu einflößte, war sie gezwungen, die letzten Gründe für ihren Widerwillen in den tiefsten Tiefen ihres Herzens zu begraben. Sie war mit dem Marquis von Vandenesse, Alfreds Vater, aufs engste befreundet gewesen, und aus dieser für die Gesellschaft ehrbaren Freundschaft leitete der junge Mann das Recht ab, vertraut und zwanglos bei Frau von Saint-Héreen ein und aus zu gehen, wobei er vorgab, schon von Kindheit an für sie geschwärmt zu haben. Im übrigen hätte Frau d'Aiglemont, um ihre Tochter und Alfred von Vandenesse auseinanderzureißen, nur umsonst sich dazu aufgerafft, ein entsetzliches Wort zwischen sie zu schleudern; sie war überzeugt, daß sie keinen Erfolg gehabt hätte, trotz der zwingenden Gewalt dieses Wortes; sie hätte vor ihrer Tochter nur entehrt dagestanden. Alfred war zu verdorben, Moina zu klug, als daß sie diesem Geständnis Glauben geschenkt hätten; die junge Gräfin wäre ihm aus dem Wege gegangen und hätte es als bloße mütterliche List ausgelegt. Mit eigenen Händen hatte sich Frau d'Aiglemont einen Kerker erbaut und sich selber darin eingemauert, um daselbst zu sterben, während sie zusehen mußte, wie Moinas herrliches Leben verdarb, dieses Leben, das für sie Licht, Glück und Trost bedeutete, ein Leben, das ihr tausendmal mehr wert war als das eigene. Welch fürchterliche, unermeßliche, unaussprechliche Qualen! Welch bodenloser Abgrund!

Voller Ungeduld wartete die Marquise, daß ihre Tochter aufstand, und doch hatte sie Angst davor, wie der zum Tode verurteilte unglückliche Mensch, der mit seinem Leben gern Schluß machen möchte und den es dennoch beim Gedanken an den Henker schaudert. Sie hatte sich zu einem letzten Versuch entschlossen; aber sie mochte wohl weniger fürchten, in ihren Bemühungen zu scheitern, als wieder eine jener Wunden zugefügt zu bekommen, die ihrem Herzen derart schmerzhaft waren, daß sie ihren ganzen Mut aufgebraucht hatten. So weit war ihre Mutterliebe nun gekommen: Sie liebte ihre Tochter, sie fürchtete sie, ihr war bange vor den Dolchstößen – und doch ging sie ihnen entgegen. In liebenden Herzen ist das Muttergefühl so uferlos, daß eine Mutter, ehe sie bei der Gleichgültigkeit anlangen kann, entweder sterben oder in irgendeiner großen Macht, etwa der Religion oder der Liebe, Halt suchen muß. Seit die Marquise aufgestanden war, hatte ihr unseliges Erinnerungsvermögen ihr wieder einige jener scheinbar belanglosen, im Leben der Seele jedoch bedeutungsschweren Tatsachen vergegenwärtigt. In der Tat, bisweilen enthüllt eine Gebärde ein ganzes Drama, zerreißt der Ton eines Wortes ein ganzes Leben, zerstört ein kalter Blick die glücklichste Liebe. Zu ihrem Unglück hatte die Marquise d'Aiglemont zu viele jener Gebärden gesehen, zu viele jener Worte gehört, zu viele jener das Herz abschnürenden Blicke aufgefangen, als daß sie sich, wenn sie daran dachte, irgendwelche Hoffnungen hätte machen können. Alles war ihr Beweis, daß Alfred sie aus dem Herzen ihrer Tochter verdrängt hatte, so daß sie, die Mutter, darin weniger ein Gegenstand der Freude als ein Gegenstand schuldigen Pflichtbewußtseins war. Unzählige Dinge, ganze Kleinigkeiten zeugten ihr von dem verabscheuungswürdigen Verhalten der Gräfin ihr gegenüber, von einer Undankbarkeit, die die Marquise vielleicht als Strafe auffaßte. Damit sie die Hand, die nach ihr schlug, weiterhin verehren könnte, suchte sie das Tun ihrer Tochter mit göttlichem Ratschluß zu entschuldigen. An diesem Morgen dachte sie an alles, und alles schnitt ihr von neuem so mächtig ins Herz, daß der volle Kelch ihres Leidens, sobald der geringste Kummer hineingeworfen würde, zum Überfließen gebracht werden müßte. Ein kalter Blick konnte die Marquise töten. Man kann diese Familiendinge schwer wiedergeben, aber einige Beispiele genügen vielleicht, um alle anzudeuten. So hatte die Marquise, die etwas schwerhörig geworden war, bei Moina nicht erreichen können, daß diese für sie lauter sprach; und an dem Tage, als sie mit der Harmlosigkeit der Leidenden ihre Tochter bat, einen Satz, von dem sie nichts verstanden hatte, zu wiederholen, leistete die Gräfin zwar Folge, aber derart unwillig, daß Frau d'Aiglemont es vorzog, ihre bescheidene Bitte nicht noch einmal vorzubringen. Von diesem Tage an richtete die Marquise es so ein, daß sie Moina recht nahe war, sooft diese eine Begebenheit erzählte oder sonstwie redete. Oftmals jedoch schien das Gebrechen der Mutter die Gräfin zu verdrießen, und sie machte ihr leichtfertige Vorwürfe. Ein solches Verhalten – das uns unter Tausenden als Beispiel dienen möge – vermochte nur ein Mutterherz zu treffen. Einem Beobachter wären diese Dinge vielleicht entgangen, denn es waren Feinheiten und Zwischentöne, die andere Augen als die einer Frau kaum wahrnehmen konnten. So hatte Frau d'Aiglemont eines Tages ihrer Tochter gesagt, daß die Prinzessin von Cadignan sie besucht hatte, woraufhin Moina nur ausrief: »Wie? Um deinetwillen ist sie hergekommen!« Die Miene, mit der diese Worte gesprochen wurden, der Ton, den die Gräfin hineinlegte, enthüllten eine kaum verhohlene Verwunderung, eine feine Verachtung, die so beschaffen waren, daß ein junges, zartfühlendes Herz den Brauch der Wilden, ihre Greise, wenn sie sich nicht mehr am Ast eines stark geschüttelten Baumes festzuhalten vermögen, zu töten, für menschenfreundlich befunden hätte. Frau d'Aiglemont stand auf, lächelte und weinte still vor sich hin. Wohlerzogene Leute, insbesondere Frauen, verraten ihre Gefühle nur durch kaum wahrnehmbare Gebärden, die aber denen, welche in ihrem eigenen Leben ähnliche Situationen wie die jener gemarterten Mutter entdecken können, darum nicht weniger das Zittern ihrer Herzen offenbaren. Unter der Wucht der Erinnerungen dachte Frau d'Aiglemont eben wieder an eine jener dornenartigen, grausamen, gleichsam mikroskopischen Einzelheiten, und niemals hatte sie deutlicher als gerade jetzt erkannt, wie alle eine unter Lächeln versteckte grauenvolle Verachtung enthüllten. Aber in dem Augenblick, als sie hörte, wie die Sommerläden des Schlafzimmers ihrer Tochter geöffnet wurden, versiegten ihre Tränen. Sie lief auf die Fenster zu, am Gartenzaun entlang, vor dem sie eben gesessen hatte. Beim Gehen sah sie, wie sorgfältig der Gärtner den Sand der seit langem recht verwahrlosten Allee aufgeharkt hatte. Als Frau d'Aiglemont unter den Fenstern des töchterlichen Zimmers anlangte, wurden die Läden jäh wieder zugeschlagen.

»Moina«, rief sie.

Keine Antwort.

»Frau Gräfin ist im kleinen Salon«, sagte Moinas Zofe,

als die Marquise die Wohnung betreten und sich erkundigt hatte, ob ihre Tochter aufgestanden sei.

Frau d'Aiglemonts Herz war zu voll, ihr Kopf zu gedankenschwer, als daß sie in diesem Augenblick über so augenfällige Dinge hätte nachsinnen können. Entschlossen trat sie in den kleinen Salon, wo sie die Gräfin im Morgenkleid vorfand, eine Haube nachlässig über ihr aufgelöstes Haar gezogen, die Füße in Pantöffelchen, den Zimmerschlüssel am Gürtel, das Gesicht wetterleuchtend von Gedanken und lebhaft gerötet. Sie saß auf einem Diwan und schien nachzudenken.

»Was will man?« fragte sie barsch. »Ach, du bist es, Mutter?« sagte sie dann zerstreut, nachdem sie sich selber unterbrochen hatte.

»Ja, mein Kind, deine Mutter ist es . . .«

Der Ton, in dem Frau d'Aiglemont diese Worte sprach, verriet eine Fülle des Herzens, eine innere Erregung, daß man davon schwerlich eine rechte Vorstellung geben könnte, ohne das Wort ›heilig‹ zu gebrauchen. Sie hatte in der Tat eine so ausgesprochene mütterliche Heiligkeit angenommen, daß ihre Tochter jetzt davon betroffen wurde; sie wandte sich zu ihr, mit einer Bewegung, die gleicherweise Achtung, Unruhe und Reue ausdrückte. Die Marquise schloß die Salontür, so daß niemand hier eintreten konnte, ohne schon in den angrenzenden Zimmern gehört zu werden. Diese Absonderung schützte vor jeder zudringlichen Neugier.

»Meine Tochter«, begann die Marquise, »es ist meine Pflicht, dich über eine der entscheidungsvollsten Krisen im Leben einer Frau aufzuklären, eine Krise, in der du dich vielleicht ohne dein Wissen befindest, über die ich jedoch weniger als Mutter denn als Freundin zu dir sprechen will. Indem du dich verheiratetest, hast du volle Handlungsfreiheit gewonnen, nur deinem Gatten schuldest du darüber Rechenschaft. Aber ich habe doch die mütterliche Autorität – und das war wohl nicht richtig – so wenig spüren lassen, daß ich mit Recht verlangen kann, daß du mich wenigstens ein einziges Mal in der ernsten Situation, wo du des Rates bedarfst, anhörst. Denke daran, Moina, daß ich dich an einen sehr fähigen Menschen verheiratet habe, auf den du stolz sein kannst, daß . . .«

»Mutter«, begehrte Moina trotzig auf, indem sie ihr ins Wort fiel, »ich weiß, was du sagen willst . . . Du willst mir eine Predigt über Alfred halten . . .«

»Du würdest es nicht so gut erraten«, erwiderte die Marquise ernst, indem sie ihre Tränen zurückdrängte, »wenn du nicht spürtest . . .«

»Was denn?« fragte Moina beinahe hochmütig. »Wirklich, Mutter, ich muß sagen . . .«

»Moina«, rief Frau d'Aiglemont mit äußerster Anstrengung, »du mußt alles aufmerksam anhören, was ich dir zu sagen genötigt bin . . .«

»Ich höre«, versetzte die Gräfin, indem sie die Arme verschränkte und in dreister Weise so tat, als gehorche sie. Dann fügte sie mit unglaublicher Kälte hinzu: »Erlaube nur, daß ich Pauline klingle, ich muß sie wegschicken . . .«

Sie läutete.

»Mein liebes Kind, Pauline darf nicht hören . . .«

»Mama«, entgegnete die Gräfin mit bedenklichem Nachdruck, der der Mutter hätte auffallen müssen, »ich muß . . .« Sie brach ab, die Zofe trat ein. »Pauline, gehen

Sie zu Baudran und fragen Sie, warum ich meinen Hut noch nicht habe!«

Sie setzte sich wieder und blickte ihre Mutter gespannt an. Mit übervollem Herzen und tränenlosem Blick begann die Marquise, die in diesem Augenblick eine der heftigen Erschütterungen fühlte, deren Schmerzhaftigkeit nur Mütter begreifen können, und belehrte Moina über die Gefahr, in der diese schwebte. Mochte nun die Gräfin sich von dem Verdacht, in dem ihre Mutter den Sohn des Marquis von Vandenesse hatte, getroffen fühlen, mochte sie das Opfer einer jener unbegreiflichen Torheiten sein, deren Geheimnis wohl in der Unerfahrenheit aller jungen Menschen zu suchen ist – sie benutzte eine Atempause ihrer Mutter dazu, um ihr mit einem gewaltsamen Lachen entgegenzuhalten: »Aber Mama, ich glaubte, du seist nur auf den Vater eifersüchtig . . .!«

Bei diesem Wort schloß Frau d'Aiglemont die Augen, senkte den Kopf und stieß einen ganz schwachen Seufzer aus. Dann blickte sie in die Höhe, als gehorche sie dem unwiderstehlichen Gefühl, das uns in den schwersten Stunden unseres Lebens Gott anrufen läßt; danach heftete sie ihre Augen, in denen eine achtungsgebietende Hoheit und zugleich ein unermeßliches Weh standen, auf ihre Tochter.

»Meine Tochter«, sagte sie mit mühsam beherrschter Stimme, »du bist deiner Mutter gegenüber erbarmungsloser gewesen, als es der durch sie beleidigte Mann war, erbarmungsloser, als es vielleicht Gott jemals sein wird.«

Frau d'Aiglemont stand auf; als sie jedoch an der Tür war, wandte sie sich um, sah in den Augen ihrer Tochter nichts weiter als Verwunderung, ging hinaus und kam gerade noch bis in den Garten. Dort verließen sie ihre Kräfte. Sie empfand einen heftigen Schmerz im Herzen und fiel auf eine Bank. Ihre Augen irrten über den Sand und bemerkten dort die frische Fußspur eines Mannes, seine Stiefel hatten nur allzu deutliche Abdrücke hinterlassen. Es gab keinen Zweifel, ihre Tochter war verloren; sie glaubte jetzt zu wissen, weshalb sie Pauline jenen Auftrag erteilt hatte. Zu diesem Gedanken kam eine Entdeckung, die noch unausstehlicher war als alles andere. Sie vermutete, daß der Sohn der Marquise von Vandenesse in Moinas Herzen die Achtung ertötet hätte, die eine Tochter ihrer Mutter schuldet. Ihr Weh wuchs, langsam schwanden ihr die Sinne, und sie lag da, als sei sie eingeschlafen. Die junge Gräfin indessen fand, daß sich ihre Mutter ein ›starkes Stück‹ geleistet hätte, sie glaubte jedoch, am Abend würden eine Zärtlichkeit oder einige Aufmerksamkeiten die Versöhnung schon wieder zustande bringen. Als sie aus dem Garten einen Schrei vernahm, beugte sie sich gleichgültig zum Fenster hinaus; in diesem Augenblick rief Pauline, die noch nicht fortgegangen war, um Hilfe, sie hielt die Marquise im Arm.

»Erschreckt meine Tochter nicht!« war das letzte Wort, das diese Mutter sprach.

Moina sah, wie man ihre Mutter hereintrug, diese war blaß, wie leblos, atmete nur mühsam, fuchtelte jedoch mit den Armen, als wollte sie sich zur Wehr setzen oder reden. Von diesem Anblick heftig erschüttert, folgte Moina ihrer Mutter, half schweigend dabei, sie aufs Bett zu legen und zu entkleiden. Ihre Schuld drückte sie nieder. In diesem letzten Augenblick erkannte sie ihre Mutter und konnte doch nichts mehr wiedergutmachen.

Sie wollte mit ihr allein sein; und als niemand mehr im Zimmer war, als sie die Kälte dieser für sie immer so liebevollen Hand spürte, brach sie in Tränen aus. Dadurch zum Leben zurückgerufen, konnte die Marquise noch einmal ihre geliebte Moina sehen; darauf, als sie das Schluchzen vernahm, das die zarte, wirre Brust beinahe zu zersprengen drohte, schaute sie ihre Tochter an und lächelte. Dieses Lächeln zeigte der jungen Muttermörderin, daß das Herz einer Mutter ein Abgrund ist, in dessen Tiefen immer ein Verzeihen ruht. – Sowie man den Zustand der Marquise erkannt hatte, waren berittene Dienstboten nach dem Arzt, dem Wundarzt und den Enkelkindern von Frau d'Aiglemont geschickt worden. Die junge Marquise und ihre Kinder trafen im gleichen Augenblick ein wie die Männer der Wissenschaft, sie bildeten eine recht stattliche, schweigende, verstörte Versammlung, zu der sich noch die Dienstboten gesellten. Da die junge Marquise keinen Laut vernahm, klopfte sie leise an die Zimmertür. Bei diesem Ton stieß Moina, die wohl aus ihrem Schmerz aufgewacht sein mochte, plötzlich die beiden Türflügel auf, starrte auf die Familienversammlung und zeigte sich in einer völlig hilflosen Verfassung, die beredter war als alle Worte. Beim Anblick dieser sprechenden Gewissensqual verstummte jeder. Man konnte unschwer die Beine der Marquise erkennen, wie sie steif und wie in einem letzten Krampf angespannt auf dem Totenbett lagen. Moina lehnte sich gegen die Tür, blickte ihre Verwandten an und sagte mit hohler Stimme: »Ich habe meine Mutter verloren!«

Französische Literatur im insel taschenbuch

Honoré de Balzac: Das Chagrinleder. Aus dem Französischen von Hedwig Lachmann. Herausgegeben von Erika Wesemann. it 1278

– Eugénie Grandet. Aus dem Französischen von Gisela Etzel. Herausgegeben von Eberhard Wesemann. it 1127

– Die Frau von dreißig Jahren. Aus dem Französischen übertragen von Werner Blochwitz. it 460

– Glanz und Elend der Kurtisanen. Aus dem Französischen von Felix Paul Greve. it 1232

– Das Mädchen mit den Goldaugen. Aus dem Französischen von Ernst Hardt. Mit einem Vorwort von Hugo von Hofmannsthal. Zehn Illustrationen von Marcus Behmer. it 60

– Tolldreiste Geschichten. Aus dem Französischen von Benno Rüttenauer. Mit Illustrationen von Gustave Doré. it 911

– Über die Liebe. Sein Weltbild aus seinen Werken. Zusammengestellt und mit einem Essay herausgegeben von Stefan Zweig. it 715

– Vater Goriot. Aus dem Französischen von Franz Hessel. Herausgegeben von Erika Wesemann. it 1167

Charles Baudelaire: Die Blumen des Bösen. Übertragen von Carlo Schmid. it 120

Pierre Augustin Caron de Beaumarchais: Die Figaro-Trilogie. Der Barbier von Sevilla oder Die nutzlose Vorsicht. Der tolle Tag oder Figaros Hochzeit. Die Schuld der Mutter oder Ein zweiter Tartuffe. Deutsch von Gerda Scheffel. Nachwort von Norbert Miller. Mit zeitgenössischen Illustrationen. it 228

William Beckford: Vathek. Aus dem Französischen von Franz Blei. Mit einem Vorwort von Stéphane Mallarmé. it 1172

Hector Berlioz: Groteske Musikantengeschichten. Aus dem Französischen von Elly Ellès. it 859

George Clémenceau: Claude Monet. Betrachtungen und Erinnerungen eines Freundes. Mit farbigen Abbildungen und einem Nachwort von Gottfried Boehm. it 1152

Alphonse Daudet: Briefe aus meiner Mühle. Aus dem Französischen übertragen von Alice Seiffert. it 446

– Montagsgeschichten. Aus dem Französischen von Eva Meyer. it 1251

– Tartarin von Tarascon. Die wunderbaren Abenteuer des Tartarin von Tarascon. Mit 45 Zeichnungen von Emil Preetorius. it 84

Denis Diderot: Erzählungen und Gespräche. Übersetzt von Katharina Scheinfuß. it 554

– Jakob und sein Herr. In der Übersetzung von Mylius. Herausgegeben von Horst Günther. it 772

152/1/10.90

Französische Literatur
im insel taschenbuch

Denis Diderot: Die Nonne. Mit einem Nachwort von Robert Mauzi, die Übersetzung des Nachworts besorgte Margaret Carroux. it 31

– Rameaus Neffe. Le Neveu de Rameau. Ein Dialog. Zweisprachige Ausgabe. Übersetzt von Goethe. Mit Zeichnungen von Antoine Watteau. Herausgegeben und mit einem Nachwort versehen von Horst Günther. it 775

Alexandre Dumas: Die drei Musketiere. Aus dem Französischen von Herbert Bräuning. it 1131

– Der Graf von Monte Christo. 2 Bde. Bearbeitung einer alten Übersetzung von Meinhard Hasenbein. Mit Illustrationen von Pavel Brom und Dagmar Bromova. it 266

– Die Kameliendame. Aus dem Französischen von Walter Hoyer. Mit Illustrationen von Paul Gavarni. it 546

Marguerite Duras: Der Vize-Konsul. Roman. Deutsch von W. M. Guggenheimer. Großdruck. it 2312

Dominique Fernandez: Süditalienische Reise. Aus dem Französischen von Julia Kirchner. Mit farbigen Fotografien von Martin Thomas. it 1076

Gustave Flaubert: Bouvard und Pécuchet. Aus dem Französischen übersetzt von Georg Goyert. Mit Illustrationen von András Karakas. Mit einem Vorwort von Victor Brombert und einem Nachwort von Uwe Japp. it 373

– Drei Erzählungen. Trois contes. Übersetzt und herausgegeben von Cora van Kleffens und André Stoll. it 571

– Lehrjahre des Gefühls. Geschichte eines jungen Mannes. Übertragen von Paul Wiegler. Mit einem Essay und einer Bibliographie von Erich Köhler. it 276

– Madame Bovary. Revidierte Übersetzung aus dem Französischen von Arthur Schurig. it 167

– November. Aus dem Französischen übersetzt von Ernst Sander. Mit einem Nachwort von Monika Bosse. it 411

– Reise in den Orient. Ägypten. Nubien. Palästina. Syrien. Libanon. Aus dem Französischen von Reinhold Werner und André Stoll. Mit Photographien von Maxime Du Camp, einem Register und einem Nachwort. Herausgegeben von André Stoll. it 619

Gustave Flaubert: Salammbô. Herausgegeben und mit einem Nachwort versehen von Monika Bosse und André Stoll. Aus dem Französischen übersetzt von Georg Brustgi. it 342

– Ein schlichtes Herz und andere Erzählungen. Aus dem Französischen von Cora van Kleffens und André Stoll. Großdruck. it 2314

152/2/10.90

Französische Literatur im insel taschenbuch

Anatole France: Blaubarts sieben Frauen und andere Erzählungen. Mit Illustrationen von Lutz Siebert. Aus dem Französischen von Irmgard Nickel. it 510

Die geheimen Papiere der Gräfin Dubarry. Mit einem Nachwort von Franz Blei. it 1262

Edmond und Jules de Goncourt: Germinie Lacerteux. Aus dem Französischen von Curt Noch. it 1054

– Tagebücher. Aufzeichnungen aus den Jahren 1851-1870. Nach der ersten Gesamtausgabe der Académie Goncourt ausgewählt, übertragen und herausgegeben von Justus Franz Wittkop. it 692

Victor Hugo: Notre-Dame von Paris. Aus dem Französischen von Else von Schorn. Mit zeitgenössischen Illustrationen. it 298

Choderlos de Laclos: Schlimme Liebschaften. Mit 14 Kupferstichen. Übertragen und eingeleitet von Heinrich Mann. it 12

Madame de Lafayette: Die Prinzessin von Clèves. Roman. Aus dem Französischen von Julia Kirchner. Mit einem Nachwort von Emile Magne. it 768

Briefe der Ninon de Lenclos. Aus dem Französischen von Lothar Schmidt. Mit zehn Radierungen von Karl Walser. it 1173

Alain René Le Sage: Die Geschichte des Gil Blas von Santillana. Aus dem Französischen von Konrad Thorer. Mit Illustrationen von Daniel Chodowiecki. it 949

Pierre Carlet de Marivaux: Die Abenteuer des jungen Brideron. Eine Parodie. Übersetzt und herausgegeben von Gerda Scheffel. it 1035

– Betrachtende Prosa. Aus dem Französischen übertragen und mit einem Nachwort herausgegeben von Gerda Scheffel. it 1049

– Das Spiel von Liebe und Zufall. Und andere Komödien. Aus dem Französischen und mit einem Nachwort von Gerda Scheffel. it 805

Guy de Maupassant: Bel-Ami. Aus dem Französischen von Josef Halperin. Mit zeitgenössischen Illustrationen. it 280

– Die Brüder. Novelle. Deutsch von Ernst Weiß. Mit Illustrationen von Géo Dupuis. it 712

– Das Haus Tellier. Und andere Erzählungen. Ausgewählt und mit einem Nachwort versehen von Werner Berthel. Mit zeitgenössischen Illustrationen. Aus dem Französischen übersetzt von Helmut Bartuschek und Karl Friese. it 248

– Pariser Abenteuer. Und andere Erzählungen. Ausgewählt von Werner Berthel. Mit zeitgenössischen Illustrationen. Aus dem Französischen von Helmut Bartuschek und Karl Friese. it 106

152/3/10.90

Französische Literatur
im insel taschenbuch

Guy de Maupassant: Unser einsames Herz. Herausgegeben und mit einem Nachwort versehen von Dolf Oehler. Mit zeitgenössischen Illustrationen. Aus dem Französischen von Josef Halperin. it 357

Louis Sébastien Mercier: Das Jahr 2440. Ein Traum aller Träume. Herausgegeben von Herbert Jaumann. it 1162

Prosper Mérimée: Carmen. Mit Zeichnungen von Pablo Picasso. Aus dem Französischen übersetzt von Franz Schnabel. it 361

Jules Michelet: Die Frauen der Revolution. Herausgegeben und übersetzt von Gisela Etzel. Mit zahlreichen Abbildungen. it 726

Honoré-Gabriel Mirabeau: Der gelüftete Vorhang oder Lauras Erziehung. Aus dem Französischen von Eva Moldenhauer. Nachbemerkung von Norbert Miller. it 32

– Preußische Monarchie und Französische Revolution. Briefe nach Deutschland und Kapitel aus der »Preußischen Monarchie« in der Übersetzung von Jakob Mauvillon. Herausgegeben von Horst Günther. it 1118

Molière: Der eingebildete Kranke. Aus dem Französischen von Johanna Walser und Martin Walser. it 1014

– Der Menschenfeind. Nach dem Französischen des Molière von Hans Magnus Enzensberger. it 401

Michel de Montaigne: Essays. Herausgegeben und mit einem Nachwort versehen von Ralph-Rainer Wuthenow. Revidierte Fassung der Übertragung von Johann Joachim Bode. it 220

– Tagebuch einer Reise durch Italien. Aus dem Französischen von Otto Flake. it 1074

Michel de Montesquieu: Perserbriefe. Aus dem Französischen von Jürgen von Stackelberg. Mit Anmerkungen zum Text und einem Nachwort. it 458

Blaise Pascal: Größe und Elend des Menschen. Aus den »Pensées«. Auswahl, Übersetzung und Nachwort von Wilhelm Weischedel. it 441

– Über die Religion und über einige andere Gegenstände. Aus dem Französischen übertragen und mit einem Nachwort herausgegeben von Ewald Wasmuth. it 1008

Abbé Prévost: Manon Lescaut. Geschichte des Ritters Des Grieux und der Manon Lescaut. Mit einem Nachwort von Josef Heinzelmann. Illustrationen von Franz von Bayros. Aus dem Französischen von Elisabeth von Hase und Walter Hoyer. it 518

Marcel Proust / Eugène Atget: Ein Bild von Paris. Texte und Photographien. Herausgegeben von Arthur D. Trottenberg. it 669

152/4/10.90